GAEA

GAEA

太歲

卷六

TAI SUEI

星子teensy ——— 著

葉明軒 ——— 插畫

太歲 卷六

目錄

65 乖孫仔免驚 5
66 最後的叮嚀 29
67 化人 53
68 不滅的希望 67
69 前進洞天 99
70 燃起希望之火 125

71 協議 …… 145
72 洞天第一勇士 …… 165
73 紅蜻蜓 …… 185
74 邪八仙 …… 197
75 戰太陰 …… 219
76 揮軍洞天 …… 253
77 寒彩洞伏擊戰 …… 275
番外 地底深淵的魔宮 …… 291
番外 染血的南天門 …… 299
番外 夏日午後的陳舊老廟 …… 307

65 乖孫仔免驚

「好啦、好啦，讓老太婆來就好啦！」

老廟裡，阿關和阿泰離去之後，六婆從那搶著掃地的伏靈布袋鬼手們手中搶回了掃把和畚箕，清理地上那灘穢物。

伏靈布袋卻不退去，仍然在空中盤旋，圈子越旋越大，好幾次從六婆頭上激竄而過。

「唉喲？」六婆有些奇怪，伸手揮著布袋，驚奇地說：「做什麼呀？阿關不在，你們造反啦！」

六婆知道袋子裡藏著凶厲惡鬼，此時見布袋激烈亂竄，倒眞擔心裡頭的惡鬼跑了出來。

布袋漸漸停下旋轉，三隻鬼手伸得僵直，殺氣騰騰地向著門外。

「咦……」六婆見了布袋異狀，轉頭看向廟門外，這才隱約感到不對勁，傍晚的夜空瀰漫了些許暗紅色的霧氣。

那些霧氣在空中忽而四散、忽而凝聚。

六婆嗅到了邪氣。

「喝——」六婆叱喝一聲，扔下了手上畚箕，但還抓著掃把，往房中跑去。

「小妹呀，小妹——」六婆輕拍著香香的臉，急促喊著：「小妹！香香！」

香香昏昏沉沉，讓六婆喚醒，還不知道發生了什麼事。

「小妹妹，阿嬤帶妳上阿嬤家喝雞湯！」六婆嚷嚷著，也不等香香答話，一把便將她拉下了床，牽在手上。

一個黑影閃現於房間木窗邊，六婆看去，那黑影是個全身染血的野鬼。

野鬼一見六婆看他，立刻又閃不見了。

「哼！」六婆跨著大步，牽著香香出了房間，揹起兩只包袱，還將正廳木桌上裝有紙人的竹籃子遞給香香說：「幫阿嬤提著籃子，乖！」

香香神色茫然，一句話也說不上來，但也乖乖提起籃子，跟著六婆走。

六婆伸手從包袱裡掏出幾張符來，唸了咒語，貼在那掃把柄上，大步跨出老廟。伏靈布袋伴著烈風，緊緊跟在六婆身後。

一股咒文誦經聲不知從何而來，音調悽慘尖銳。

「老妖婆，鬼花樣眞多！」六婆怒喝一聲，牽著香香往那曲折巷子走去。

幾個野鬼埋伏在巷子裡，一見六婆出現，便迅速地撲來。

巷子裡屋簷上，還蹲了些獨眼大鬼，那是阿關在鐵皮屋中遇上的獨眼鬼，原來也是阿姑手下爪牙，此時也跟著野鬼一同攻向六婆。

六婆見野鬼撲來，立時揮動掃把抵抗。伏靈布袋快速搶在前頭，蒼白鬼手大殺四方，將幾隻殺來的野鬼全都抓裂。

大黑鬼手也左右轟擊，打飛一隻隻獨眼鬼。

六婆見前頭防火窄巷深處似乎還有野鬼埋伏，只好牽著香香轉向。另一條巷子裡傳出了喜慶音樂，敲鑼打鼓的聲音，還有鞭炮聲音。

巷子那頭出現一群孩子，分成了兩列。左邊那列眼裡只有眼白，沒有眼瞳；右邊那列眼睛則是全黑，沒有眼白。

他們看來都只有十歲左右，手上提著花籃，笑鬧著往這頭奔來。

「好凶的小鬼！」六婆後退兩步，低下身從香香籃子裡抓出幾張紙人，唸了咒語。那幾張紙人立時變成成年男人那樣大小。

「擋住那群鬼孩子！」六婆下令，一邊牽著香香後退，恨恨罵著：「幾條巷子全圍住了，好樣的！」

六婆不停退著，又退回本來的老廟廣場，只聽見尖銳刺耳的誦經聲更大了。

有個一頭白色長髮、墨黑色臉、神情凶烈的大鬼，從對面屋簷上蹦了下來。黑臉上兩隻眼睛閃爍著凶厲血光，直撲六婆。

伏靈布袋已經趕來，大黑巨手一把揪住了那白髮厲鬼，卻無法將他甩遠。白髮厲鬼力氣極大，和大黑巨手對峙著。

「好凶的鬼！」六婆大叫著，只見四周屋簷上還站著許多狗，每隻狗的眼睛都淌著血，還有些由三、四頭殘破狗身變形糾纏相連的怪異妖物。

「死老妖婆怪把戲眞多……」六婆深深吸了口氣，冷笑幾聲，牽著香香往廟裡逃。伏靈布袋則守在廣場，和那白髮厲鬼糾纏，蒼白鬼手、新娘鬼手齊出，凶烈更甚那白髮厲鬼。

但此時幾條巷子裡的野鬼、獨眼鬼等，全殺入了老廟廣場，有些趕去支援那白髮厲鬼。伏靈布袋三隻鬼手一時之間也無法痛擊那白髮厲鬼。

六婆退入老廟，只見幾間屋簷上的凶惡狗妖全都蹦了下來，發出尖銳悽慘的吠聲。寶弟唉唉叫著，嚇得也躲入了老廟，縮在香香腳邊發抖。

「妖婆子，我才不怕妳！」六婆將香香牽到神桌旁，自個兒轉身關上廟門，還在大廟門上貼了好幾張符咒。

「老妖婆子，聽見我說話沒有？妳無惡不作，老太婆我老早就想教訓妳這妖婆子了！」六婆將竹籃子一撒，裡頭的紙人全動了起來，足足有一百多隻。

六婆大口喘著氣，揹著兩個大包袱四處走動，將廟裡門窗一扇扇關上並都貼上符，還不停大聲罵著：「老妖婆，妳有膽子躲著唸經，沒膽子現身？說話啊，唸什麼死人咒？」

六婆大聲喊著，在廟裡繞了一圈，總算將所有門窗全封了，還搬了張凳子在神桌前；又拿了兩瓶米酒，打開瓶蓋，倒了滿滿一杯擺在桌上。

六婆將掃把扔給一隻紙人，自個兒解開背後一個包袱，包袱裡有柄用銅錢繫成的短劍。

六婆還在包袱裡翻著，翻出了四個小包。小包攤開，一包是米、一包是艾草、一包是硃砂紅粉、一包是銅錢。

「老妖婆，我不怕妳！」六婆背後還揹著那裝滿符咒的包袱，準備齊全，便轉身坐在凳上，氣呼呼地喘著氣，大聲朝門外罵：「這間破廟是我的地盤，有種妳進來！」

殘舊木門上傳來了激烈的撞擊聲，兩旁木窗也發出了吱吱嘎嘎的聲響，是鬼在推窗。

猛地，轟隆一聲響，木門上的符籙化成了灰燼，大門崩裂垮下。

阿姑身上披著鮮紅色的袍子，面無表情地飄浮在老廟門外，兩隻眼睛流轉著青紫色的光，直直看著六婆。

「老太婆……好久不見啦……」阿姑的語調冰冷，僵直的雙手與那寬大袖子不停擺動，袖口漫出黑紫色的風霧。

六婆側了側頭，只見阿姑身後的伏靈布袋被老廟廣場上的小野鬼、獨眼鬼，以及那凶烈白髮黑臉鬼團團包圍。三隻鬼手奮力死戰，一時間無法突圍而出。

十來個白眼睛或黑眼睛的鬼花童擠到了老廟外頭，端著花籃向裡頭撒進黑色的花和一把把紙錢。

靠廟門較近的小野鬼們，不待阿姑下令，便前仆後繼地往廟裡擠。

守在廟門前的紙人們揮動著手臂，和衝進來的小野鬼打成一團。

鬼花童也跳進了廟裡，道行顯然高過小野鬼許多，有些撲上了紙人身子啃咬起來，口裡的牙尖得嚇人，三、兩口便咬毀一隻紙人。

「孽障！」六婆重重拍著桌子，抓起桌上裝有米酒的杯子挺身站起，掏出兩張符在天空畫圈，符籙立時化出金火。

六婆捻著火符往酒杯裡塞，又捻了些艾草、米粒、硃砂紅粉，全摻進酒杯裡。杯裡燃著金火的符籙還沒熄滅，六婆便已大步走向小野鬼聚集處，舉杯一飲，再鼓起嘴巴將口中酒水噴出。

一大票小野鬼讓這酒水灑上了身，身上都著了火，跳著、叫著、在地上打滾著。幾隻鬼花童讓這符水濺上了身，也扔下花籃，哭著往外頭跑。

「妳這老太婆還會這法術……」阿姑飄在廟外上空，冷冷看著廟裡的六婆。

「之前是妳祖嬤我荒廢法術多年，妳以爲我在老人院鬥法之後，平日都不會練習嗎？」六婆朗聲大罵。在老人院、順德廟那時，六婆因長時間疏於練習，只能使用一些還記得的簡單法術與鬼怪廝殺。

之後由於六婆年紀老邁，幾次大戰都只能負責後援，負責些畫符、畫紙人的工作。

平時阿泰只見六婆翻著她那些殘破書本，嘴裡喃喃唸著，卻沒想到原來這些日子以來，六婆趁著閒暇之餘，也一直在溫習舊日法術；並且將這些術法的材料準備齊全，以備不時之需，在此危急當下，自然全力施展出來。

「我的符水比妳那臭死人的髒水好上太多，我這是正義的符水！」六婆得意笑著，返身從桌上抓起一根楊柳枝，沾著杯子裡的米酒符水往紙人身上點。米酒符水沾上了紙人身子，也會發出金火，但金火不傷紙人，卻專燒野鬼。

一時之間，上百隻紙人紛紛燃起金火，揮動大手，轟隆隆地將小野鬼全打飛到廟外。

阿姑冷冷看著，不吭一聲。小野鬼們敗陣退出老廟，後頭犬吠聲越來越大，一隻隻黑影躍過小野鬼，全往老廟衝去，展開第二波突擊。

紙人們守在廟裡，那些凶惡狗妖一隻隻鑽了進來，撕咬著紙人的腳。

六婆一手拿著金錢劍護身，一手掏符往天上撒，撒上了天的符都閃著光芒，紛紛下竄貼上那些狗妖的眼睛。

六婆的金錢短劍發著紅光，像烈焰火把一般，將靠得近的狗妖都映得睜不開眼睛，只能伏著身子吠。

「眞夭壽！」六婆看了看門外，不禁暗暗叫苦。

廟外還有一頭巨獸瞪著大眼，有座小山那麼大，身上是上百隻互相糾纏的狗，比起昨晚阿關在鬥狗場三樓見著的那狗獸，還要大上許多。

巨獸的頭頂上，有一個揮動雙手、掙扎的人——是那鬥狗場大漢子。

大漢的身子下半截也陷在狗屍堆裡，和一堆狗屍共合結成這大巨獸的腦袋。

大漢子一雙混濁的眼睛流著紅色眼淚，口吐黑液，不停揮動雙手。他搞砸了阿姑派給他的任務，也因此受到最嚴厲的處罰，變成了這副模樣。

阿姑冷笑著說：「老太婆……妳一定覺得奇怪……昨天妳派妳那兩個野孩子來找我麻煩……把我的狗都殺了……怎麼還有這麼多狗……是吧……」

「妳這妖孽，淨做些傷天害理的事，惡有惡報，邪不勝正！」六婆呸了一口，罵了長長一串。心裡當然知道，昨晚阿關、阿泰踢翻的鬥狗場已經經營一段時間，那些煉成了的狗妖早讓阿姑收去作爲士卒，阿關、阿泰打死的，都只是些煉到一半的狗妖。

此時老廟外的狗妖顯得更爲強悍，且十分聽話，不同於昨晚鬥狗場子那些未煉成的狗妖那樣騷亂不安。

六婆額頭滴落著汗水，年邁的身子不停來回移動，以符水支援紙人，扔符咒驅打凶犬。

片。

「哈哈哈哈……」阿姑奸笑著，在空中搖晃。後頭黑風亂捲，兩個墨綠色大鬼平空現出，落在廣場地上。這墨綠色大鬼在老人院一戰中也曾登場過，體型壯碩，力大無窮。

兩隻墨綠色大鬼一前一後往老廟攻來，伸手抓住擋在門口的幾隻紙人，惡狠狠地扯成碎片。

六婆挺起金錢劍，指著那兩隻撲來的大鬼，大聲斥著：「退下——」

金錢劍閃耀出橙紅色的光芒，映得那兩隻大鬼睜不開眼睛，連連退著。

後頭那座小山一般的巨獸，此時也動了起來，跨起笨重的步伐，往老廟一步一步踏來。

「可惡啊可惡！」六婆恨恨罵著，阿姑此時手下雖不若當時老人院大戰那樣源源不絕，但六婆一人獨力對付百來隻小野鬼，加上二十餘隻的獨眼鬼、十來隻鬼花童，可十分吃力。更難纏的是另外百餘隻凶惡狗妖，以及那大狗巨獸。

唯一的助力是伏靈布袋，卻也讓那白髮黑臉的厲鬼絆住而無法分身。

廣場上，烈風亂捲，蒼白鬼手好不容易抓著了那白髮厲鬼的一根指頭，猛力一拗，拗斷了厲鬼指頭。

白髮厲鬼尖聲嘯著，這廣場上除了那恐怖大巨獸之外，便屬這白髮厲鬼最強悍了，與伏靈布袋三隻鬼手惡戰許久，仍不分勝負。他漆黑的臉被扒出一道道血痕，右手肩膀以下整個扭曲斷裂，是讓大黑巨手擰斷的；此時，另一隻手的手指也讓蒼白鬼手拗斷了。

但儘管如此，白髮厲鬼也將大黑巨手那粗壯手臂咬得皮開肉綻；將新娘鬼手的手腕拗得變形；蒼白鬼手則仍緊握著白髮厲鬼的手指，和他僵持不下。

這時布袋一陣亂顫，竟竄出了新娘鬼的長髮，長髮纏上白髮厲鬼全身，在他身上扯出大片傷痕。

那受了重傷的大黑巨手重新伸出，握緊了拳頭，轟隆隆地敲擊白髮厲鬼的頭和臉，血花濺得漫天都是。這慘烈惡鬥，讓六婆在老廟裡見著了，都驚駭得連拍胸脯。

「這樣下去不是辦法！」六婆見己方紙人漸漸倒下，香香傻怔怔地逗弄著寶弟，寶弟讓廟裡廟外的鬼哭神號嚇得不住嗥叫。

「還是殺出去好啦……」六婆心一橫，又撒開一把符咒，下令紙人開路，牽著香香往外頭衝。香香緊抱著寶弟，一語不發乖乖跟著六婆。

紙人們圍成圈圈，護衛著六婆殺出老廟。阿姑在天上見了，嘿嘿笑得合不攏嘴，唸了兩句咒文，又變出兩隻墨綠色大鬼，和先前那兩隻前後左右夾擊著六婆。

六婆連連叫苦，冷不防腳下一陣劇痛，竟是一隻狗妖衝破紙人陣，咬著了六婆小腿肚。

「臭狗，壞狗！」六婆大叫著，猛跌一跤，摔在地上。

香香佇著發愣，手上的寶弟狂吠落地，竟然撲上那咬著六婆的狗妖，扭打起來。

寶弟當然不會是那狗妖對手，讓狗妖一甩頭便甩了開來。狗妖流著鮮紅唾液，正要撲上寶弟，六婆的符咒已經撒來，紅光閃耀，將狗妖震退好遠。

六婆抓著紙人身子，勉力掙扎站起，恨恨罵著：「臭狗、壞狗！要是我的小老虎們跟小獅子在，才不怕你們這些臭狗、臭鬼！」

前頭轟隆隆巨響，大狗巨獸已經凶猛踏來，踩翻好多紙人。

阿姑狂笑著，在空中不停飛旋，見六婆翻倒，高興得不停尖笑，越旋越快，伴著黑風就要撲下。

後頭一片紫霧襲來，擋下了阿姑。阿姑怔了怔，施法放咒吹散這片紫霧。

六婆見那巨獸凶猛難敵，只好棄了紙人，讓紙人絆住巨獸，自個兒牽著香香轉向猛逃。前頭幾隻狗妖吐著舌頭，眨著鮮紅眼睛，狂吠著撲了上來。

一個小影飛來，咬著了那狗妖耳朵，將那狗妖甩倒在地；又一個小影飛來，撞裂了一個狗妖腦袋；再一個小影飛來，壓在一隻凶惡狗妖背上，低頭咬斷了狗妖頸子，跟著忽地跳起，跳上六婆懷裡。

「我的小獅子、小老虎啊——」六婆大叫著，趕來救援的正是三小貓。

六婆轉頭一看，阿姑仍在天上打轉，紫霧一陣陣襲去。另一旁，綠眼狐狸站在一隻讓紫霧迷了魂的獨眼大鬼肩膀上，不停朝阿姑吹出紫霧。

癩蝦蟆、老樹精、小猴兒正在廣場裡，和小野鬼、獨眼鬼、鬼花童們大戰起來。

大邪揮動黑掌，將狗妖們一隻隻拍飛，凶猛衝殺。狗兒煉出的妖再凶，也凶不過老虎。

風吹披風飛揚，白毛浮動，落在那大巨獸頭上，一口咬去，咬住了一隻糾纏在巨獸身上的狗屍，使勁一扯，將那狗屍扯離了巨獸身子。巨獸仰頭亂甩，但沒有口，無法吼叫，只能瞪著怨毒大眼，不停翻動著。

風吹一爪一爪扒著，接連扯起狗屍碎塊，又朝巨獸一隻大眼睛猛一巨吼，吼出烈風和暴聲。

風吹這記狂烈獅吼，將巨獸大眼珠給吼碎了，血渣噴了風吹一身。

巨獸腦袋上的鬥狗場漢子似乎和這巨獸身上所有狗屍連成了一體，巨獸眼睛爆破，他便也感到撕心般的疼痛，揮動雙手要打大風獅爺風吹。

另一邊，四隻墨綠色大鬼讓一個暴烈紅影接連撲倒，都給咬斷了咽喉。

紅影停下身子，身上紅毛似火，嘴裡、眼裡都冒著淡淡火焰，是阿火。

阿火一聲巨吼，轉身撲上第四隻大鬼，一口咬去了他半邊臉。大鬼還欲還擊，烈火已經燒上了他全身。

「唉喲，你們來得真是時候……」六婆摀著受傷的腿，大聲嚷嚷著。

癩蝦蟆揮著白石寶塔，呱呱叫著：「我們在屋子裡玩牌玩得正起勁，等不到六婆妳回來，上陽台一看，乖乖隆地咚，大夥兒趕緊趕來。但老廟外是那臭妖怪的法術結界，綠眼狐狸花了好一番工夫才破解了那妖婆法術呱！」

「保護小妹妹逃！」六婆急急喊著，綠眼狐狸等精怪搶了上來，朝著香香的臉吹出紫霧。香香很快地睡了，讓綠眼狐狸在額頭上畫下了金印。

「讓我來、讓我來！」癩蝦蟆呱呱叫著，將香香收進了寶塔，又見寶弟還朝著自己吠，便將寶弟也一併收了。

原來在福地時，大夥兒閒來無事，太白星教給六婆使用寶塔的方法，六婆又教給了阿泰，阿泰又教給了一票精怪，於是大夥兒都會畫符印、用寶塔。

「怎麼回事？」「阿嬤！」另一頭，阿關、阿泰大聲喊著，也闖進了老廟廣場。

阿關、阿泰在發現這是阿姑的調虎離山之計後，以最快的速度趕了回來，卻被困在阿姑的法術結界外頭。

阿泰使著符咒在九彎十八拐的結界巷弄中找著出口，阿關則驅殺著四周的小野鬼，好不容易等到另一邊的綠眼狐狸破開結界，兩人這才找進老廟。見了廣場上這浩大陣仗，可都大大吃驚。

「原來你們也是阿姑的手下！」阿關見到老廟廣場上夾雜在小野鬼群中的獨眼鬼，想起這和他藏匿鐵皮屋時碰上的大鬼一模一樣，想來也是聽阿姑號令行事，卻不知當時究竟是恰好給那些獨眼鬼碰上，或是早已讓阿姑發現了。

不論如何，當夜那些沒給殺死的獨眼鬼逃了回去，一定將遇上了會使飛劍、還有一只奇異布袋的少年這情報，報給阿姑知道，也讓阿姑早早做了準備，因而在鬥狗場子遭到突擊的隔天，便立刻展開反擊。

「臭小子……你還記得我嗎？」阿姑嘿嘿笑著說：「我都忘了你那台腳踏車快……這樣都趕得回來……你以爲就你有援軍……我就沒有嗎？」

阿姑一頓一頓地說，突然仰頭高聲尖喊：「大帝，大帝——我將他們全找齊了，全在這兒，您親自動手吧！」

阿關、阿泰，乃至於綠眼狐狸等一班曾與順德大帝惡戰的精怪，此時聽了阿姑這麼叫嚷，都暗暗吃驚著。

天上幾陣閃光，六個花臉大漢落了下來，是阿姑的官將首。

其中一個官將首揮著那尖銳器具，大聲回著話：「大帝督軍壓陣，遣我們來殺……」

「這可不妙！」阿關緊握鬼哭劍，知道官將首十分難纏，但現下只有六個，似乎還能全力一搏，就是不知道那順德大帝不現身，還有什麼詭計。

阿泰高聲叫著，撒著符咒，往六婆跑去。

官將首跳著廟會步伐，輕易飛揚圍了上來，將阿關和阿泰團團圍住。

「阿關吶，猴孫，別怕，阿嬤來救你們了！」六婆大喊著，也顧不得腿上疼痛，拖著腳往阿泰那兒跑去。

「別急……老太婆……我特地爲妳準備了別的對手吶……」阿姑陰冷笑著，口裡唸唸有詞，越唸越大聲，突然彎腰一嘔，嘔出一條黏膩怪東西落到六婆身前。只見那怪東西不停蠕動，越變越大，還發著紫色的光芒。

紫色黏稠物變成了個大鬼，有兩公尺高，披頭散髮、眼睛殷紅，口中還吐著血氣，看來窮凶極惡。

「血孩子……把那嘴硬的老太婆給我殺了！」阿姑嘿嘿笑著。

「妳才是死老妖婆！」六婆大喝一聲，身旁最後幾隻紙人朝那叫作血孩子的紫色大鬼撲了上去。但血孩子力大無窮，一拳就將一個撲上的紙人打穿。

儘管癩蝦蟆等精怪在四周護衛，但是獨眼鬼、小野鬼、鬼花童、狗妖等等群起攻之，精怪們自顧不暇，各自死命奮戰，讓眾多妖邪一衝，一下子就給衝散了。

癩蝦蟆滾了兩滾，手上的寶塔都給鬼花童踢落，不知滾到哪兒了；綠眼狐狸緊緊跟在六婆身後，吐著紫霧和血孩子纏鬥。

「就是你這狐狸最討人厭！」天上阿姑冷冷笑著，揮動黑煙去吹綠眼狐狸的紫霧。

血孩子扭動著頸子發出了喀喀喀的聲響，神情凶烈至極，張了大手往綠眼狐狸抓去。

綠眼狐狸左閃右避，知道血孩子力大無窮，不敢硬碰，閃了幾次之後讓幾隻小野鬼攔下，退無可退。一回頭已讓血孩子抓著了腳踝，朝地上猛一砸，砸得眼冒金星，嘴巴噴出了大口鮮血。

「阿嬤、狐狸！」阿泰怪叫著，揮動著雙截棍衝來救援，拉著綠眼狐狸往後退。

另一邊，阿關鬼哭劍離手飛梭，逼開那想要追擊阿泰的官將首，再伸手接著了飛回來的鬼哭劍，一人獨鬥六個官將首。

天上的阿姑似乎更注意著阿關，對六婆反而不那麼重視了。

「沒關係……沒關係……對付騎車囝仔就好……看這死囝仔這次怎麼逃！」阿姑恨恨說著。她先前幾次追擊阿關都失了手，這次新仇加上舊恨，氣得眼睛都要噴出火了，要不是懼著阿關手上那把鬼哭劍，自己都要飛下去打了。

阿關晃著手上的鬼哭劍，深深吸了口氣，大喊著：「來呀——」

官將首舞弄著各式兵器，結成陣式殺了上去。

阿關和第一個殺來的官將首兵器相交，虎口發疼，卻沒有後退。他知道自己在經歷了這些日子以來的多次大戰之後，體內的太歲力越趨成熟，至少也勉強稱得上「身經百戰」，此時眼前六個官將首已不是那麼難對付了。

第一個官將首還要進攻，左右兩邊三個官將首也同時夾擊而來。阿關拋出白焰符逼開了左邊兩個官將首，握著鬼哭劍去劈砍右邊兩個官將首。

官將首使著奇異法器，大力轟擊阿關。阿關握著鬼哭劍的手讓那些法器震得疼痛極了，卻越戰越勇。

漸漸地，幾個官將首都圍了上來，五、六件兵器照著阿關的腦袋、手臂亂砸，卻都不能更進一步打中阿關身上要害。

官將首動作有些僵硬，尤其在手上法器和鬼哭劍相交，炸出黑色電光的瞬間。阿關呼嘯一聲，黑雷閃耀。一個官將首讓鬼哭劍上的黑雷震得呆滯了數秒，一道白焰隨即跟著炸去，將那官將首炸飛老遠。

同時，阿關也發覺，自己身邊有時會閃耀出黃色光芒，那些光芒會讓官將首的動作出現差錯。

地上又一股黃光滾來，絆了一個官將首一跤，阿關可沒放過這機會，撲身一劍，斬落了這官將首腦袋。同時詫異這黃色光芒似乎有些熟悉，他記得在鐵皮屋第一晚，身邊也曾經滾動過同樣的光芒，讓他覺得通體舒暢；那時他以為是體內的太歲力，現在則驚訝這太歲力竟像是有了自主意識，還會幫忙打鬥。

就在阿關酣戰官將首的同時，六婆和阿泰也拚上了性命去對付那血孩子。

血孩子跨著大步，一步步逼來，步行間要是有狗妖不識相地搶在前頭，還會讓血孩子一爪子揮走。

「這傢伙喪心病狂！」阿泰怪嚷著，眼見後頭也有好幾隻小野鬼和狗妖，穿過了獅子、老虎的護衛陣，往這兒逼來。退無可退，只好掄著雙截棍往前，想擋下血孩子的攻勢。

綠眼狐狸咳了幾口血，轉身去對付那些小野鬼和狗妖。

阿泰衝到血孩子面前，雙截棍一陣亂打，上頭的符咒發出紅煙，在血孩子身上打出了斑斑傷痕。

「阿泰啊！你別硬打，你打不過他——」六婆心慌大叫著。

四周的小野鬼偶爾會飛撲上來，撲到六婆身上，六婆便用金錢劍刺落他們。

六婆不停反手掏著符咒，突然一驚，驚覺背上的包袱十分乾癟，符咒早已給掏光了。

六婆再轉頭往前看，見到阿泰竟浮了起來、雙腳亂蹬，竟是血孩子掐著阿泰的頸子，將他拎了起來。

阿泰漲紅了臉，額上青筋迸現，像是要爆了一樣，兩腳不住踹著，踹在血孩子赤裸身上，卻像是踹在石牆上一般。

「將我的猴孫仔放下啊——」六婆大喝一聲，口裡唸著咒語，手上那金錢劍綻放著橙黃色光芒，一劍一劍朝著血孩子身上劈砍。

血孩子舉手格擋，讓金錢劍砍了幾下，手臂上出現有如燙傷般的條狀傷痕，卻仍然沒將阿泰放下。

阿泰讓血孩子掐得騰了空，兩眼翻白，手還甩著紅線雙截棍，一記一記打在血孩子身上。

阿姑看著底下六婆和阿泰的狼狽模樣，嘿嘿笑了起來，越笑越大聲說：「妳這老傢伙，不是很多怪招嗎？怎麼不快使出來救妳孫子，呀哈哈——」

血孩子大手一揮，掃在六婆臉上，將六婆打得騰了空，又重重摔落。

六婆吭也沒吭，支撐著身子搖晃站起，用手摀著臉，遲遲沒有動作，不停喘著氣，鮮血從指縫間流出，流了滿手，滴落一地。

「老傢伙破相啦，看妳還敢囂張！」阿姑駝著背飛，見到六婆受傷，這才興奮地急竄而下，要撲殺六婆。

「六婆！」一聲大吼，鬼哭劍伴著黑雷飛竄而來，直取阿姑腦袋。

阿姑急急閃過，轉頭看去，只見圍殺阿關的官將首只剩兩個，不免有些心驚。阿關一面操縱著鬼哭劍突刺阿姑，一面向這兒衝來，要救六婆。但沒了鬼哭劍的阿關，很快便讓追上來的官將首纏上。

阿姑接連閃過鬼哭劍兩記飛梭刺擊，揮手放出一片黑絲，纏住了鬼哭劍，像蜘蛛結網捕捉飛蟲般地將鬼哭劍越包越緊，同時對著官將首大聲下令：「臭囝仔沒有武器，快抓了他！」

阿關見阿姑竟有這招，不禁大駭，兩隻官將首已經一前一後圍住了他，幾隻小野鬼也飛撲上來。

前頭那官將首拿著令牌重重往阿關肩上一砸，阿關吃痛忍著；後頭那官將首架住了阿關雙肩，前頭的官將首再度舉起令牌，這次朝著阿關腦袋上砸去。

莫名其妙的黃光再次襲來，捲倒了那拿令牌的官將首。

阿關則仰著頭往後撞，猛力撞擊那架著他的官將首的臉。

前頭的官將首不停揮舞著令牌要打阿關，有時讓黃光絆倒而未能擊中，有時讓阿關亂蹬的腳踢了而不住後退，一時僵持不下。

不遠處血孩子仍掐著阿泰頸子，阿泰亂蹬的腳漸漸沒了力氣。四處想趕來救援的虎爺和精怪們，都讓數量眾多的狗妖、鬼花童、小野鬼、獨眼鬼等給纏住，而無法來援。

「邪魔啊……」六婆喃喃唸著，汗如雨下，好不容易放下了摀著臉的手。只見六婆半邊臉龐血肉模糊，有一隻眼睛看不見了，是讓血孩子抓的。

「你這惡邪魔……」六婆喃喃唸著，下意識地伸手往背後摸，才想起符早用完了。

六婆只猶豫了一瞬間，在她見到阿泰的臉色發黑之際，便毫不遲疑地將左手手指放入口中。

喀吱一聲，六婆咬去自己左手食指和中指的第一節。

她噗的一聲吐出了兩截斷指，用那潺潺流出鮮血的雙指，在自己右臂上畫下了觸目驚心的咒文，同時大聲喃唸起咒語。

六婆的右臂隨著咒語聲綻放出金光，一道道鮮血淌至手上那柄金錢劍上，金錢劍也發出了耀眼光芒。

「放下我的猴孫——」六婆大喝著，撲近了血孩子身下。

阿泰恍惚之際，竟有些訝異，他從來也沒見過六婆動作如此之快。

「猴孫吶，免驚！阿嬤來救你啦——」六婆將金錢劍刺進血孩子胳臂，炸出了血花和光。

血孩子用另一手來抓六婆，卻讓六婆用那斷了的手指在他胳臂上急急畫下符咒，燒出炙熱火光。

血孩子咆哮著，高高舉起那給燒著的手臂，筋脈鼓脹嚇人。

「免驚！乖孫仔！免驚——」六婆沙啞破聲地叫著，一劍一劍刺著血孩子掐住阿泰的手臂，像是忘記了那趁隙咬住她腿的狗妖，和抱著她後背亂噬的鬼花童。

「磅——」地好大一聲，將要暈死過去的阿泰嚇得清醒了些。

那聲巨響，是血孩子粗壯的拳頭打在六婆腰間所發出來的聲音。

阿泰瞪大眼睛，聽見了骨頭爆裂的聲音。

一拳、兩拳、三拳，六婆口中濺出了血花，腰間讓血孩子打凹了一個大坑，左手還挾住了血孩子手臂不放，金錢劍深深插在血孩子手臂中。

第四拳，血孩子的手臂整隻插進了六婆腰間，從另一側爆破穿出。

「……」六婆剩下的獨眼大睜，用細如蚊蠅的聲音唸動咒語，插在血孩子手臂上的金錢劍光芒大盛，炸出了耀目火花。

血孩子終於鬆開了手。

「阿嬤——」阿泰落下了地，腦袋還轟隆隆炸著，仍奮力拔出插在血孩子胳臂上那柄金錢劍，趁著血孩子還沒來得及反應時，插入了他那張凶惡大臉。

六婆終於摔落下地，腰間傷處稀稀爛爛，鮮血和內臟像是打翻了湯鍋般地湧了出來。

「阿嬤——」阿泰駭然哭叫著，拿著雙截棍亂打著那些狗妖和小野鬼，拉著六婆往後拖拉，一手按著六婆傷處，卻止不住那狂洩出來的血和腸子。

「哈哈、哈哈——」阿姑強壓著手上那包覆鬼哭劍、不停抖動著的黑絲大繭，嘻嘻笑著。正想說些什麼來譏諷六婆，突然便聽到官將首發出一聲嚎叫。

阿關兩臂閃出了黑色電光，將背後架著他的官將首電得嚎叫起來。阿關怪喝一聲，反手一拳打在那官將首臉上，再一記過肩摔，將官將首摔在地上。

「死囝仔會發電？」阿姑正驚愕著，手上的黑絲大繭已經震飛了手。

「出來！」阿關憤怒吼叫，鬼哭劍破繭竄出，閃動著黑雷，將阿姑的手腕給射斷了。

阿關接回了鬼哭劍，將前後兩個官將首全給刺死。

「死囝仔！這麼久不見……變得這麼厲害！」阿姑亂竄尖叫著，手腕斷處的黑煙激噴，像是十分難受，不停在空中打著轉。

「六婆——」阿關踉蹌奔著，他身上有幾處讓官將首的令牌打得骨頭裂傷，此時卻似乎不覺得痛。

因爲有股更痛的感覺佔據了他的心和全身。

他搶到血孩子身前，回頭看了六婆一眼，憤怒大吼起來。

血孩子抽出眼窩中的金錢劍隨手一扔，跨著大步又要殺來。

一聲撕天裂地的虎吼嘯來，像是要震碎天地一般。

紅影降臨，阿火撲上血孩子肩頭，全身紅毛倒豎，身上還掛著好幾隻不肯鬆口的狗妖。

阿火張開大口，口中噴發烈焰，和那血孩子狂鬥酣戰。

阿關想要助陣，但見六婆命危，趕緊轉身跑到六婆身邊，用盡全身的氣力施放治傷咒，發出一股股光氣灌入六婆身上。

但六婆身上破口太大，阿關的治傷咒術練習不夠，連血都止不住。

阿火吃了血孩子一拳，給打飛老遠，後頭大邪隨即衝來。大邪猛壯如牛，轟地撞倒了血孩子，接著撲上翻滾纏鬥。二黑、二黃、牙仔、小狂、鐵頭也全都怒吼嚎叫起來，奮力突破了重重包圍，捨下那些死纏爛打的狗妖們，全往血孩子衝去。

「阿嬤……阿嬤……」阿泰跪在地上，捧著六婆身子，輕輕拍著六婆的臉。

阿關緊閉眼睛，握著六婆的手，一心一意地施放治傷咒。

六婆老皺的嘴巴不停顫著，似乎想說些什麼。滿布皺皮的老手無力舉著，在阿泰臉上摸了摸，抹去了阿泰嘴上的鼻血，喃喃說著：「猴孫吶……你快逃……鼻孔流血了……頭抬高就不流了……不要老是偷吃金甲神仙的水果……別忘幫灶爺上香……」

六婆眼神茫然，幾乎忘了自己身處戰場，猶如回到了過去，回到那沒有惡念降臨、沒有神魔交戰，每日坐在老廟空地看著天，盯著阿泰別偷吃神桌水果的悠閒日子。

六婆指著老廟，喃喃說著：「桌上還有一些粽子……吃完去喝紅豆湯……還有……阿嬤之前說過……房間……抽屜裡……的玉鐲子……鐲子……」

六婆漸漸無聲，指著老廟的手垂軟放下。

「阿嬤——阿嬤——」阿泰用撕裂心肺的聲音仰頭哭叫。

「六婆！」精怪們讓這樣的巨變嚇得大驚失色。老樹精拖著讓狗妖咬傷的腳要來救，卻又讓另幾隻狗妖撲倒，在地上打滾纏鬥；小猴兒四處蹦跳，手上的鐵棒都讓鬼花童搶走了；

綠眼狐狸先前讓血孩子打得重傷，此時和癩蝦蟆合力死守著彼此，已是極限。

阿關倒吸了口冷氣，短時間內接連放出了數十道治傷咒，讓他一下子回不過氣，眼前一陣暈黑。

阿姑眼尖，絲毫沒有放過這大好良機，俯衝直下，揮手一撒，好幾隻水盆大的黑蜘蛛落在地上，往阿關、阿泰撲去。

阿泰抱著六婆要逃，阿姑一張網撒下，捲上了六婆身子，將她拉上了天。

「老傢伙有道行，屍體可別浪費了！」阿姑大笑看著阿泰說：「你這小子道行太淺，要了也沒用……」

阿姑得意狂笑，手腕的傷處更疼了。她見底下的手下戰死得差不多了，最強悍的血孩子已讓發了狂的虎爺們撕成碎塊，便也無心再戰，轉身飛去。

「哇——」阿泰大叫大嚷，瘋了似地狂揮著雙截棍，打爆了眼前幾隻蜘蛛。見到阿姑要逃，憤恨地狂追著：「站住——」

阿關回過了神，見六婆竟讓阿姑搶走了，也憤恨地衝追上去：「別逃！」

阿姑飛過了廣場那頭的住家，飛得更高。

虎爺們紛紛蹦上了屋頂，蹦跳追著，精怪們也緊緊跟著。

大風獅爺風吹本還撲在那大狗巨獸身上，他耗了好大力氣，總算殺了這大狗巨獸。見六婆讓阿姑搶了，後頭披風狂揚，巨吼一聲踩踏著烈風飛翔，搶在眾虎爺石獅之前追上阿姑。

阿姑手腕黑煙還不停噴出，難受得很，一時竟無法擺脫精怪、虎爺們的追擊，一回頭見一頭白色大風獅爺緊追在後，只得加足了勁繼續飛竄。她飛到了大道路上，轉頭又見到阿泰發狂騎著重型機車，在底下緊追不捨。

鬼哭劍飛竄而來，阿姑噫了一聲俯身閃過，肩上又讓鬼哭劍劃出了一條口子，疼得發暈。阿關騎著石火輪從另一條巷子追出。

「全都死追不放！好！好！我就是要你們追！」阿姑惡狠狠罵著，嘴裡喃喃唸起奇異咒語，眼中綻放出一圈圈異光。

66 最後的叮嚀

「把我阿嬤放下，放下啊混蛋——」阿泰甩著鼻涕眼淚怪吼，只覺得眼前小巷越騎越長，路也越來越寬，像是變成了大道一般。一輛公車遠遠停下，阿姑竟然落了下來，跟著一票乘客上了公車。

「幹！」阿泰急忙煞車，將機車一甩，奔衝上去，追上了公車。

獅子、老虎們也一一攀上那輛公車，或抓或咬著，公車車窗迷茫，看不見裡頭情形。

「阿泰小心！」阿關緊追在後，只見那公車瀰漫著詭異氣氛，四周像是鬼打牆一般，和他那時初遇上鬼夫妻的情景頗為相似，這是阿姑的奇異法術。

鬼公車緩緩駛動，阿關石火輪已經追上，拉動車頭一舉衝上了公車頂。

精怪們也早都趁著公車停下載客之際，全攀爬上了公車頂，全都聽著阿關號令，不敢擅自妄動。

「白石寶塔呢？」阿關急急問著癩蝦蟆。

癩蝦蟆慌亂搔頭說：「呱呱！我帶著寶塔救援老廟，打鬥中掉了，應該還在廣場上⋯⋯阿關大人原諒我，呱！」

「那好，大夥兒別擅自亂跑，這公車很古怪，阿泰已經上車了，我們趕快進去幫忙！」

阿關在公車頂上往前騎著，隱約覺得這公車頂似乎變得十分寬闊，也是阿姑的結界法術。

「阿關大人，從這裡進去！」綠眼狐狸揭開了頂上一扇天窗，喊著阿關。

阿關招呼一聲，領著精怪、虎爺，從公車天窗鑽進車廂裡。

大夥兒跳入車廂，只見車廂兩端寬闊漫長，哪裡是公車，根本像是火車一樣。

公車兩旁的座椅、車窗都爬滿了枯黃藤蔓，冰冷而陰森，那些座椅大都殘壞，瀰漫著一股鐵鏽味。

漫長車廂陰森黑暗，飄動霧茫茫的紅煙，有些車窗還閃著紫青色的光芒，看不出外頭景色，只感覺得出來車子搖搖晃晃往前駛著。

幾個鬼乘客坐在座椅上，一見阿關等從天窗跳下，全站了起來，張牙舞爪地向他們走來。

「阿泰——六婆——」阿關揮動鬼哭劍，砍倒那些撲來的鬼乘客。他在迷茫紅霧之中，見到阿泰便在前頭不遠處，被幾個臉色蒼白、毫無血氣的乘客抓咬著。

阿泰憤怒哭吼，怒瞪著那不停往車廂另一頭退去的阿姑。阿姑的斷手仍淌著血，不停冒煙，氣喘吁吁地提著六婆。六婆讓黑絲纏滿全身，腰間破口垂掛著腸子內臟，一動也不動。

「六婆、六婆！」阿關見到六婆慘狀，又是悲痛、又是氣憤，接連劈倒幾隻鬼乘客，領著精怪、獅虎們往前衝。

阿泰怪叫怪嚷著，似乎還不知道阿關就在十來公尺的後頭趕來。他大衣裡的符籙都掏得差不多了，只能一股勁地甩著雙截棍，又打倒一個正要起身的鬼乘客，死命地追著阿姑。

阿姑斷手垂著，抓著六婆往後閃去，閃進了更為濃厚的紅霧之中。

「把阿嬤還我——」阿泰哭嚎吼叫著追進了那陣大霧中。

「快追上阿泰！」阿關指揮著虎爺、精怪們，在這狹窄通道中，自己追趕的速度顯得緩慢許多。他轉頭一看，只見到石火輪還掛在公車頂天窗邊，於是用心念召喚，催動石火輪落下竄來。

虎爺們飛奔著，往那陣厚重紅霧衝去。

阿火奔得最急最猛，他是守護六婆老廟的虎爺，是六婆、阿泰從小照看到大的虎爺。

那紅霧前方的車廂開始扭曲，往中央擠壓，像是一道門要關上似的，入口越來越小。

阿火猛烈飛躍的勢子一點也沒有減緩，先是躍過了前頭好幾張堆在一起的破爛座椅，然後閃過幾隻鬼乘客，踩踏上車壁和玻璃窗子，藉著反彈猛一飛撲。

只見到阿火彷如化為一道飛天紅色焰火，穿過了那擠壓變形得幾乎要合上的車體。

細窄的入口、碎裂的金屬車體，在阿火身上割出一道道恐怖傷痕，卻阻不下阿火的衝勢。

阿火衝進了紅霧，但後頭的獅子、老虎們追趕不上，一個個都撞在已經密封的車體大牆上。

牙仔怪叫著，用爪子去扒那扭曲擠壓成一堆的廢鐵，也無法扒出什麼來。

後頭，阿關騎著石火輪趕來，四隻精怪負責斷後，緊緊跟著阿關。

兩旁的鏽鐵椅子崩裂扭動，螺絲釘一一彈飛，破爛鐵條張揚晃動，像是一隻隻鐵爪子般地來回抓擊。

癩蝦蟆一個不留神，讓這鐵爪子抓破了肚子，刮出好長一條口子。

「蝦蟆！」老樹精、綠眼狐狸搶了上去，將癩蝦蟆往後抬。小猴兒沒了鐵棒，隨手在地上抽出了生鏽鐵條，在前頭亂打，抵擋著鐵爪子的攻擊。

阿關避開了兩爪抓擊，以鬼哭劍還擊，砍落了鐵爪子一根指頭。

「哇！」阿關突然覺得背後吃痛，轉頭一看，後頭的座椅也化成了三隻爪子，其中一隻抓上了他的背，抓出長長血痕。

阿關忍痛還擊，也注意到四周的奇怪爪子更多了。他本來想讓石火輪開路，但石火輪卻讓一堆鐵條爪子抓得動彈不得。

那些鐵條爪子上一根根指頭不斷揮動突刺，阿關舉劍格擋還擊，鐵條爪子刺得又快又急。阿關起初擋得十分吃力，接著卻漸漸順手。

阿關想起在福地時與章魚兄對練的情形，自己好些陣子沒練劍，都生疏了。

鬼哭劍上閃起黑雷，阿關抓準時機結結實實砍在一隻爪子上，將那爪子從中砍成兩半。

鐵爪子似乎十分懼怕黑雷，讓黑雷一炸，便頓時破碎斷裂，炸成了普通鐵鏽碎塊。

阿關突破重圍，搶到了癩蝦蟆身旁，對他施下治傷咒，總算止住癩蝦蟆肚子傷口的血。

癩蝦蟆疼得說不出話，只能虛弱地吐著泡泡。

四周的鐵爪子大都讓阿關斬碎，虎爺和獅子們在那扭曲變形的車體牆前轉著圈，無計可施，一隻隻都只能不停張開嘴巴虎嘯獅吼著。

「這牆也是結界，我能打開……」綠眼狐狸伸手按按那牆，鼓足力氣唸咒，霎時紫霧瀰漫。

綠眼狐狸才正唸咒唸到一半，突然瞪大了眼睛，往後一躍。

車壁上突然隆動翻騰，一張大臉隆起現出。

大鬼臉打了個嗝，大口一張，十來隻鬼乘客滾了出來，掙扎起身，怨毒地大叫著。虎爺、獅子們再度出戰，扒著、殺著那些鬼乘客。

大臉又張一口，又吐出一批鬼乘客，接著兩邊壁面抖動，伸出左手和右手抓擊著虎爺。

「可惡、可惡！」阿關憤恨至極。他見阿姑這車上異術竟如此之多，怎麼也無法趕上阿泰，不知道在那頭正遭遇到什麼事。

阿關一聲吼叫，抓著鬼哭劍衝上亂殺。大鬼臉雙眼圓瞪，揮動雙手去擋，他那鬼手有一扇門那麼大，顏色暗沉沉的，還有些鱗片。

阿關閃過大鬼臉一記爪擊，回擊一劍劃過大鬼臉手背，劃出長長血痕，血痕冒出黑煙。

大鬼臉正要怒吼，一根枯枝迎面插來，插進大鬼臉眼睛，是老樹精跟在後頭助陣。

阿關趁機左右揮劍，砍落大鬼臉雙手幾根指頭，斷口處全冒著黑氣。

大鬼臉張口要叫，碰的一聲門牙都爆裂了，是鐵頭的頭錘攻擊。

大鬼臉受了一輪猛烈攻擊，轟隆隆地要遁入車體逃跑。鬼哭劍直直飛竄而來，插入大鬼臉額頭正中，黑氣猛烈炸出。

「好小子……好久不見，你還記得我嗎？」奇異的聲音響起，大夥兒都怔了怔。

阿關循著聲音回頭，只見遠處車廂那頭的紅霧越漸濃厚，幾個身影穿過紅霧，當中一個高瘦傢伙穿著大袍，枯瘦的雙手下垂，兩隻眼睛凹陷閃耀著紅光——

是順德大帝。

順德大帝身後隱約可見還跟著幾個官將首。

「是你這混蛋，你終於出現了……」阿關恨恨罵著。精怪們心知不妙，全聚在阿關左右，準備一拚。

「得來全不費工夫……」順德大帝冷冷笑著，他本來便是一張黑臉，此時更多了幾分狼狽蒼老，看來倒像個流浪老人，一點也沒有「大帝」樣子。

老樹精搶著開口說：「順……順德啊，阿關大人現在已經不是太歲啦，他和你一樣，流落凡間，躲避主營神仙捉拿……你又何必苦苦相逼呀？」

順德大帝先是冷笑幾聲，接著恨恨地說：「我被主營神仙們囚禁折騰，元氣大傷，潛逃出來以人氣補身，煉些手下重整旗鼓。你們這些蛆蟲鼠輩偏又要來搗蛋，自投羅網，怪不得我！」

「上一次，你從寶塔裡逃了，這一次，你該如何脫身？」順德大帝說完，又笑了起來。兩隻眼睛閃閃發光，數個月前那威風模樣，此時又回復了幾分。

「當然是殺了你脫身。」阿關冷冷地回應。

他知道順德大帝當初吸納信徒精氣加強自身魔力，所以強極一時；但在那之後，魔力逐漸消退，且經過主營囚禁，力量更爲衰弱，此時或許可以一拚。

虎爺、獅子們也在阿關身前排成一列。此時鬼乘客已給殺盡，大鬼臉也已死去，虎爺大都受了傷，喘著氣，尖爪子在地上扒著，大戰一觸即發。

「好孩子……好勇敢……」順德大帝手一招，像是下命令一般說：「你可知道，我在那雪山主營受盡了多少苦頭？你可知道那些神仙是如何折騰我？這可都是你害的……小子……」

「還不都是你這混蛋咎由自取。」阿關恨恨地說。

他媽媽受到邪術蠱惑、翩翩身中綠毒、六婆肚破身亡，都是由這順德而起，新仇舊恨摻雜在一塊兒，阿關可恨透了這順德大帝，此時恨不得將之生吞活剝。他努力穩著身子，感應到太歲力在體內激昂流竄，在身上的傷處不停地輕拂流動。

紅霧後頭的官將首向前動了動身子，似乎抬著個大東西。

阿關看清楚了，是一只大箱子。

是擺放著化人石的大置物箱。

「順德——」阿關脖子上突起了青筋，身上泛起黑雷，怒吼一聲向前衝去。

「阿關大人！」老樹精大嚷著，招呼著精怪、虎爺一同追上。

幾隻官將首殺了上來，踢翻那些早已筋疲力竭的精怪和虎爺，將阿關團團圍住。

「小子，這下你該明白，剛剛那廝喚我，我怎麼沒現身了吧。」順德大帝冷冷笑著，眼中冒著精光。

原來順德大帝一直隨著阿姑，一同攻打老廟，但見癩蝦蟆一夥趕來，知道阿關還有其他據點，且就在附近。他便遣了一半的官將首下場助陣，自個兒卻和另一半的官將首循著細微靈氣，找著了藏有化人石的公寓住所。

順德大帝邪化之前雖是小神，卻也上過幾次天庭，知道完整的備位計畫，對這化人石大蛹也略知一二，便順手劫了。

「小子，我要讓你受到最大的痛苦……」順德大帝冷冷說著，伸手揭開大置物箱的蓋子。

「你敢——」阿關憤怒大吼，踢倒一個官將首，再一劍刺進另一名官將首腦袋，用盡全身氣力往順德大帝衝去。

□

在那扭曲變形的車體大壁另一面，紅霧瀰漫之中，是阿泰和阿姑間的追逐。

全身滿布割裂傷痕的阿火緊跟在阿泰身後，撞翻那些試圖攔住阿泰的鬼乘客。

「你想救你阿嬤……眞是乖孫子……要不要當我孫子……我都沒有孫子……」阿姑奸笑，一邊說話戲弄著阿泰，往車廂更深處飛竄。

六婆的屍身掛在阿姑手上，隨著阿姑亂飛而晃動，黑絲底下一隻半睜著的血眼茫茫然，身上的血幾乎要滴乾了。

阿泰還抱著一絲希望，抹著眼淚大喊：「阿嬤不要怕，等我殺了這死老妖婆，帶妳回家！」

阿姑喉間咕噥著渾濁聲音說：「都死了還要救……這樣啊……你求求我……我可以幫你

救……我把她變成凶鬼……你們祖孫又可以團聚了……這老太婆有道行……煉成凶鬼可厲害了……哈哈哈哈！」

阿姑怪笑著，一抬頭，車頂便多了一扇天窗，縱身就要往窗外竄。緊追不捨的阿泰奮身一跳，兩手抓住阿姑腳踝，硬生生將她拉了下來，摔在地上。

「幹！」阿泰將阿姑壓倒在地，掄了拳頭就往阿姑臉上搥去。阿姑的臉給搥了兩拳，像是不痛不癢，枯手一揮，打在阿泰肩頭上。

阿泰悶吭一聲，肩頭衣服已給撕得破爛，肩頭肉上多了五個紫黑色指印，像是給鬼打了巴掌一般。

阿泰沒有退卻，反而雙手掐住阿姑脖子，臂上都冒出了青筋，像是要擰斷眼前這妖婆頸子一般。

阿姑的臉給掐得發脹，眼睛閃動異光，又揮動了枯手，在阿泰身上打出一記記的鬼手印。

「你這頑劣小子……我現在就讓你去見阿嬤！」阿姑怪叫一聲，身子放出黑氣，震開阿泰。

阿姑舉起枯手，緩緩湊進口中，竟一張口咬下自己小指，像是啃雞爪般，半截指頭還冒著黑血。她將那咬下來的小指塞入六婆口中，唸起奇異咒語。

「妳要對我阿嬤做什麼？」阿泰恨恨吼著，身後傳來撕裂金屬的聲響。轉頭一看，一旁壁面突起一個鬼臉，比阿關殺了的那張鬼臉來得小些，同樣伸出兩隻大手。

「貪吃的食人鬼啊……不要客氣……吃了這小子和他的虎爺……」阿姑嘿嘿笑著，還不停唸咒，六婆的嘴裡冒出黑煙，鼻子裡也冒出了黑煙。

「不過留下兩顆腦袋……讓我煉更厲害的鬼啊……」阿姑笑得更大聲了。

那張大鬼臉嘿嘿笑著，張口一吐，又吐出一個個的鬼乘客。

阿火轉身撕咬著那些鬼乘客，和大鬼臉纏鬥著。

「妳休想！」阿泰奮力撲來，讓阿姑一甩手打在胸口上。

阿姑那隻枯瘦的手像是皮鞭一樣，將阿泰抽打落地，胸口衣服碎裂，好大一條紫黑印子斜斜印在胸膛上。

阿姑一腳踩在阿泰胸口上，此時讓阿姑挾在懷裡的六婆身子動了動，剩下一隻眼睛發出了紅色光芒。

「阿嬤！」阿泰在地上見了，只覺得毛骨悚然。

阿姑尖聲笑著：「你阿嬤要活過來了，嘿嘿嘿嘿！」

□

官將首將那大置物箱蓋隨手一扔，抬起裡頭大蛹，拋在地上。

大蛹碰的一聲落地，還搖晃了兩下。

順德大帝雙手按在大蛹上，一用力，撕出了一條裂口。

「我殺了你——」阿關全身閃耀起黑色電光，這是他耗盡身上最後力氣發出來的黑雷。

兩、三個殺上來的官將首，兵器一碰上鬼哭劍，立時讓黑雷給電著，彈開老遠。

順德大帝也感受到這黑雷的威力，向後一躍，揮動袖子放出黑風，吹向阿關。

阿關不閃不避，卻用手去撥，硬是將那股黑風撥開，但同時手臂也感到撕裂般的疼痛，皮肉像給千百把小刀劃過一般。

阿關衝破了黑風，鬼哭劍舉得好高，一劍斬下。順德大帝向後飛躍而起，一手往前揮動，還要放風，卻正好讓阿關劈下的鬼哭劍將他的手齊腕斬落。

「哇——」順德大帝摀著斷腕，摔在後頭車廂椅上，尖聲叫嚷著；官將首舞動兵器，往阿關頭上砸來。

虎爺、獅子撲了上來，和官將首一陣混戰，但終究是負了傷，讓官將首們拿著令牌、法器一陣痛打，完全不是對手。

阿關支撐著身子，倒在地上握著鬼哭劍，抵擋著一個官將首的攻擊。他已耗盡了力氣，完全放不出黑雷了。

順德大帝咆哮著，又飛上空中，就要往阿關衝來。

突然一陣黃光震碎車廂一邊那霧濛濛的窗子，捲進了車箱，在阿關身後凝聚成形，揮了揮袖，滾動滔滔黃浪，擋下那官將首的令牌。

阿關正訝異著，轉頭四顧，只見一個身披黃袍的中年婦人，一臉病容地佇在阿關身後。

順德大帝陡然停下衝勢，張大了口，像是不敢相信自己的眼睛，呆愣愣了好半晌，這才艱難地吐出了兩個字——

「后土？」

「后……土？」阿關聽著這陌生名字，突然想起許久之前，林珊曾和自己說過天界那三清四御。

三清是天界中的精神領袖，其中元始天尊、靈寶天尊早已仙逝多時，剩下的道德天尊——老子，則在太歲鼎崩壞之後被勾陳囚禁，後又被辰星劫走。

而四御之中的玉帝、紫微、勾陳，都是阿關已經見過或是聽說過其動靜的神仙。但這后土，據林珊說，在太歲鼎崩壞之前，便時常下凡巡視多時，不常與天界聯繫；南天門一戰時，緊急趕往天庭支援，卻在正神分批撤逃人間時，與主營失去了聯繫，再無音訊，本來傳聞已經戰死。

然而失聯多時的后土，此時竟站在阿關身後。

后土面容看來極為憔悴，像久病未癒一般，但身上綻放著柔和黃光，一點也沒有邪化的樣子。

「后土……大人……」順德大帝有些慌張，連連往後退著，官將首們也停下了戰鬥，都往順德那兒聚去，護衛著順德。

「你不是那順德神嗎？怎在此作惡？」后土皺了眉頭，身後金光大現，身上黃袍鼓動飛揚，氣勢不凡。

順德大帝摀著斷了的手腕，戰意全無。他讓阿關斬斷了手，知道眼前這少年已不同於以往那般孱弱，加上后土突然現身，自己已是毫無勝機。

「可恨、可恨！」幾道黑煙捲起，順德大帝領著殘存的官將首穿過車廂天窗，飛天逃了。

「翩翩、翩翩……」阿關連忙掙起身子，衝到那化人石大蛹前，裂口裡全是黏糊糊的液體，隱約可見赤裸裸的翩翩。

翩翩像是嬰兒一般，屈著身子縮蜷在大蛹中，頭臉身子都是滿滿的黏液，看不清模樣五官，但仍有呼吸和脈搏，是活的，像是沉沉睡著一般，對阿關的叫喚毫無反應。

精怪們彼此攙扶著，緩緩聚來，看了看沉睡中的翩翩，也跟著阿關一同叫喚：「翩翩仙子、翩翩仙子……」

阿關轉頭，滿臉求救地望著后土。

后土緩緩走來，看了看翩翩，說：「這是蝶兒仙吧，你們的事我聽啓垣說過了，她本來便即將羽化成人，雖讓那惡神抓破了蛹，但應無大礙。」

阿關有些訝異，原來后土早已和辰星聯繫上了。他趕緊脫下外套，蓋在大蛹裂口上，再將大蛹捧回大置物箱。

后土往前走來，伸手在阿關肩上按了按，一股黃光流進了阿關身子。阿關只覺得身上的傷處不那麼疼痛難受，體力也恢復了些。這才想起，原來當初找著鐵皮屋藏身那晚，本來身上十分難受，睡醒時卻覺得精神百倍，當時還以爲自己體內的太歲力更進步了，此時想來，竟是后土暗助。

阿關指著對面車廂後壁：「后土大人……我的好兄弟還被困在裡頭，我得去救他，求求妳幫助我！」

精怪們也跟著開口：「后土大人這麼厲害！要殺那妖婆子可是易如反掌！」「打啊，替六婆報仇！」

后土苦笑地嘆了口氣：「其實我病得極重，只是唬唬那順德罷了，要打要殺可是不行。這邪法異術倒也厲害，我試試看能否破了這法術。」

后土說完，閉上眼睛，深深吸了口氣，身上黃光揚起，往車廂四周流去。

□

而在此之前，順德現身的當下，紅霧的另一端，阿火一面奮力和鬼臉纏鬥，一面轉頭望著阿泰。他見到那本來已經死去的六婆竟然動了，卻猶豫地不敢靠近，他感受不到六婆昔日的溫暖和藹，反而感到一陣陣怪異邪氣。

阿姑高聲笑著，本來垂著頭的六婆屍身，此時竟也抖著肩膀，尖聲笑起，語調淒厲嚇人，像是傀儡一般。

「妳把我阿嬤怎麼了？」阿泰驚恐問著。

「呵呵呵呵……」阿姑和六婆的聲音同聲發出，露出一模一樣的笑容，兩個「人」四隻手，動作極快，一把將阿泰抓了起來。

「阿嬤……」阿泰見到六婆的慘樣，悲痛哭嚎，揮拳往阿姑打去，卻讓阿姑唸咒抓住了手。邪咒從阿姑的手上，往阿泰拳頭上爬，紅紅綠綠的紋路爬了阿泰滿臉。

阿泰難受得哀號起來，各種顏色的紋路在他臉上、身上亂竄。

此時的六婆已經不需要阿姑提著，反倒站在阿姑一旁，阿姑說什麼，她也跟著說什麼，且也伸出一隻手掐著阿泰脖子。

「猴囝仔啊……有沒有高興啊……你阿嬤又活過來了……」阿姑咧嘴笑著，只見六婆呆愣愣的，用和阿姑相似的表情嘿嘿笑，一隻手緊緊掐著阿泰頸子，手勁越來越大。

阿泰臉上讓邪咒染得紅紅綠綠，涕淚縱橫，再也無計可施，知道是阿姑以邪法操縱六婆屍身，六婆將會成爲阿姑的爪牙，成爲第二個阿姑，替順德大帝做許多傷天害理的事，那眞是天大的不幸。

「呵呵、呵呵！」阿姑看看六婆，再看看阿泰，賊兮兮地說：「乖孫仔……阿嬤要掐死你囉！」

六婆神情呆滯古怪，掐著阿泰的手更大力了，也跟著重複起同樣的話：「乖孫仔……阿嬤要掐死你囉！」

「我跟妳拚了——」阿泰發出了淒厲的怒吼，耗盡最後力氣猛一伸手，抓住阿姑掐著他脖子那手。這些日子來每日畫符修煉，多少也讓阿泰身上多了凡人所沒有的靈氣，這下突然爆發的氣力，同時掙脫了六婆和阿姑的手。

阿泰奮力一扯，將阿姑那隻枯手扯到嘴邊，奮力一口咬在那枯手掌上。

「死囝仔！」阿姑有些驚愣，也張大了口，露出黑紅色的牙，朝著阿泰喉嚨咬去。一隻手悠悠伸來，抵住了阿姑下頷，掐住了阿姑嘴巴。

阿姑眼睛大睜，驚訝莫名。

阿泰也同樣驚訝，傻愣愣看著離自己脖子只有幾吋的阿姑，看著掐著阿姑嘴巴那手。是六婆。

六婆身上泛著黃澄澄的微淡光芒，本來那猙獰面貌已經不見，神情有些平靜，嘴巴動了動，吐出了阿姑那截小指。

「妳這老傢伙魂魄竟不安分！」阿姑尖叫，眼睛泛著異光，唸起咒語；六婆嘴巴沒動，卻同樣也傳出了誦咒聲音。

兩股咒語的力量較勁著、拚鬥著，六婆眼神茫然，一股一股的橙黃光芒自身上流出，與阿姑放出的黑氣纏鬥著。

「妳這老傢伙，藉著我的『凝魂術』回了魂，竟敢跟我作對！」阿姑怪吼著，又吐出了口黑氣，將六婆那身金光壓弱了些，一邊尖聲咒罵著：「老傢伙迴光返照，以爲可以對付我！」

「阿嬤……阿嬤！」阿泰跌落在地，看著六婆回魂，慌張地四處亂摸，但身上符咒早已用完，急得不知所措。

阿火口裡還啣著一隻鬼乘客，身後的大鬼臉滿臉是火，沙啞叫著。阿火起先見了六婆在阿姑邪術操弄之下，開口動手，一時也有些迷糊；此時見六婆回魂，終於認出了老主人，吐出口中鬼物，一步一步跨來。

「小阿火，我的猴孫以後就交給你了……」六婆身上的金光更甚，咒語聲音也更大了，明顯壓過了阿姑那團黑氣，將阿姑壓得倒臥在地。六婆一手掐住阿姑嘴巴，一手抓住阿姑一隻手，將她按在地上。

阿姑嘴裡咕咕噥噥唸著邪咒，身子不停起伏隆動，嘴巴伸出一隻長滿長毛的蜘蛛腳，跟著又伸出了一隻，再伸出一隻。

「阿嬤、阿嬤！」阿泰邊流著淚，見到阿姑雖給壓在地上，但臉色猙獰，她口裡的大蜘蛛要是變了出來，肯定又要讓她奪回上風。

阿泰急中生智，咬破了手指，在自己手掌上畫起符來，那是六婆傳授給他的驅鬼咒術。他撲到阿姑身上，用畫有符咒的手掌摀住了阿姑嘴巴，不讓那大蜘蛛爬出來。

阿泰大聲唸著咒語，手掌發出了光芒。

「笨猴孫……」六婆神色看來十分虛弱，淡淡笑著說：「叫你要多用功，你都不聽，不是這樣唸……」

六婆糾正了阿泰的咒語，阿泰怔了怔，照著六婆所教，一遍一遍地修正著咒語。

六婆唸一句。

阿泰唸一句。

「呀呀——」阿姑尖聲叫了起來。祖孫倆合力施出的鎮魔術法，灌進了阿姑的眼、耳、口、鼻，讓她痛苦不堪，全身發起顫，竟將伸出口來的那三隻蜘蛛腳都咬斷了。

「阿泰啊，阿嬤房間包包裡有個玉鐲子，你拿去給宜蓁……她是個好孩子……給她戴上一定很漂亮……」六婆胸口起伏著，突然迸出了這麼一句。

阿泰一時還無法會意，停下了咒語，只見到六婆全身發出金光。

阿姑的「凝魂術」效力早已耗盡，六婆是仗著多年道行，才能勉強延長了回魂時間，現在時候到了。

「猴孫吶……以後你要好好照顧自己……」六婆苦笑，流下了眼淚，緩緩鬆開掐著阿姑嘴巴的手，在阿泰頭上摸了摸。

「阿嬤……」阿泰愣愣看著六婆，六婆身上的金光散去，身體登時癱軟。

「呀！」阿姑就趁這個機會，也鼓足全力掙扎，正要開口唸咒，只覺得眼前一黑，什麼也感覺不到了——阿姑的腦袋整顆沒了。

阿火虎口一張，將咬下的阿姑腦袋嚼了個粉碎，仰頭虎吼長嘯。

「阿嬤——」阿泰抱著六婆屍身哭吼起來，四周車壁座椅都亂動著。

一股股黃光流進了車廂，阿泰只覺得天搖地動，隱約聽見阿關和精怪們的叫聲。回頭一看，本來妖異漫長的鬼公車，此時閃動著光影，阿關和精怪們的身影一陣陣閃現。這是后土的法術，一陣陣破壞著阿姑這輛施下了厲害邪法的鬼公車。

終於，妖異公車的影子全然褪去，回復成一台破爛的公車。車裡凌亂不堪，阿關、阿泰、精怪、虎爺們全在車廂內翻滾上了半空。

車子騰空飛躍在一處通往鄉鎮的橋上，不停滾動著，滾下了橋，在山坡上翻落。

后土的法力終是不足，雖然破解了阿姑邪法，卻沒能穩住公車。

公車不停滾動著，滾到較爲平坦的坡地，攔腰撞在一棵大樹上，這才止住了勢子。

獅子、虎爺們全蹦了出來，凡間鐵器撞擊對他們並沒有造成太大傷害。阿關由於有綠眼狐狸放出紫霧保護他，在激烈碰撞之下，也只有擦傷了頭，流了些血。

老樹精攀在那大置物箱上，置物箱纏上了密密麻麻的枯枝是老樹精在公車往下翻覆時，千鈞一髮之際抱住置物箱，施法放出的，這才讓置物箱和裡頭的大蛹沒有因爲翻滾撞動而有所損壞。

這時，後門一聲響，落了下來，阿火叼著六婆屍身，背上伏著奄奄一息的阿泰，跳下了公車。

「阿泰、阿泰……」阿關掙起身來，慌忙地跑上前去。只見伏在阿火背上的阿泰，口鼻還不停淌著血，手腳骨頭都折斷了。

阿關驚愕難過，伸手對著阿泰要放治傷咒，卻一點也放不出來。

后土在黃光中現身，臉色更爲黯淡，方才的咒術也幾乎接近她的極限。她飄然而下，在阿泰背後拂了拂，阿泰的呼吸總算順了些，卻仍然沒有意識。

「后土大人，求求妳也救救六婆！」阿關看著癱在地上的六婆屍身，趕緊轉身向后土哀求。

后土搖了搖頭問：「這婆婆是你親人？」

阿關難過指著阿泰說：「六婆是阿泰的奶奶，是個很好、很好的婆婆，很有正義感，對大家都很好……她……」

六婆讓血孩子的大爪抓破身子時，便早已死去，卻在阿姑的凝魂術下還魂，用盡魂魄最後的一絲一毫，守護了她的猴孫。

「這凡人的魂魄已經消散，無法可救了。」后土嘆了口氣，神情嚴肅地對阿關說：「你聽好，時局紛亂，你的肩頭上仍扛著重任，別像個孩子似地哭。」

阿關驚慌地點點頭，仍無法止住淚水，只能抿著嘴，不停伸手拭著眼淚。

癩蝦蟆、老樹精、小猴兒、綠眼狐狸彼此攙扶著，往六婆屍身聚去，望著模樣慘烈的六婆屍身，一句話也說不出來。

獅子、虎爺們全都靜靜伏在六婆屍身邊，乖乖聽著后土說話。

后土的手仍按在阿泰背上，一面放著黃光，一面緩緩對阿關說：「你要記住，往後你會碰上許多更險惡的事情，邪化了的同僚，儘管以往交情如何好，也絕不能輕心大意。南天門一戰，我便因爲輕心大意，以爲勾陳還有得救，儘管玉帝、紫微已經各自領眾撤退凡間，我仍執意與勾陳對質，以爲可以動之以情理說服他。誰知他那時已讓惡念迷了心竅，什麼話也聽不進去，驅使凶獸圍攻我，使我身受重傷，傷中還帶著多隻凶獸的邪惡咒術，難以痊癒。」

「要不是默娘捨身救我，我這條命，早已在南天門前丟了。」后土聲音悲傷，幾句話簡單帶過南天門大戰當時的慘烈情景。

阿關心中起伏洶湧，似乎眞感受到了當時大戰的慘烈。慘烈不在於雙方交戰，而是那昔日同袍一一反目，本來的好友卻像是萬年仇人。

他可以想像，當時那些正神在惡念爆發之際，面對邪化的同袍突如其來的猛攻，並要以刀斧還擊時，是多麼地錯愕、痛心。

而南天門大戰之後，后土落下凡間，身上邪咒加重，再也無法思考，只得尋一處深谷，藏身其中休養多時。當辰星部將在深山四處流竄藏匿時，這才感應到了傷勢漸漸好轉、且準備要與正神聯繫的后土。

起先，后土與辰星、太歲並未有所共識。辰星向來剛愎自負，太歲更是高傲獨行，后土也因此對他們的推斷多有保留，自個兒靜靜旁觀。

直到辰星趁著主營遷鼎引下勾陳，領著眾將殺上南天門救出老子，以及太歲受縛並遭殘酷對待時，后土這才明白，邪化的不只是天上勾陳，就連落入凡間的主營正神們也未必可信。

辰星劫囚之後，擬定了大致計畫，派遣手下四處展開行動。后土身上的傷勢仍然未癒，只能接受太歲建議，繼續藏身北部，就近照料阿關。

於是后土帶著傷，潛身於北部郊區，偶爾探視阿關，在阿關住進鐵皮屋第一晚時，替他驅去了滿身疲累。

后土望著阿關，緩緩地說：「我暗中保護著你，你們兩個孩子過於大意輕心，仗著自己身負異法，胡亂闖蕩。在那瀰漫邪氣的大車中，我見到那惡鬼拿著這凡人婆婆施術，便暗中以術法相壓。說來那年邁凡人似乎也有道行，魂魄正潔清淨，這才沒給邪術惑成惡鬼，還得以還魂片刻，與惡鬼相抗衡。」

后土見到阿關低頭拭著眼淚，知道他對這祖孫都帶著濃厚情感，便也不再苛責，又說：「你聽好，啟垣本來計畫串聯有志一同的大神小神、山精鬼怪，在四處發動游擊，他再與澄瀾趁著主營兵力四散之際，向福地發動突襲，搶下太歲鼎。但這計畫太險，我並不贊成。」

「這兩天我與啓垣失去了聯繫，最後一次收到消息，情勢十分不妙，玉帝已經殲滅了勾陳一軍，那太陰也已領著八仙歸順了。同時，啓垣派去合縱四方精怪山神的部將，都遭到了主營兵力追擊，聽說玉帝那方似乎增添了許多新的天將，都是從未見過的新面孔。」后土說到這裡，頓了頓，又說：「而主營的新太歲也領著一干歲星部將，北上來追捕流亡的前任太歲，也就是你。」

阿關陡然一驚，抬起頭來，這才明白后土起先「邪化的同僚，儘管以往交情如何好，也絕不能輕心大意」這番話的意思。

他一想起有可能與林珊、若雨、青蜂兒、福生、飛蜓對上，互相爲敵，便不由得打從心底發冷。

「那……太白星情況如何？」阿關吸了吸鼻子問。

「我沒有德標的消息，小歲星爲何如此問？」后土搖了搖頭。

阿關這才將六婆和阿泰北上目的，和太白星的立場，簡潔說了一遍。

后土嘆了口氣說：「德標總算不愧爲五星之首，身處如此境地也能明辨是非。五星中若有三星還明曜著，撥亂反正未必全然無望……」

后土說完，連連咳嗽，腳步有些不穩，阿關想去攙扶，但后土只是笑了笑，指著阿火背上的阿泰說：「我現在是泥菩薩過江，自身難保。我的傷勢時好時壞，還需要時間靜養，沒辦法再幫助你多少。不過，我倒可以替你照顧這孩子。」

「阿泰？」阿關愣了愣，還不明白后土說這話的意思。

后土苦笑著說：「他本來已傷及五臟，儘管我剛才以咒術替他治療，但一時半刻卻仍難以痊癒。接下來幾天你必定得分心照料，同時又得兼顧蝶兒仙，恐怕分身乏術。我的法術雖然破了這大車邪法，卻無法止住大車翻覆，累得這凡人受這重傷，我帶走他，治好他身上的傷，教他一些法術。他似乎有些靈性，應該學得來，屆時也可以在我養傷之際，替我做些跑腿之類的工作。」

阿關連連答謝，心想阿泰現在這半死不活的樣子，在后土身邊，總比在自己身邊安全。

「這凡人婆婆的屍身，我一併帶去，等這孩子醒來，讓他親手葬了他祖母，也算盡了孝道。」后土沒再說什麼，提起阿泰和六婆屍身，幾股黃煙冒起，便不見了。

阿關呆怔半晌，癱軟跪下，仰頭望著夜空，這才放聲大哭。

六婆的回憶陡然蔓延開來，從那破廟被虎爺圍攻，六婆推開門，拿著藤條打罵著阿泰和他開始……好吃的粽子、力大的紙人，老人院一戰時、玩具城一戰時……精怪們也個個捶胸跺地，哭了起來。

「吼——」

阿火一聲悲愴虎吼竄上了空中；牙仔怪叫著，用兩隻爪子猛扒著地；鐵頭、小狂等獅子、老虎們紛紛仰起了頭，一聲聲哀悽響徹雲霄，撼動著天空和大地。

67 化人

天色微明，阿關返回自己舊家。

他那記載著眾多藏身地點的筆記本，還放在六婆和阿泰的租屋處。阿關擔心順德大帝在那兒留下什麼邪術機關之類的陷阱，加上大夥兒全都筋疲力竭，再也無法作戰了，眼見就要天明，經過一夜大戰，自己一身破爛衣服，渾身血污，又揹著大置物箱，裡頭還裝著個赤裸少女，實在太引人側目了，只好先回家裡避避。

關上了門，精怪們全累倒攤在地上，一句話也說不出來；獅子、虎爺們都靜靜地伏在地上，身子緊緊貼靠在一起，閉著眼睛像是在回想些什麼。

阿關將置物箱抬進廁所，揭開箱蓋，箱中那大蛹由於經過碰撞，裂口變得更大，裡頭的褐黃汁液全漏了出來，蓋在大蛹上的外套早已濕透。

「怎麼辦？」阿關見那大蛹已裂開，翩翩一雙腳都露了出來，想來無法再待在蛹裡了。

阿關吞了口口水，拿著浴巾蓋住翩翩的身子，小心翼翼地將她扶成坐姿，再拿毛巾輕輕擦拭著翩翩的頭髮。翩翩那頭烏黑長髮此時滿布黏液，糾結成一團。

阿關開了熱水，替她淋去頭髮上的褐黃汁液，再以毛巾擦了擦翩翩的臉。毛巾抹過翩翩臉頰，抹去了一小塊黏液，雖然無法將那些黃黃黏液拭得乾淨，但也能輕易發現，那黏液下的皮膚是如玉石般的白皙滑嫩，吹彈可破。

「妳復元了，變得和以前一樣漂亮……」阿關低聲喃喃，回想起自己好長一段時間，見到的都是裹著臉的翩翩，甚至連她本來的模樣都顯得模糊。

阿關輕輕拭著翩翩的臉，將翩翩鼻上、雙頰、嘴唇、眼皮上的黏液一一拭去。

翩翩嘴唇動了動，眼睛緩緩睜開。

「哇！」阿關沒有想到翩翩會突然睜開眼睛，嚇得往後一彈，撞在馬桶上。

「你做什麼？」翩翩瞪大了眼，神情也是驚訝莫名。一見阿關，連忙撇過頭，用手遮擋著自己的臉，伸手亂摸想找東西遮臉，卻只能摸到黏乎乎像是漿汁一般的東西。

「這是哪裡？」翩翩同時驚覺，自己竟赤裸著身子，身上只披著一件薄薄的浴巾，還坐在一個大箱子中。她驚呼一聲，仍不敢放下遮著臉的手。

「這裡是……」阿關聽見翩翩開口講話，也是以前的好聽聲音，不再是中了綠毒之後的沙啞聲音。對他而言，有如翩翩重生一般，不由得激動地喊了起來：「妳不必再遮著臉了，妳復元了，妳和以前一樣漂亮！」

翩翩聽了阿關這話，先是一愣，接著在自己臉上摸了摸，之前臉上那些膿包腫塊果然已經消失了。她不敢置信地問：「我……這是怎麼回事？」

「化人石，我將化人石用在妳身上……」阿關邊說，從浴室置物架上拿出了面鏡子，遞給翩翩。

翩翩接過鏡子，卻不敢往臉上照。她顫抖地說：「化人石……那不是你和秋草的定情信物？爲什麼……這裡是哪裡？你不是要和秋草妹子成親了？」

「一時難說清楚……妳洗個澡，我拿些衣服給妳……」阿關苦笑，轉身出了浴室，走進母親房間，在衣櫃翻著，挑出了毛衣和裙子。

阿關將衣服拿去浴室時，翩翩還裹著浴巾，縮在那置物箱中，怔怔照著鏡子。一見阿關又來，連忙別過頭去，卻藏不住滴落下來的淚水。

阿關也沒說什麼，輕輕將衣服放下，關上了門。

他知道翩翩流下的淚水當中，包藏了太多一言難盡的感傷和欣慰。

都是那折騰人的綠毒，阿關想起了順德大帝，不由得捏緊了拳頭。那些無故犧牲的人們、沉睡中的媽媽、受盡折磨的翩翩、犧牲的六婆、身受重傷的阿泰，一切的一切，都肇因那順德大帝。他暗暗發誓，一定要和那惡神做個了結。

想著想著，背後浴室門輕輕開了，翩翩踏了出來，站在浴室前。滿身黏液已經洗淨，穿著阿關母親那過時的上衣和長裙，猶濕的長髮烏黑油亮，和以前一般。

「好久不見……」阿關怔了怔，勉強擠出笑臉朝翩翩走去。

翩翩噗嗤一笑，指著渾身血污的阿關，說：「不論什麼時候見你，你總是這副慘兮兮的模樣……」

阿關抱住了翩翩。

翩翩驚訝，滿臉飛紅，伸手要推開阿關，卻感到阿關正發著抖。

「主營都邪化了……林珊邪化了……六婆死了……阿泰也重傷……只有妳……還和以

前一樣……」阿關嗚咽說著：「只有妳和以前一樣！」

翩翩沒說什麼，任由阿關緊緊抱著。

浴室的水還滴答落著，癩蝦蟆偷偷探頭往廁所方向看，讓綠眼狐狸一把拉回客廳。

□

晴空無雲，阿關用手遮著陽光，天上的惡念在陽光照耀下，顯得不那麼難看。阿關指著上頭那公寓，那是六婆和阿泰的租屋處。

「就是這裡。」

翩翩點點頭，下了石火輪。

阿關領著翩翩上樓，想找些六婆的遺物。

翩翩動作顯得僵硬而緩慢，腳步有些不穩。在羽化成人之前，她並沒有以凡人肉身接觸這世界的經驗，只覺得與以往仙體的輕盈飄逸有很大不同。

客廳裡靜悄悄的，阿關進了房間，找出自己的背包，又在六婆的房間裡找到一些包裹，裡頭有證件雜物、一些錢和一只玉鐲。

玉鐲清澈瑩亮，是六婆在死前交代要阿泰送給宜蓁的鐲子。不過阿關並未聽見六婆的遺言，還不曉得這鐲子的用處，只知道是六婆的遺物，便一併收拾進袋裡。

收拾好東西，阿關不願在這傷心地再多逗留一刻，便和翩翩下樓，跨上石火輪，往老廟騎去。

到了老廟，精怪們在廣場上徘徊著，一見阿關和翩翩來到，都圍了上來。

癩蝦蟆呱呱叫著，拖著身子拿著白石寶塔雙手奉上。「阿關大人，寶塔找回來了，還有你那布袋，只是……」

阿關接過了布袋，好奇地問：「只是什麼？」

癩蝦蟆說：「布袋像死了一樣，一動也不動吶！」

「什麼？」阿關搖了搖布袋說：「手啊，你們還好嗎？」

布袋晃了晃，鬼手們一隻隻伸出布袋。蒼白鬼手上滿是血痕，新娘鬼手腕還拗折著，受傷不輕。阿關怔了怔，咦了一聲，在那大黑巨手後頭，卻還有一隻深褐色的枯瘦長手。

「怎麼多了一隻手？」阿關有些訝異。

他不知道這是昨晚老廟大戰中，三隻鬼手大戰窮凶極惡的白髮黑臉鬼，在阿關等全都去追趕阿姑之際，伏靈布袋的鬼手們也終於將那力氣用盡的白髮黑臉鬼給抓進了布袋。由於阿關已經去遠，布袋鬼手也耗盡了力氣，便飄飄蕩蕩地落到了地上，直到精怪們再度前來，才找著了布袋。

「辛苦你們了。」阿關一一拍著布袋鬼手，拍到了那白髮黑臉鬼的手時，由於有些陌生，又是隻新手，阿關便也客套地和那新手握了握手。

「蝦蟆，你們也辛苦了。」阿關招了招手，將精怪們、獅子、虎爺們全召回白石寶塔，又騎上石火輪，載著翩翩離開老廟。

沿路，阿關繼續敘述著這些日子以來發生的事。翩翩平靜聽著，已無起先那樣驚愕。

在敘述到林珊時，阿關只是簡單帶過。「全都是黃靈暗中搞鬼，陷害林珊，使她做出了一些……不好的事……」

翩翩看著遠方，心中百感交集，不知該說什麼。

阿關說到了六婆與阿泰北上，與他相聚，直到遭到阿姑突襲，在鬼公車上一戰，后土現身相助，逼退了順德大帝爲止。

「我恨不得趕緊揪出那順德大帝，跟他好好把帳算一算！」阿關緊握著石火輪手把，恨恨地直視前方。

「我也是這麼想。」翩翩點點頭。

□

來到香香那大樓社區，四周已不見那些小野鬼了，只見到住戶似乎騷動著，許多間住戶都在大掃除，掃出一包包垃圾符咒和黑色的符水。

原來阿姑死後，那迷魂咒術失去了效力，住戶們紛紛清醒，都不明白爲什麼這陣子自己會像著了魔似地喝些骯髒符水，還在房裡貼了一堆難看符咒。

綠眼狐狸抱著香香跳出白石寶塔，替香香解開身上的昏睡術。香香睜開眼睛，見到自己就站在自家大樓底下，不免有些驚愕；她見到寶弟就在腳邊，趕緊抱了起來，在臉上蹭著。

「阿關哥哥，我怎麼會在這邊？」香香不解地問：「婆婆呢？昨天……昨天……」

阿關摸了摸香香的頭，淡淡地說：「婆婆……有點事，去了別的地方，暫時不會回來了。我送妳回家，以後哥哥我也有些事，恐怕也不能和妳見面了。」

「可是，爸爸他……」香香有些猶豫。

「放心，妳看大家都很正常，他們不會再要妳喝奇怪的東西了。」阿關笑了笑說。

阿關帶了香香上樓，來到家門前，遠遠見到香香的媽媽披頭散髮，在門口掩面哭著，香香的爸爸則不停打著電話，到香香每一位同學家中問著。

「爸爸……」香香在阿關幾次打氣下，總算鼓起勇氣，往走廊那頭自己的家門前走去。

「香香！」香香的父母見了香香回來，又驚又喜地衝上，將她抱了起來。

「妳上哪裡去了？」「怎麼沒有回家？」

香香背誦著阿關教她的說詞：「昨天放學……到了樓下……有個壞叔叔跟蹤我……寶弟……跑出來咬了壞叔叔一口，壞叔叔跑上樓梯，我害怕……家裡沒人……我不敢上去……就躲在樓下小花圃的樹後面……結果睡著了……」

香香的說詞雖然有些令人難以置信，但香香的父母經過離奇一夜，昏昏沉沉地在林嫂家醒來，四周亂成一團，每家每戶都在騷動著，此時香香這「壞叔叔跟蹤」的說法，聽起來便也不那麼稀奇了。

「媽媽……爸爸……寶弟牠……牠咬跑了壞叔叔，救了我耶……能不能……」香香吞吞吐吐地說。

「妳回來就好，妳說什麼都好！」香香的媽媽眼淚流了滿臉，笑著說：「以後媽媽不會再讓妳一個人待在家裡了，再也不會……」

香香紅了眼睛，緊緊摟著媽媽的脖子，回了頭看向樓梯間，已不見阿關和翩翩的身影。心中突然想起，還沒有問阿關哥哥身旁那漂亮姊姊叫什麼名字。

□

阿關和翩翩騎著石火輪在街上晃著，兩人來到了大街。阿關轉頭對著後座的翩翩說：「接下來我們有很長一段日子要過，妳可能需要些衣服。」

「前面就是我以前常去的服飾店，我都在那兒買凡人衣服的。」翩翩指著大街前頭那家服飾店。阿關想也不想，便往那兒騎去，停下了車，看了這家店的裝潢，才覺得不妙，這是家十分昂貴的服飾店。

「等等！」阿關見翩翩已經進入店裡，連忙翻找身上的錢，將六婆遺物中的錢另外分開，那些錢應該歸還給阿泰。

那夜阿泰交給他的錢雖然還有剩餘，但在這家店中，可能買不到兩件衣服。

阿關硬著頭皮跟進了店裡，翩翩正拿著一件白色毛衣，似乎十分滿意。見了阿關進來，又指了指一旁的黑色長裙，這兩件加起來，便是阿關最初見著翩翩時她的裝扮。

阿關看了看標價，呼了口氣，湊上翩翩身旁，在她耳朵旁咕噥幾句。翩翩這才吐了吐舌頭，又將衣服掛回原處。

好不容易找著了一家平價服飾店，翩翩便也像尋常女孩般，在一列列掛滿衣服的大架子前挑著衣服，不時將中意的衣服拿在鏡子前，對著自己的身型比著，有時忘了自己此時並無那張以往神仙身分時所擁有的金卡，總需要阿關在一旁尷尬提醒。

挑了幾件衣服裙子，兩人上了大賣場，挑著之後生活中需要的一些日常用品。

阿關指著每一樣東西，對翩翩說：「這是洗面乳，洗臉用的；這是香皂，洗澡用的。凡人都要洗臉跟洗澡，不過這些我舊家都還有，時常回去用都可以；嗯，這是……」

阿關拿了一包衛生棉，卻不知該如何解釋，想了許久才說：「這是……緊急救難包，就是……那個……當妳有一天覺得很奇怪不知道發生什麼事，又不好意思跟別人說的時候，就照著上面的使用方法……」

翩翩瞪了阿關一眼，冷冷地說：「以往我在凡間出勤閒暇時，也會看些書，有些東西我沒用過，但我知道那是做什麼用的。」

「知道就好。」阿關咳了兩聲，又和翩翩在裡頭逛了許久，這才出了賣場。

跨上石火輪，阿關卻有些茫然，六婆的租屋處已經讓順德大帝知道位置，自己的家則隨時可能遭到神仙突襲。

在市區繞了半晌，又繞回最初那破舊的鐵皮屋。

「你都躲在這裡？」翩翩看著那殘破不堪的鐵皮屋，不免有些驚訝。

「有換過幾個地方躲，這裡算是十分隱密，不過先前我曾經在這兒碰上鬼怪。那些鬼怪是阿姑的爪牙，四處抓人時恰巧碰上的，現在阿姑已經死了，不知道鬼怪還會不會回來……」

「這兒也算靜僻了……」翩翩點了點頭。

兩人將裡頭清理了一番，鐵皮屋裡還留有阿關當晚逃脫時留下的食物，跟一些骯髒衣褲。阿關將腐壞的食物都拿出去丟了，翩翩則用阿關那些骯髒衣物中破爛到不能穿的，堵住了鐵皮牆角一些破縫，有些污水從這些破縫中流入。

「阿姑既然在香香那棟大樓社區捕捉活人給順德補身，現在阿姑死了，順德很可能自己動手，要不要去那裡埋伏？說不定可以在那兒堵到他。」阿關這麼提議。

「順德十分狡獪，他知道后土現身，短期內未必會有大動作，我仍然不習慣現在的凡人肉身，以前一身法術未必使得出來，最好耐心等上幾天，等我恢復身手也不遲。」翩翩搖了搖頭反對。

兩人一邊討論，一邊整理這間小小鐵皮屋。整理完畢，阿關靠在牆邊休息，他仍然擔心辰星和太歲的行動，但身上已無符紙，無法和月霜聯繫。

翩翩在一旁反覆看著手中幾張冰晶，又拿出雙月和歲月燭在手上把玩著，像是十分懷念。

阿關打起了盹，他一夜未眠，此時已是午後，他漸漸睡著了。

醒來時，四周黑得嚇人，只有小窗勉強透出了些光芒。

翩翩不在屋裡，阿關推開了門，發現翩翩在鐵皮屋旁的另一間空屋裡，揮動著手上雙月，像是練刀，又像起舞。

翩翩練得專注，直到阿關大剌剌地趴在窗邊，搖頭晃腦，翩翩這才抹去額上的汗滴，停下動作。

「原來凡人身子這麼容易疲累，還會流一身臭汗。」翩翩抱怨著，走出舊屋，指著裡頭說：「這裡面乾淨許多，怎麼不搬進去住，偏要住在小破屋裡？」

「這是別人的房子，雖然空蕩蕩的，但主人可能隨時會回來。妳如果想練刀，我們去河堤，我陪妳練。」阿關召來了石火輪，拍了拍後座。

翩翩笑了笑，跨上車。

阿關騎出巷弄時，刻意繞路經過那老舊市場探視一番。只見市場仍然哄鬧，許多人圍在小攤前起鬨爭吵著，大多是進行著鬥雞鬥鴨之類的活動。

阿關嘆了口氣，這附近的惡念情形似乎比其他地方嚴重些，一時之間卻也無法做些什麼。

河堤邊冷冷清清，阿關召出了鬼哭劍。只見翩翩則是皺著眉頭，唸了數次咒語，這才將雙月召出。

「還記得以前妳是怎麼訓練我嗎？」阿關笑了笑說：「要是練不好，就不給妳吃東西。」

「廢話少說！」翩翩哼了一聲，朝阿關發動攻勢。

阿關不敢大意，接了幾刀，反攻幾劍。但見翩翩身子搖晃，有時還同手同腳，顯然還不適應凡人肉體。

阿關仗著此時勝過翩翩，不免得意起來，還偷偷放了幾下黑雷，電了電翩翩手腕，然後呵呵笑著。

這夜月光皎潔，兩人在河堤下練了許久。

□

接下來幾日都是如此，本來阿關都是三、五天才回家洗一次澡，但翩翩卻不習慣凡人肉身容易出汗，總覺得身上髒髒的。

兩人白天在鐵皮屋中休息，到了傍晚便偷偷溜回阿關家中，一個領著精怪們在外頭把風，看著天上有無神仙，另一個便在屋裡洗澡。

而為了兩個凡人的肚皮著想，精怪們平時便四處蒐集情報，順便找些好東西回家。小猴兒、老樹精時常跑上山採些果子野菜回來，給大家加菜；綠眼狐狸也會變化出人樣，帶著癩蝦蟆上那老舊市場找些賭博攤子，施法出老千，從那些看來囂張跋扈的壞傢伙口袋裡贏些錢回來花用。

入夜之後，阿關和翩翩便一齊前往河堤下比劃。翩翩恢復迅速，第五日便能和阿關打成平手，到了第十日時，已經遠勝於阿關，也報了先前被阿關施放黑雷偷電之仇。

兩週後的某天黃昏，兩人在河堤下卻不是練劍了。阿關拍了拍口袋，裡頭一疊白焰符是白天時翩翩寫的，寫符的材料則都是從香燭店買來的。

這兩週下來，兩人已經準備萬全，決定要潛入山中，大舉搜索順德大帝的下落，仗著翩翩恢復了六成身手，想要找出那順德大帝，一舉除之。

阿關看了看下沉的夕陽，轉頭看看翩翩，她正吃著漢堡。

「妳以前食量沒這麼大……」阿關也喝著飲料，一邊揶揄著翩翩。

翩翩哼哼地說：「凡人肉身一點也不好，容易疲累、容易受傷，也容易髒臭，更容易肚子餓。」

「哈哈……」阿關正想說些什麼，翩翩已經撲向阿關，一把將他推了開來。

是小小一團火，直直掠過阿關身旁，打在一邊草地上。

阿關正驚訝著，轉身看去。站在後方天際上的，正是青蜂兒和若雨，兩神將中間站著的，卻是午伊。三神身後還有幾名天將，模樣卻和以往天將十分不同，穿著厚重鎧甲，頭戴覆面大盔，看不見臉。

「前任太歲大人，這些日子可玩得愉快？」午伊冷冷笑著。

「午伊！」阿關一聽聲音，連忙翻起身來。一看是午伊，立時繃緊了神經；再看看若雨和青蜂兒，又是一驚。「若雨、青蜂兒！是你們！」

阿關瞪大了眼，四周天將身上帶著一種奇異的、從未感應過的氣息。阿關明顯知道這是惡念，卻有著和以往截然不同的感應。

阿關發怒吼著：「午伊——你們到底在搞什麼？你對大家做了什麼？你們這些小人！」

「無恥叛逃小輩，眾神待你不薄，你卻助那惡神逃獄，還放出了囚禁邪神，大鬧主營。

我今天便要將你生擒，抓回主營候審！」午伊一點也不理睬阿關，冷冷望著身旁的若雨和青蜂兒，說：「紅雪、青蜂！去給我拿下這叛逃小輩！」午伊一聲令下，模樣正氣十足。

青蜂兒神情似乎有些猶豫，若雨卻賊賊笑著，飛竄直下，揮動大鐮刀，直取阿關腦袋。

在這剎那間，阿關回想起后土提醒自己的那番話，和出生入死的夥伴們戰鬥的情景已然成真，心中一陣絕望，幾乎要結成了冰。

68 不滅的希望

若雨大鐮刀一刀砍來，翩翩搶先一步晃出雙月光刀，擋下鐮刀。正要開口，卻見到若雨賊兮兮地朝兩人做了個鬼臉。翩翩先是一怔，立時會意，微微笑了笑，和若雨對起刀來。兩人一來一往，有守有攻，卻感覺不出任何殺意。

青蜂兒落在阿關面前，轉頭看了看遠處天上的午伊，嘆了口氣，舉刀砍向阿關。

阿關還不明所以，只好召出鬼哭劍硬接。青蜂兒才過了兩刀，便彈了開來，「哇」地叫了好大一聲。

阿關這才知道，青蜂兒是故意演戲給午伊看。

若雨皺著眉頭，連連搖頭，細聲埋怨說：「太假了，蜂兒，會被看穿！」

「別手下留情——」午伊大喝，揮手一招，身後八名天將也飛竄降下，將阿關和翩翩團團圍住。

青蜂兒連忙掙扎跳起，大聲嚷著：「代理太歲大人，既然找著了他們，何不把話說清楚，免得誤會。」

午伊拂了拂鬍子，看也不看青蜂兒一眼，大聲朝天將下令：「給我拿下！」

八名天將伸出了手，都要去抓阿關。阿關舉劍相迎，翩翩也放出光圈，逼退兩名天將，又迴身一腿，將從後撲來的天將踢倒在地。

午伊大喊：「叛將關家佑，你趕緊投降，降在我手上，留你一條小命；要是讓黃靈抓了，你可連骨頭都沒了！蝶兒仙翩翩，妳也一樣，現在是天將們手下留情，可別賣乖！」

「你這怪物，全都是你們在作怪！若雨、青蜂兒，是他們邪化了！是他們邪化了！」阿關憤然大吼，幾股黑雷從兩肩竄下手腕，砍在一名天將大斧上，將那天將電得手軟，大斧幾乎要握不住。

以往阿關和邪神魔將對陣時，由於是凡體，肉身力量總是弱上太多，每每兵器相交，總會震得手腕生疼，自然便落了下風，時間一久便難以抵擋。此時將黑雷灌在劍上，反而削弱了對方力量。

經過和阿姑一戰，和這些時日與翩翩對練，阿關似乎已經掌握了操縱黑雷的方法，不再像以往那樣會時時失靈了。

翩翩接連閃過幾名天將擒拿，將他們全踢飛老遠。

午伊皺著眉頭，似乎想親自動手，又看了看天色，神情有些急躁，急急催促著：「快、快！拿下他們，算了、算了，他們拒降，直接斬了，別留情，給我斬了！」

天將那厚重覆面頭盔中透出了殺氣騰騰的精光，攻勢已不像方才那般只求活捉，反而個個揮動大斧，一斧斧都往阿關和翩翩腦袋劈砍。

「笑話！」翩翩斥了一聲。一名天將胳臂已經中了一刀，翩翩攻勢未歇，左手青月轉動半圈，泛出明亮光氣，成了柄大光刀，一刀斬落另一名天將手臂。

「你以爲就你手下留情？」翩翩動作更快，靛月閃出幾輪光圈，打在另外三名天將肩上，將他們射翻倒地。

一名天將一把抓上阿關後背，大斧就要劈下。阿關咬牙切齒，反手一抓，閃動黑雷的手按住了天將那大手，反而將他電得停下動作，又轉身一劍劃過天將腹部。

淡淡的黑煙溢出，不同於熟悉的凡間鬼怪，是魔界妖魔的氣息。

「啊？」阿關怔了怔，一時無法理解主營神仙和魔界妖魔如何會牽連上關係。

一旁兩名天將已揮斧殺來，青蜂兒趕緊跟上，搶先一步衝上阿關眼前，大殺一陣。儘管青蜂兒下手極重，青色長刀舞得密不透風，卻都沒朝著阿關要害打，而是朝著他能擋得到的地方打去，自然也都讓阿關一一擋了下來。

趁隙殺來的天將也因爲青蜂兒搶先一步，而無法對阿關發動突襲。

另一邊，若雨捲起大火，燒向翩翩四周，火焰猛烈，一捲一捲好不嚇人。

「你們……」翩翩見到四面火牆雖然旺盛，但未燒到她身上，反而像是城牆一樣，隔開了其他圍攻的天將，知道若雨是護著她。

「好久不見，翩翩姊，妳終於恢復了，還和以前一樣漂亮！」若雨嘻嘻笑著，有一搭沒一搭地聊著；青蜂兒則緊張許多，一邊過招，一邊嚴肅問著：「阿關大人，爲何要叛逃？」

阿關苦笑說：「實在發生太多事，一時之間無法解釋清楚，但是你看看那些天將，他們像神多些，還是像魔多些？」

青蜂兒不答，但臉上神情卻是同意阿關的說法。

若雨低聲提醒著翩翩說：「翩翩姊，主營兵分二路北上要抓你們，小心黃靈，飛蜓哥在他身邊。飛蜓哥變了，我都不認識他了，你們務必當心！」

「黃靈……」翩翩點了點頭。

若雨這才摀著胸口大喊：「翩翩太厲害了，變成凡人還是這麼厲害，我打不過呀！啊呀，我受傷了！」

午伊見了若雨和青蜂兒久戰不下，知道他們有意相讓，只氣得吹起了鬍子。他手一招，一柄白色木杖現於手上，朝阿關直撲而來，同時大喊：「眾將聽令，全力誅殺叛將，若不盡力，也是死罪！」

、天將聽了，莫不鼓盡全力，大刀大斧攻得更猛了。只聽見若雨一聲怪叫，身子彈開，還撞倒三名天將，倒地不起。

「阿關大人，你的黑雷術越來越像太歲爺了，要是真打，我也未必打得過你，保重！」青蜂兒一手按上阿關胸口，一把將他推了老遠。表面上是將阿關打飛，阿關跌落地面卻不覺得太痛，掙起一看，石火輪就在身旁。

翩翩則趁著若雨大嚷大喊之際，也退到了騎著石火輪趕來的阿關身邊，跨上了車，石火輪立時衝遠。阿關猛力地騎，背後還依稀聽見午伊的怒喝。

阿關循著小巷，不時抬頭看天，騎了好一會兒，才在一家已經熄燈的商家鐵捲門前停下。

「你感應到什麼嗎？」翩翩邊說，一邊伸手補強了兩人身上的隱靈咒。

「總覺得不曉得是午伊還是黃靈，一直跟著我們。」阿關左顧右盼，只覺得四周的感應紛亂，廣泛而極爲淡薄的，是那天上降下來，在人心中漸漸蔓延的惡念；但同時也夾雜了一股熟悉而令人憤怒的感應。

阿關回想著在主營中漸漸能感受到包覆著白色藥皮惡念的情境，此時這股不怎麼明顯的惡念，便與當時十分相似。這股惡念時近時遠，從擺脫午伊之後，便似乎一直跟著自己。

「我想起來，剛剛天將身上的惡念倒很奇怪，和魔界妖魔身上的惡念有點像，但又像是給包覆了一層藥皮，以前從來也沒見過。」阿關喃喃唸著。

「我也感受得到，那些天將和以往天將有些不同。煉神所需的時間十分漫長，主營經過幾番大戰，天將早就所剩無幾，這些天將大有問題。」翩翩想了想，也點頭附和。

「短時間內無法煉神？」阿關問。

「好比一干洞天神仙，都是經過長時間成長才具備完整神力，而短時間內要成爲神仙，就必須從現有的精怪鬼物中挑出適當人選，加封爲神。就好比十八王公、四方土地。」翩翩解釋，接著又說：「你說那些天將身上的氣息，與魔界妖魔有相似之處，這代表……」

「主營從魔界直接尋覓妖魔，加封成神？」阿關倒抽了口冷氣。

「但妖魔有特有妖氣，卻難以掩飾。」翩翩點點頭。

「黃靈、午伊，一個是烏幸舊屬，一個是千藥舊屬，煉神、煉藥都是他們專長，要暗中搞鬼蓋住妖氣不是難事。何況主營情形已和妳想像中差了十萬八千里，在我離開之前，便已經烏煙瘴氣了，現在他們個個一身黑，未必察覺得出那些邪魔鬼怪身上的『特有氣息』。就算感受得到，也未必判斷得出『那是壞的』了。」阿關這麼說。

「無恥叛將，滿口妖言！」厲聲巨喝凌空而降，幾道旋風自空竄下。

「小心——」翩翩抓著阿關跳下石火輪，在地上打了個滾。旋風打在石火輪上，將石火輪捲上了天，摔落在遠遠巷口。

那身穿閃亮鎧甲的大將持著紅槍，直直落在兩人前方，怒眼像是燒著火，神情冷峻凌厲。是飛蜓。

飛蜓背後那紅色披風威風凜凜，阿關知道他向來崇拜二郎，一直想要一件漂亮鎧甲和紅披風。

飛蜓冷冷說：「你這無恥凡人，受盡天界好處，說逃便逃，還和敵人相通？妳，翩翩，妳與叛將一同流亡，也是同罪！」

阿關看著眼前飛蜓，眼眶深陷、神情凶惡，竟和當時那熒惑星有些類似，不免心中五味雜陳。后土前些時候的提醒，一一成真。儘管如此，阿關還存著一絲希望，說：「飛蜓大哥，你別誤會了，是那黃靈搞鬼，他才是壞蛋！」

「叛將不但不降，且繼續胡言！」飛蜓一步步往兩人逼近，手上紅槍緩緩揚起，沉沉地說：「那就別怪我不顧舊情。」

飛蜓還沒說完，已經如閃電般竄來，紅槍直取阿關心窩。

翩翩雙月晃出光刀，撥開了飛蜓攻勢。她知道飛蜓驍勇，不敢大意，鼓起全力揮動雙月，和飛蜓展開大戰。

飛蜓一手舞槍、一手揮風，攻勢越加猛烈，看來比以往更厲害了。

翩翩卻已是凡人身，動作不若以往輕盈，更無翅膀能夠飛竄，面對飛蜓的旋風術，避得十分狼狽。一陣大戰下來，不但無法打退飛蜓，反而落了下風。

阿關緊握著鬼哭劍，殺進翩翩和飛蜓這戰圈。心想只要能碰著飛蜓，便使黑雷電他，更進一步或許還能夠逼出他身上惡念。

翩翩見阿關右手直舉著鬼哭劍，左手卻要伸不伸，知道他意圖，便假裝露了個破綻。飛蜓一槍刺來，雙月一扣，扣住了長槍。

阿關趁著這空隙，一把按上飛蜓左肩，但在這緊要關頭，黑雷卻又使不出來了。

「風來！」飛蜓一聲怒吼，兩道旋風，一道順著長槍捲向翩翩，一道旋在拳頭上打中阿關胸膛。

「哇！」阿關給打飛老遠，摔落在地，口角流出了血，胸前的衣服更讓旋風絞得碎裂。

翩翩則在旋風打來前一刻緊急避開，卻還是讓旋風捲過手臂，給劃出一道道血痕。

「阿關！」翩翩見阿關倒在地上一動也不動，飛蜓已經緩緩朝阿關走去，心中急切。她正要衝上去救，一個巨大身影落下，攔住了翩翩，卻是福生。

福生一柄大鎚往翩翩頭上砸，翩翩從容閃過，知道福生並未使出全力。

「象子，你信太歲爺、信阿關、信我，還是信那黃靈和午伊？」翩翩喊著。

福生神情猶豫，眼珠子一紅一黑，嘴巴抖著，像是心中掙扎不已。他支吾半晌後說：

「我……我身爲正神大將，本來就該效力新任太歲，你們爲何要叛逃？爲何要叛逃？爲何要叛逃？」

福生連連大吼，越吼越怒，一鎚一鎚往翩翩砸去。

這頭，飛蜓見阿關在地上動也不動，鬼哭劍落在一旁，冷笑兩聲，一把拎著阿關脖子，將他提了起來。

這時鬼哭劍陡然竄起，往飛蜓腰間刺去。

飛蜓卻早有準備，一槍便將鬼哭劍打飛，不屑罵著：「你這萬年老招，別想用我身上。」

飛蜓還沒說完，只覺得手上一陣刺麻，幾道黑雷纏上掐著阿關脖子的那手。阿關突然睜眼，兩手一把抓住飛蜓手臂，黑雷自雙手捲向飛蜓全身。

「這是我的新招！」阿關呀呀叫著，逼出更多黑雷，全往飛蜓身上灌。

「風……來！」飛蜓嚎叫著，幾股旋風和黑雷纏成一團，這才將阿關彈開。

飛蜓怪叫，朝阿關追了上去。只見阿關身前一團黑影竄上半空，一個大拳頭直直打來。是伏靈布袋裡的大黑鬼手。

飛蜓倒忘了阿關還有伏靈布袋，讓突如其來的大黑巨手一拳打在臉上，轟的一聲給打退好幾步。

飛蜓摀著臉，吹了口風，將布袋吹開，怒氣沖沖要挺槍去刺阿關。但只覺得身旁黑影竄來，趕緊閃身，是鬼哭劍竄過飛蜓腰間，劃出一條口子，溢出淡淡惡念，以及一些碎裂的白色藥皮。

「鬼東西這麼多！」飛蜓大怒，背後又給重重撞了一記，撞開老遠，是阿關召來石火輪。

阿關接著了鬼哭劍，摀著胸口咳血，連忙跨上石火輪；另一旁翩翩一肘打在福生臉上，將福生打退了幾步。

阿關騎著石火輪急竄而去，一把拉起翩翩，翩翩也順勢跳上了車。

飛蜓鼓著旋風，伴著震天怒吼，仍然追不上快如電光的石火輪。

阿關猛踩踏板，繼續著逃亡路途，好半晌才在一處偏僻空地停下，胸口疼痛得很。翩翩伸手在他後背放了幾道治傷咒術，他這才覺得好了些。

「又來了！」阿關又感應到了那逼來的細微惡念，急得左顧右盼，抬頭看看天空，猶豫了一會兒，指著一方喊：「在那邊！」

翩翩順著阿關指的方向看去，果然見到飛蜓舉著長槍快速飛來，身後還跟著福生。

「那邊也有！」阿關又指了另一邊，翩翩看去，是一批天將，天將後頭有個閃耀金光的神仙。

原來儘管黃靈、午伊及眾天將身上的惡念都包覆著藥皮，但阿關幾次經驗之後，已經漸漸能分辨、感應出這藥皮惡念的獨特感覺。

「是黃靈來了，可惡的黃靈！」阿關恨恨說著。

翩翩連忙提醒：「別吃眼前虧，快走！」

阿關又踩下踏板，繼續逃跑，不停繞著。但每每停下不久，又感到遠處那黃靈和午伊的惡念漸漸逼近，似乎怎麼也擺脫不掉。

「爲什麼？」阿關停靠在一棵樹下喘著氣，這兒是偏僻山區，但只休息不到五分鐘，惡念的感應卻又逐漸逼近。

「我們身上都施了隱靈咒，爲什麼他們能找得到我們？」阿關恨恨朝樹搥了一記，準備繼續逃。

「我們去人多的地方，去高樓林立之處。」翩翩想了想，低聲提醒著說：「如果黃靈、午伊帶著千里眼跟順風耳，順風耳聽聲辨位，千里眼再針對那方位仔細尋找，儘管我們怎麼逃，都有可能被發現。但我記得他們倆本事沒這麼大，千里眼看不出半里，順風耳只會耍嘴皮子而已……」

阿關大口呼吸，踩下踏板，又朝市區飛竄而去。

十分鐘不到，阿關已經彎進鬧區中一條小巷，兩人不再開口，就怕被順風耳聽見。

此時鬧區人聲鼎沸，逛街的人潮眾多。阿關心想，要是這成山成海的人們全都染了惡念，吵鬧打鬥起來，將會何等可怕，太歲在夢中讓他見著的那殺戮光景，很有可能成真。

兩人混進了人群中，阿關牽著車慢慢走，突然輕拍了拍翩翩，指指左前方，低聲說：「他們來了。」

翩翩順著阿關指的方向看去，除了大樓街燈人群車陣之外，什麼也沒看見。

阿關和翩翩躲進一處大樓樓梯間，一層層往上走。樓梯間每一層，都連接著一些店家的安全門。

樓梯間昏暗，阿關閉起眼睛仔細感應，他感到有股惡念流動迅速、四處竄著，應該是盛怒中的飛蜓；有股惡念緩緩移動，或許是福生；另一批惡念自天上降下，似乎是一群，可能是黃靈或午伊領著天將在空中監看。

阿關轉頭看了看翩翩，正想開口，翩翩卻伸出食指擋住了他嘴巴，另一手也在自己嘴前比著食指，示意要他閉口。

兩人在這樓梯間往上走，在第五樓停了下來。這層樓梯間堆滿了雜物，有幾台廢棄的大型電玩機台，一疊疊空箱子，還有個小窗口可以看向外頭。

阿關小心翼翼地將石火輪靠在電玩機台旁，緩緩撥開箱子，靠近小窗口那面牆，湊著窗口往外看去，果然見到黃靈領著八名天將，居高臨下看著這幾條街。另一頭，飛蜓正四處亂竄，一副想將他倆碎屍萬段的模樣，令阿關不禁打了個寒顫。

就在此時，阿關感到這大樓後方也有一批惡念團布滿了天空，數量更多更廣。阿關有些驚訝，不知該如何是好。

翩翩指了指樓下，在阿關耳邊以極低的聲音說著：「他們走了嗎？」

阿關搖搖頭，他感應出分布四處的惡念比他想像中還多，顯然是大軍壓境。

「怎麼辦？癩蝦蟆他們見我們一夜未歸，一定急壞了。」阿關低聲問著。

翩翩拍了拍阿關腦袋說：「別急，靜靜地等，有機會一定逃得出去。」

兩人躲在那兩座大型電玩機台和牆壁間的空隙，肩並著肩靠在一起。這小空隙間極暗，兩人一句話也不說，靜靜等待著。

時間一點一滴過去，度過黑夜，來到黎明。

□

「啊喲喂呀！你們……」負責打掃的老頭怪叫著，聲音之大，將睡著的阿關和翩翩嚇得彈了起來，阿關召出鬼哭劍時還跌了一跤。

翩翩看看窗外，此時已經天明。

「兩個死囝仔躲在這邊想嚇死我啊！」打掃樓梯間的老頭破口大罵。

阿關和翩翩滿臉尷尬，牽著石火輪急急地下樓。

出了外頭，兩人伸伸懶腰。在那狹小空間躲了一夜，阿關只覺得全身痠痛，但昨夜讓飛蜓打了一拳的地方，卻不疼了。

吃了頓早餐，兩人面面相覷。

「看來順德要先擱在一旁了。」翩翩細聲說著，仍然擔心說話讓順風耳給聽見了。

兩人低聲商量了一陣，決定先回鐵皮屋，和綠眼狐狸他們會合，換下一身髒衣再說。

他們順著小巷騎著，阿關仍然感到昨晚那些惡念在某些巷弄中移動，或許是天將們還在四處搜索。

阿關憑著感應，避開了這些惡念，往鐵皮屋騎去，但在老舊市場前便停了下來，無法再往前去。

「糟糕，他們……他們就在鐵皮屋附近，好多！他們全在那兒，他們發現了那兒！」阿關覺得不妙，領著翩翩進了某間公寓，往樓上走著，這裡的窗口正好可以看見鐵皮屋。

鐵皮屋上方有幾十名天將，在正中那白袍大神，竟是斗姆。斗姆身後是北斗七星，而千里眼、順風耳自然也在陣中。

阿關和翩翩相視一眼，心想昨夜遭到圍捕，自然如翩翩所說，有千里眼和順風耳助陣，將阿關的行蹤一一通報午伊和黃靈。

只見到斗姆居中指揮，一手捏著順風耳那隻大耳不放，另一隻手頻頻朝千里眼指著，像是在教訓兩神一般。

「白石寶塔該不會被神仙發現了吧，癩蝦蟆他們會被殺的……」阿關低聲喃喃，神情緊張。翩翩也急出了汗，不知該如何是好。

「唉喲，你們讓讓，擋在這裡我怎麼過啊？」公寓裡一個太太提著大包小包開了門，白了阿關一眼，尖聲喊著：「你這腳踏車擋在樓梯間，別人多難走！」

「抱歉……」阿關趕緊將車挪了挪位置。

那婦人上下打量著阿關和翩翩：「你們是誰啊？你們要找人嗎？」

婦人的嗓門大，阿關覺得不妙時，看了看窗外，只見到遠遠順風耳已經伸出手，往這兒指來。

阿關猛然低頭，翩翩已然會意，沒多說什麼，拉住阿關的手往樓下奔去。阿關匆忙間也來不及牽車，只能以心念操縱石火輪跟著自己跑，將那大嗓門婦人嚇得直直怪叫。

衝下了樓，兩人轉進狹窄的防火巷。

斗姆領著數十天將追來，就停在方才阿關和翩翩與那婦人相遇的窗外。幾名天將鑽進窗子，上下搜著。斗姆一手還捏著順風耳耳朵，千里眼戰戰兢兢跟在後頭，臉上卻蒙著一張黑布，遮住了半邊臉，只露出一顆大眼，卻不知爲何。

「我……聽見聲音像是從這兒發出……真的！」順風耳滿頭大汗，神色慌張，眼睛不安打轉著。

「你這無能大耳，這次要是再亂報，我可打死你！」斗姆咧開了嘴，咧得極大，兩邊嘴角竟裂到了顴骨下方，嘴裡的牙齒異常尖銳，且是墨黑色的。

一旁的千里眼嚇得連連後退，順風耳也是大駭，但耳朵讓斗姆抓著，只能不停打著哆嗦。身後北斗七星各自領了天將在四周搜著，兩名天將在樓下防火巷探頭看了看，朝空大喊著：「找著他們了！」

阿關聽到天將大喊時，已牽著石火輪和翩翩跑到防火巷的另一端，眼前是另一條巷子。北斗七星之一的武曲，領著三名天將自前方上空降下，直直衝向阿關和翩翩。

翩翩召出雙月，正想放出光圈，突然一陣紫霧自武曲身旁的小岔巷噴出。武曲一愣，一腳踩在一團黏液上，摔倒在地。

癩蝦蟆、小猴兒和老樹精左右跳出，將武曲壓在地上，綠眼狐狸拿著白石寶塔奔出，滿頭大汗，十分驚慌。

「你們沒讓神仙找著？」阿關急急趕來，又驚又喜。

原來精怪們一夜等不到阿關和翩翩回來，知道出了事。綠眼狐狸領著大夥兒，帶著白石寶塔，在天還未亮時，就離開了鐵皮屋，在小巷中藉著紫霧術法屏氣躲著，一邊商量著該上哪兒尋找阿關和翩翩。才商量沒多久，大批神仙便飛到了鐵皮屋上空，四處搜索，精怪們嚇得直打哆嗦，直到阿關行蹤暴露，精怪們這才趕緊現身。

「我們連日贏來的錢，都讓他們發現啦！呱呱！」癩蝦蟆氣得跳腳。他們離開鐵皮屋時，只匆匆帶著白石寶塔，其他一概沒帶，一些生活用品、現金等等，全留在鐵皮屋裡。

「別管那些，你們沒事就好！」阿關眼看後頭的幾名天將在防火巷飛竄而來，連忙召出鬼哭劍直直扔了過去。最前頭那天將只得停下飛勢，舉斧來擋，也連帶阻住了後頭其他天將。

翩翩接過白石寶塔，召回精怪，和阿關一前一後出了防火巷。斗姆就在正上方，殺氣騰騰。阿關召回鬼哭劍，騎上石火輪，翩翩隨即坐定，輪下銀光閃動，石火輪竄出巷外。

阿關連連轉頭，雖已將斗姆遠遠甩在幾條街外，但知道自己方位已被鎖定，千里眼必定將自己的位置看得一清二楚。

阿關感到另有兩群惡念團，正從兩個不同方向朝自己逼來，應當是黃靈和午伊。

「該向哪兒逃？」阿關轉頭問著。

只聽見翩翩大聲回答：「我們往南部逃——」

「南部？」阿關怔了怔，正要再確認一次，卻感到翩翩用手指，在自己的背上劃著，像是在寫著字。

「對，逃向南部！」翩翩大聲說著，騰出一手在阿關後背劃的力道卻更大了。

「嗯嗯？什麼……？」阿關有些奇怪，卻不知翩翩在寫些什麼，翩翩惱得捏了阿關腰間一下；阿關疼得莫名其妙，險些摔車，連忙應著：「好好！逃去南部！」

阿關邊說，卻發現翩翩此時在他背後寫的字又不一樣了，只有四劃，是個「不」字。

「嗯！」阿關愣了愣，直到翩翩擰了擰他耳朵，這才陡然會意，知道翩翩那樣說，是故意說給順風耳聽的。既然是故意說的，便不會真的逃向南部，此時翩翩仍在他背後寫著字。

心裡有了底，阿關便也猜出翩翩重複寫的原來是個「騙」字，畢竟筆劃太多，一時自然不明白。

「好、好，就往南部逃——」阿關大聲喊著，同時不住點頭，表示自己已經明白翩翩意圖。

「石火輪快，南下不用一小時，看他們跟不跟得上！」阿關一邊說，卻在樓宇間亂竄，轉進小巷又竄出大街，嚇壞了一票路人，卻也顧不得那麼多了。

在幾處人多的地方轉了幾轉，阿關感到三團惡念移動的勢子慢了下來，顯然已經找不著阿關了。

「妳猜他們會不會上當？」阿關在一處十分吵雜、擠滿了人的電視牆前，對著翩翩耳朵輕聲問著。

「我也沒把握，就算能騙得了斗姆，黃靈、午伊卻沒那麼好騙。若是秋草妹子也在他們陣中，那麼他們應當不會上當。」翩翩蹙了蹙眉回答。

兩人商討了片刻，卻苦無對策。癩蝦蟆幾次擠出頭來要發表意見，都讓寶塔裡的綠眼狐狸拖了回去。

阿關緊閉眼睛，專心感應，感到斗姆那方位的惡念集團似乎分成了兩半，一半果真往南方移動，另一半卻散了開來，越散越開。

兩人推測，或許是斗姆分兵，領了其中一半向通往南部的大小公路去尋，另一半則散了開來，地毯式搜索，找著了再以符令通報。

阿關閉上眼睛，只覺得惡念分布情形在腦海裡逐漸成形。同時，身邊不停走動的人們，有些也帶著比以往更甚的惡念，那些人的臉上看來都有些異樣，大都流露出焦躁、厭煩、氣惱之類的神情。

「有幾個邪神往這邊逼近。」阿關和翩翩互看一眼，又上了車繼續逃亡。阿關細心感應著，專挑吵雜且擁擠的地方騎，以免讓千里眼和順風耳發現。

就這樣，一直到了黃昏，阿關騎到市郊邊的工業區。

這工業區佔地遼闊，其中幾處工廠都廢棄許久了。阿關騎進一間廢棄工廠，兩人在裡頭靜靜躲著，精怪們也乖乖在寶塔裡待命。

日落時，夕陽照進工廠的破窗子，映在地上。兩人只能怔怔地發呆，看著天色漸漸轉黑，聽著遠處仍有運作的工廠發出來的機械聲。

「好幾天過去了，辰星他們仍然沒有和我聯絡……后土也不知去向……」阿關用氣音喃喃說著：「阿泰不知有沒有安然無恙，或者，他們已經遭到追兵的圍攻。」

阿關一想至此，不免更憂心了。后土和阿泰身上都帶著重傷，他們可不像自己還有石火輪，要是碰上斗姆這批兵馬，必定難以脫身。

阿關將頭埋在膝蓋間，腦中思緒越漸紛亂。他一閉上眼睛，似乎就能見到一團團的惡念流動。

「這幾天……我見到的天空……都是黑色的……」阿關聽來聲音十分疲累。「似乎永遠沒有白天……惡念……慢慢降臨了……」

翩翩想說些什麼，卻無法說出口，只能將身子靠在阿關身旁，輕輕拍著他的背。

又過了不知多久，一團紅光乍現，可嚇壞了阿關和翩翩，仔細一看，卻是一道符令。

符令是老土豆傳來的，只聽見老土豆大聲嚷嚷著：「阿關大人吶，你在哪兒啊？主營這些天派了大軍北上抓你，太白星爺怕你獨力難敵，暗中號召一群土地神，要咱們去幫你。土地神可是地頭蛇，要逃跑可少不了咱們吶，現在大家都到了北部，但找不著你呀，你上哪兒去了？」

「老土豆！」阿關怔了怔，正不知該如何是好，他身上沒有能回傳給老土豆的符令，只能急得跳腳。

老土豆每間隔十數分鐘，便會傳來一道符令，嚷嚷著方才找過了哪些地方，包括阿關舊家、河堤、老人院、據點三——翩翩仙子住處舊址、據點二——文新醫院舊址，甚至是據點一那廢棄大樓都找過了。

「笨土豆啊！別只說你們找過哪兒，說說你們現在在哪兒，且別亂跑，我們才好去找啊！」阿關抓著頭髮，低聲埋怨著。

又過了一會兒，老土豆又傳了符令：「阿關大人，俺想到了一個好主意，我們找個安靜地方等你，你來找咱們比較容易些，你可得快點來啊。俺可擔心了，有些地方的凡人變得十分凶惡！」

阿關和翩翩這才低聲歡呼一聲，一邊暗罵老土豆這麼久才想通，一邊又準備動身。老土豆的聲音未歇，且突然驚慌起來：「大眼！是你！啊呀……」

「老土豆！」阿關陡然一驚，翩翩也忍不住提高了聲音：「土豆給發現了！」

兩人這才想到，儘管自己盡量壓低了聲音，但老土豆幾番大聲嚷嚷，加上一票土地神幾乎全是大嘴巴，會讓順風耳聽見並不奇怪。老土豆口中的「大眼」，自然是指千里眼了。

符令紅光漸漸消退，老土豆的聲音也逐漸消失，只聽見最後幾句：「俺偏不說，你怎樣！俺就算知道也不告訴你……怎樣！」

「不要啊——」阿關斷吼起來，心裡萬般著急，老土豆說的話全給聽了，太白星差遣土地神北上私會阿關一事，自然也隨即曝光，那可是大不妙。斗姆早上那凶惡模樣還牢牢映在阿關腦海裡，一干土地神的下場如何，阿關卻是想也不敢想了。

吼聲在廢棄工廠中來回衝撞，聲音還未停，阿關站了起來，大聲吼著：「順風耳！我在這裡、我在這裡、我在這裡——」

「黃靈，午伊，斗姆！我在這裡，有本事就來抓我！」阿關發狂吼著，任憑翩翩緊抓著他的手，也不停歇，反而身上閃起黑雷，險些電傷了翩翩。

翩翩將他強壓得趴在地下，阿關這才冷靜了些，卻還喃喃著：「大家都……大家都……」

「我們到底在做什麼？爲什麼要這麼辛苦，跟他們拚了，跟他們拚了算了……同伴們一個一個死去了……我們只能逃……一直逃……逃過了今天又能怎樣……又能怎樣……」阿關伏在地上，用拳頭搥著地，恨恨跳了起來，眼神凶惡地說：「黃靈、午伊不在福地，我們現在就去搶太歲鼎！」

「你發瘋了嗎？」翩翩抓著阿關領口，一個清脆巴掌打在他臉上。

阿關抓著白石寶塔，癩蝦蟆探出頭來，想要講些什麼安撫阿關，卻又讓其他精怪拉了回去。

癩蝦蟆大聲抗議：「爲什麼不讓我說話？」

老樹精罵著：「你這臭嘴巴，說什麼都是火上加油，靜靜看著，讓翩翩仙子做決定！」

阿關哼了一聲，石火輪飛竄而來，他就要跨上，又讓翩翩扯落了地。翩翩叫著：「你去福地有什麼用？那兒有熒惑星鎮守，你現在嚷嚷，還不都讓那大耳給聽見了！」

阿關大吼：「聽見就聽見，他們也追不上石火輪，熒惑星守著又怎樣，我跟他拚了！」

翩翩一腳將石火輪踢倒，用腳踩著，大聲怒斥：「你連我都打不過，你拿什麼跟熒惑星拚？你連你的石火輪都搶不回來，你憑什麼想去搶太歲鼎？」

阿關讓翩翩這麼一激，本來便已激動的情緒登時更是高漲，伸手就要去搶車，卻讓翩翩一腳踢開，倒在地上。

「來啊，先打贏我！」翩翩手一揮，右手現出了青月，冷冷說著：「你打贏我，我陪你去送死。連我都打不贏，你連送死都沒資格，我只用一把刀讓你！」

「哼！」阿關又撲了上去，只見翩翩青月刀當頭劈下，在他胸前劃出了道口子，阿關哇了一聲。翩翩一刀接著一刀，眞踢眞砍。阿關閃過幾刀，也只得召出鬼哭劍硬擋。

翩翩越攻越急，阿關也越打越是惱怒。翩翩抓了個空隙，一腳踢在阿關肚子上，正要一巴掌揮過去，卻讓阿關抓著了手，只覺得手臂上一陣刺痛，一道黑雷捲上來，電上翩翩身子。

「啊呀！」翩翩卻沒想到阿關使黑雷電她，全無防備。阿關仍未熟悉黑雷用法，盛怒之下全然無法拿捏力道，只眼睜睜見著幾股強橫黑雷捲上翩翩玉手，再捲上了她全身。

翩翩的哀號聲將阿關喚得回了神，這才趕緊鬆了手，翩翩已經癱軟倒下。

「啊……啊啊……」阿關見了翩翩左手焦黑，急得說不出話，連忙鼓足了全力，對著翩翩的手發出一道道的治傷咒術，好一會兒翩翩才動了動嘴巴。

「我有意讓你……你下手倒毫不留情……」翩翩掙扎著想要站起，阿關連忙將她摟在懷中，連連喊著：「對不起、對不起！」

廢棄工廠暗沉沉的，翩翩一句話也沒說，只聽見阿關一聲聲的道歉。

「好不容易把妳救活了，我還以爲妳又要死了！」阿關激動哽咽說著，抱得死緊。

「我本來就要死了……」翩翩嘆了口氣說：「我已經說了，要是你打贏了，就陪你去送死。走吧，我們去劫鼎，要死，一起死……」

翩翩邊說，本來垂下的手，也抱上了阿關的腰。在漆黑的工廠中，兩人靜靜互擁著，只能聽見遠遠機械運作聲，和對方的心跳聲音。

「咳咳……俺現在可以進去了嗎？」一個熟悉聲音響起，兩人陡然一驚，翩翩連忙將阿關推開。兩人朝工廠門前看去，在微弱光芒下站著的，竟是老土豆。

老土豆身後還跟著一票土地神，小白菜、韭菜、三瓜全都來了。

這頭白石寶塔裡的癩蝦蟆等精怪和獅子、老虎們，也都跳出了寶塔歡迎這票土地神。

癩蝦蟆對著阿關和翩翩吐著泡泡說：「我以為猴孫阿泰跟小護士打架已經夠凶狠了，沒想到阿關大人跟翩翩仙子打起架來更厲害，一個揮刀、一個放電啊！嚇死我了，呱呱！」

「你們怎麼找來的？」阿關見老土豆安然無恙，不禁欣喜若狂。

翩翩則十分惱火地罵著：「土豆，你們既然來了為何不出聲，為何躲在一旁偷看？」

「啊呀呀！翩翩仙子，俺可不是故意的。俺才剛到這兒，你們已經打得天昏地暗，俺還不知發生了什麼事，又見到你們抱了起來，便更不敢打擾了……」老土豆唯唯諾諾解釋著，卻又十分高興地說：「仙子，恭喜妳又變回原先美麗樣子！阿關大人，好久不見，俺好想念你啊！」

阿關吸了吸鼻子，心中感動不已。老土豆依然故我，小白菜嘻嘻笑著，韭菜也依舊悶悶不說話，冬瓜、南瓜、小黃瓜這三瓜也仍然吵雜，廢話不停，一票土地神全沒有邪化。

「老土豆……外頭那是……」阿關還來不及說些什麼，又感到一股淡淡的惡念正在門外，卻又不似斗姆、黃靈、午伊或是天將那樣強橫。

「進來啊，你們害什麼臊？」老土豆對門外招了招手。

外頭這才有了動靜，一前一後走進來的，竟是那千里眼和順風耳。

「你們！」阿關和翩翩陡然一驚。

千里眼已經硬拉著順風耳跪了下來，一句話也不敢說，反倒是一票土地神幫忙開口說：「阿關大人，他們是來投誠的！」

「投誠？」阿關感到有些不可思議，驚喜問著。翩翩則有些保留，一手召出了青月小刀，反手握著，要是眼前這千里眼或是順風耳有什麼動作，便能立時反應。

兩神仙站了起來，千里眼臉上蒙了塊黑布，遮住了半邊臉，神情古怪。阿關和他對看了幾眼，見他黑布外露出來的一隻眼睛又黑又大，幾乎沒有眼白部分，跟著感應到他身上雖也有惡念，但是極淡。一旁的順風耳身上的惡念則重了不少，順風耳歪著脖子，流著唾液，頭還不由自主地顫抖著。

「你們……」阿關還不知該問些什麼，千里眼已經主動開口：「小歲星吶，你實在不該拋下一干同袍，走得如此倉促。你走之後，主營大神們可全都變了……」

千里眼還沒說清來由，卻認定了阿關拋下大夥兒，才累得大神們個個惡念薰心了。他自然不知道黃靈、午伊才是始作俑者，也不知道在阿關走前，主營邪化情形便已經十分嚴重了。

阿關也無心解釋，只是急急問著：「現在主營情形究竟怎樣，你們又為什麼會來投誠？」

千里眼揭起了臉上那塊黑布，阿關和翩翩、老土豆都不由得大吃一驚。千里眼本來讓黑布遮住的左半邊臉，眼睛的部位已給挖掉，成了個饅頭大小的坑洞。

「這是斗姆……大人……」千里眼淡淡地說，他一提到「斗姆」兩個字，一旁的順風耳就抱起頭來，不安地看著四周，咧著嘴巴像是十分害怕，同時又憎恨著。

千里眼緩緩說著：「你們逃走之後，本來主營是要大舉追捕的，但南部卻傳出西王母殘存勢力蠢蠢欲動，且中部與鎮星對峙的太陰還頗難纏，也因此主營將你給擱在一旁，一邊整兵，一邊征討西王母和勾陳。有一部分的同袍不明白，何以太歲鼎完工之後，還要繼續征戰，儘管你這小歲星逃了，但只要兩位備位繼任，專心收納四方惡念，邪化的同袍遲早可以救回。」

千里眼繼續說：「但以熒惑星爺和斗姆大人為首的神仙們，卻主張將那些邪化的叛軍盡數殲滅。且認為人間、魔界紛亂，天界應當一改以往放任態度，直接統御兩界，從此人間、魔界再也沒有各自的王，天界之主即是三界之主，而那些被他們認為是製造紛亂的人和魔，便分別成為天界的奴隸和軍隊。」

阿關和翩翩聽了，盡皆愕然。阿關恨恨地說：「好啊，那些傢伙做神仙還不夠，想當土霸王吶！」又想了想，自古凡人中那些土霸王也是如此，做了小王便想當大王，當上大王更想當大帝，慾念是無止盡的。主營裡那干神仙受了惡念侵襲，自然不滿足本來身為人魔兩界的保護者、監督者的角色，吃力又不討好，反而想掌握更大的權力，當更大的王，享更大的樂。

千里眼又說：「玉帝起初沒有意見，但那斗姆日日夜夜說那凡人和群魔的不是，日日夜夜說咱們神仙照料凡人數千年了，也該到凡人報恩的時候了；又淨說些天庭枯燥乏味，還要在凡人都市蓋上一座高聳通天的大宮，上通南天門，下達魔界，好不威風吶。玉帝和以前不同了，倒很注重氣派，兩隻手上都戴滿了寶石戒指，坐著的是令天工老兒連夜打造出來的黃金大椅，讓斗姆這麼一慫恿，也覺得這主意很好、很威風。之後，主營中本來和斗姆不同意見的，見玉帝傾向斗姆，便也不敢再說些什麼了。」

千里眼頓了頓，又說：「更加上……最近一陣子，主營出現許許多多的魔界妖魔，他們全都是以神仙盟友的身分在主營遊蕩。似乎是玉帝等大神們做出了決定，神仙們和魔界中一個大王協議同盟，魔界大王提供許多兵馬給神仙，神仙們則答應讓魔王加封成神，一同統御三界。」

阿關和翩翩互看了一眼，這才明白那些邪氣天將的由來。

老土豆插嘴問：「我說大眼吶……但你這眼睛又是怎麼一回事兒？斗姆大人幹嘛出手這樣重呢？」

千里眼嘆了口氣說：「當西王母和勾陳殘兵連連敗退時，玉帝也下了令，命令黃靈、午伊共同代理歲星一職，領著歲星舊部北上來抓小歲星。既然同是代理太歲，黃靈和午伊誰能逮到你，自然也算是立下大功，比下對方，便離正式太歲更近一步了。斗姆看出他們之間存有競爭之心，怕互相牽制反而誤了事，便自告奮勇一同北上。小歲星曾頂撞過她，她可一直記恨在心裡啊！」

「我和順風耳便因此慘了，我倆本是默娘部將，太歲鼎崩壞後，默娘戰死南天門，我們存活下來，斗姆則少了輔、弼兩部將，玉帝便將我們派至斗姆麾下，去代那輔、弼兩星。但斗姆一直不喜歡我們，這陣子老要咱們快快找出小歲星在哪兒，我們找不出來，斗姆便是一頓打；自己打不夠，還派七星打我們。兩、三天前，斗姆怒了，說我這大眼一雙眼睛和順風耳一對大耳都沒用，便一爪抓去了我一眼，也將順風耳的耳朵給打聾了一隻。」千里眼連連嘆著氣說。

「斗姆以前和默娘有過節嗎？」阿關轉頭問了問翩翩。

「大過節當然是沒有，但是斗姆性情本來便不好，很多神仙都忌諱著她；相反地，默娘慈善，人緣好上太多了。斗姆若是邪化之後因妒生恨，進而遷怒在千里眼、順風耳身上，那也莫可奈何。」翩翩搖搖頭。

千里眼繼續補充說：「說也奇怪，我失了一眼、順風耳失了一耳之後，視力跟聽力反而大大增強，不知是給斗姆打怕了，催出潛力還是怎樣，總之漸漸找得著你們了。今日上午讓你們逃脫，斗姆領著大夥兒追，順風耳直說聽到你們說要往南部逃。斗姆見我倆這幾次都準確找著你們，便也信了，領了一部分兵將往南追，臨走前卻對我們說，要是順風耳亂說，可要打死我們。」

「我和順風耳只能找出個大概，哪能萬無一失，聽斗姆這樣說，心裡都十分害怕，知道如果說錯了，眞的會給打死。一直到剛剛，順風耳聽見了老土豆向你們傳令，知道你們還在北部，斗姆回來後，可眞要打死我們了。我倆偷偷商量了一陣，待在斗姆陣中，遲早也給折騰死，只好橫下心來，循著聲音找著老土豆這票土地神，向他們解釋清楚。又聽見了小歲星的大叫大嚷，憑著聲音找到這裡，想要投靠小歲星你，我們再也不回去了。」

千里眼一口氣說了好大段話，阿關和翩翩這才明白了大致上的經過。也搞清楚老土豆傳符令當時那驚呼，自然是突然見著了千里眼和順風耳，大眼大耳慘遭折磨，氣色如鬼一般，向他問起阿關所在，口氣也不太和善，這才嚇壞老土豆等一票土地神，也嚇壞了阿關和翩翩。

翩翩想了想，點點頭說：「好，既然千里眼和順風耳和我們同在一線，再加上一票土地神的地利，大夥兒身上都施下隱靈咒，一時之內，黃靈、午伊也找不著我們。我們穩住陣腳，好好商量下一步要如何走。」

千里眼扶著順風耳在阿關面前坐了下來，阿關一把按上了順風耳腦袋，只覺得他身上雖有藥皮惡念的感應，卻無法抓出來。

阿關緊閉眼睛，只一用力，手上又要泛起黑雷。順風耳嘎嘎兩聲，神情緊張害怕，以為阿關也要像斗姆一樣打他了。

千里眼按住順風耳的肩頭，順風耳掙扎了起來，老土豆抓著左手、小白菜抓著右手、韭菜和三瓜則抓著順風耳左右腳，這才強壓住順風耳。

阿關加大力氣，閉著眼睛覺得那藥皮惡念越漸明顯，但卻就是抓不出來。手上黑雷忽隱忽現，只聽見順風耳給電得吱嘎嚎叫，連帶著一票土地神也都給電得哇哇叫。

好不容易才從順風耳口中逼出了點惡念，而唾液、鼻涕、眼淚早已流了滿臉，倒像是身受酷刑一般。

阿關滿頭大汗，大夥兒越看越不忍心，癩蝦蟆呱呱叫著：「阿關大人吶，怎麼你替咱們抓惡念時便十分輕鬆，替這順風耳抓惡念就這樣吃力吶？呱呱！我看他惡念沒抓出來，電都給電死了！」

阿關嘆了口氣，繼續施力，老土豆等一票土地神也汗流浹背，死命壓著順風耳。翩翩則將黃靈、午伊這兩個傢伙所做之事，向大夥兒說了，阿關對藥皮惡念不甚熟悉，因此難抓。

「我就說那兩個備位不是好東西吶！我就說他們不是好東西！」小猴兒尖聲叫著跳著，拿著鐵棒亂敲——順風耳投誠了，精怪們也就不怕大聲說話。

千里眼、土地神等都是一驚，心想不到竟是這兩個傢伙暗中作怪。

只聽見順風耳一聲大叫，幾股黑雷將按住他肩上的千里眼、土地神等全彈了開來。阿關也倒退好幾步，兩手拉出了大股大股的瑩白色藥皮惡念。

阿關將那團惡念遠遠一扔，扔在工廠牆角，這才坐下來喘氣。順風耳早已暈厥，一票土地神連忙對他施放治傷咒。

阿關想起那日在主營，抓著林珊的手也只是一瞬間便逼出了白色惡念，突然眼睛一亮，看了看千里眼說：「有了，我在你手上劃一道傷口，會比較輕鬆些！」

千里眼還不明白，阿關向他解釋一番，這才向翩翩借了青月小彎刀，在千里眼手上劃了道口子。這次阿關只一抓，便將藥皮惡念抓了出來，千里眼身上的惡念遠比順風耳少。

此時已是深夜，大夥兒各自坐在廢棄工廠，都不知道接下來下一步該如何。

「就我們幾個，能成什麼大事？我以爲辰星和太歲爺有妙計的，哪知道他們也自身難保……呱呱！」癩蝦蟆呱呱叫著。阿關便告知這幾日都無法聯絡上辰星，且情勢不妙。

接著，阿關述說到六婆讓阿姑邪鬼殺死時，一票土地神都不敢置信。精怪們一想起當時戰情，都難過得滴下淚來。六婆一直待他們很好，尤其在福地當那熒惑星及其手下耀武揚威時，六婆總是安慰著受了氣的精怪，也時常做些小菜、粽子給大家吃。

此時一片哀戚，阿火等雖不會開口說話，但聽得懂阿關說話。阿火朝天一吼，聲音雄壯悲戚，直衝天際；阿火這一叫，其他虎爺都狂嚎起來，牙仔此時的吼聲也威猛許多，不再是以往的嘎嘎聲了。鐵頭撞著地，小狂在地上用力扒著，背上那件六婆替他縫製的小披風歷經數戰，也變得破舊了，此時仍輕輕飄動著。

「沒希望了……沒希望了……」順風耳倒臥一旁，眼神空洞，喃喃說著：「早知道當時南天門大戰便和默娘奶奶一同戰死算了……何必下凡受那斗姆的欺負……現在還有什麼希望，還有什麼希望……」順風耳聲音本來便嘶啞，此時說來更顯得哀愁。

憂傷的情緒會傳染，這些日子以來，精怪們都強打精神陪伴著阿關和翩翩，但此時想起情勢大壞，心情也隨之沉降。

綠眼狐狸和老樹精默默不語，小猴兒忍不住向翩翩抱怨說：「仙子，起初妳和我們說，大家齊心合力，打敗邪神之後，大夥兒快快樂樂地上洞天，可是現在卻不是如此，打敗了邪神，本來的正神又邪了，我們拚上了老命，此時都成幻影了、都成幻影了！」

癩蝦蟆也一同附和說：「唉……阿關大人，雖然我們都很喜歡你，但要是早知道正神也會變邪神，永無止盡地打仗，當初我們這些精怪說不定躲起來，大夥兒也不會死這麼慘……」

「怎能這麼說。」綠眼狐狸嘆了口氣：「要不是一直跟著阿關大人，我們說不定早邪化了，你打我、我打你，更說不定被邪神徵去當手下，死在哪兒都不知道，到頭來也是一樣。」

「沒希望了……沒希望了……」順風耳不理大家說話，自顧自說著。

阿關抱著頭，看著四周廢棄工廠，一片漆黑，連月光也被雲遮住。

「給你的歲月燭呢？你平時有沒有常練習？」翩翩一直不語，此時推了推阿關。阿關不明所以，隨手唸咒召出了歲月燭。

「你們有沒有聽過一句話？」

翩翩將歲月燭接了過去，大家只見到本來墨一般黑的廢棄工廠，登時出現了些許光亮。

「聽過什麼話？呱呱？」癩蝦蟆不解問著。

「儘管這地方有多麼黑，但只要一小點光火……」

翩翩將歲月燭高高揚起，歲月燭上的千年不滅火像水蛇一般舞動，一下子竄上了好高，將整間廢棄工廠映得花花亮亮、五彩繽紛。

綠眼狐狸怔了怔，開口說：「千年暗室，一燈即明。」

翩翩點點頭，將歲月燭還給阿關。

阿關怔怔看著歲月燭上的五彩火光，再環顧四周，原本黑暗沉寂的廢棄工廠，此時大放光明，心裡十分震撼，憤然站了起來，大聲說：「其實……還是有希望的！」

「以前做什麼，現在就做什麼。」阿關兩眼閃耀著光芒，興奮地說：「我仍是太歲爺的備位，翩翩仍是我的保姆，你們是生力軍，我們的任務一直沒變！把大家召集起來，做我們該做的事，太歲鼎崩壞之初，希望就十分渺茫，此時更渺茫，但一直還在，各位，希望一直還在！」

「我們有太歲爺，有辰星、太白星，只要能集合大家的力量，還有義民爺、還有鍾馗！只要能集合大家的力量，我們還有希望，還有……還有……」阿關興奮說著，絞盡腦汁想著還有哪些精怪神仙是和自己站在同一方的。

「還有洞天。」翩翩靜靜說：「我們去洞天。」

69 前進洞天

「洞天？」癩蝦蟆先是一愣，拍手喊著：「對、對，洞天好！樹神婆婆一定會收留我們的！呱呱！」

小猴兒也跳著叫：「是啊、是啊！洞天有紅耳大勇士，那個力氣大的大精怪，紅耳大勇士、紅耳大勇士！」

「這可不好……」順風耳本來一直躺著，此時坐了起來，茫然搖頭說：「主營必然知道歲星、辰星會向洞天求援……說不定早已便和洞天聯手設下陷阱，等著咱們自投羅網吶！」

翩翩側頭想了想，說：「我想不會。洞天樹神婆婆和善耿直、明辨是非，就算主營神仙搶先一步上那兒說咱們的壞話，樹神婆婆也未必會相信。只要我們能夠進得了洞天，將情形一五一十地說個明白，那些與世無爭的善良精怪必定會站在我們這邊。」

一群土地神嘰嘰喳喳商量半天，老土豆猶豫問著：「但要是黃靈、午伊提前一步前往洞天，散布惡念，使得善良的精怪變壞了，那又該如何是好？」

本來興致勃勃的癩蝦蟆和小猴兒聽了老土豆這樣說，也跟著猶豫了起來。

翩翩笑了笑說：「傻土豆兒，並不是邪化了就會同聲出氣，好比順德跟千壽公、勾陳和西王母，要是見了面，也是敵人，而不會是戰友。洞天到目前為止，一直和主營同在一方。

黃靈、午伊又何必將無慾無爭的洞天邪化了，邪化了的洞天未必會站在玉帝那邊，倘若平空多了個野心勢力，只是徒增玉帝一方的困擾而已。」

阿關也點頭附和說：「凡間的惡念落不進洞天，也就是說，只要黃靈、午伊不動手腳，洞天的精怪們便不會邪化。」

翩翩接著說：「所以，我們必須盡快趕去洞天，早一步和樹神婆婆說明一切。我們有正牌的備位歲星守在那兒，黃靈、午伊又能如何？」

綠眼狐狸插口說：「倘若我是神仙，必定安排一路兵馬埋伏在洞天入口，一見阿關大人前去，便現身逮人呀！」

土地神們聽了，紛紛露出苦惱神情，又嘰嘰喳喳地吵了起來，千里眼和順風耳也附和著。大夥兒都很明白，黃靈、午伊根本無須花費口舌之力試圖遊說樹神，只須在洞天入口布下天羅地網，便能阻下阿關一行。

翩翩苦笑說：「以現在的情勢，也只有這一步可走，前往洞天不只是保全自己，也是撥亂反正的第一步。辰星爺和太歲爺他們也不停地努力，我們又怎能夠一天一天沒日沒夜地逃？」

阿關大聲附和說：「就算黃靈早到一步，我們也要去把他們趕出來，可不能讓他們糟蹋了洞天！」

千里眼、順風耳、土地神們仍然有些猶豫。

翩翩笑著說：「放心，要論反攻，我們差得太遠，但想進洞天，卻未必做不到。別忘了阿關的石火輪和我手上的白石寶塔，有這兩件寶物，我們在行軍上佔了極大優勢。再來，阿關感應惡念的能力大大增長，千里眼和順風耳，一個眼觀四面，一個耳聽八方，加上一干土地神相助，我們佔盡了地利。如此陣容要打或許打不過，但是就算打不過，也必定逃得掉。」

順風耳性格率真直朗，原本一直害怕斗姆，此時聽了翩翩讚他，也不禁有些得意。想了想，便說：「這倒也是，小歲星能感應神仙們的惡念，我能聽見他們談話，大眼能看見他們一舉一動，再加上土地神……就算是那斗姆……哼哼……啊呀！」

他正說到一半，突然跪了下來，抱頭大叫：「斗姆大人發怒了，她說要扒了我的皮！」

大夥兒盡皆譁然，癩蝦蟆嚇得躲在阿關背後呱呱叫著：「斗姆來了？她在哪裡？」

順風耳全身打顫，方才的神氣不知上了哪兒，側耳聽了半晌，指了個方向，大夥兒跑出鐵皮工廠。

千里眼立時飛空，瞪眼看去，朝下頭嚷著：「斗姆大人正領著七星和天將往這兒趕來。」

「下來！是你們身上的靈氣暴露行蹤！」翩翩大喊，一手搭在順風耳身上，施了道隱靈咒。

阿關揮著手，將老土豆、精怪、虎爺們全收進了白石寶塔，同時也在自己身上補上幾道隱靈咒，召了石火輪過來，朝翩翩喊著：「走吧，斗姆追不上我們。」

翩翩跨上了車，千里眼、順風耳落在石火輪左右，緊抓著阿關肩膀。阿關猛一踏下踏板，石火輪飛快竄起，打了個大彎駛出工業區，往洞天前進。

千里眼和順風耳拉著阿關肩頭低聲驚呼，總算見識到了石火輪的急速。

五分鐘後，順風耳急忙嚷著：「果然給那狐狸說中了，我聽見黃靈傳符令給午伊，要午伊前往洞天支援埋伏在四周的天將伏兵。他們找不到我們，應該是猜到我們要前往洞天了！」

阿關點點頭，停下車來四處張望，此地離洞天還十分遠，他指著前方山郊說：「前頭有一些惡念……」

千里眼順著阿關指的方向看去，果然見到飛蜓領了一批天將，在前方兩公里處盤旋搜尋。

老土豆探出頭，一連指了好幾個方向，說明哪邊地勢平坦，哪邊有茂密樹叢可供掩護。

翩翩搖了搖寶塔，向裡頭問著：「還有哪條路可以走？」

此時已經入夜，天色極黑。阿關看看天，仍然只能見到一團一團的紅黑惡念，看不見一顆星星。他踩下踏板，繼續往前進著。大夥兒就這樣在山林小道中繞了許久，一路上土地神們輪番提供路線情報，阿關感應追兵大致方位，千里眼指出追兵的身分和詳細地點，順風耳則不時聽見幾路追兵互相通報的符令情報。

大夥兒因而順利地避開了追兵，漸漸往洞天逼近。

「他們放棄攔截埋伏，全都往洞天入口聚集！」順風耳出聲提醒。

此時阿關騎著石火輪已經來到洞天入口的山下，正躲在幾株樹叢間。阿關感到惡念逼近，抬頭一看，若雨和青蜂兒領著一隊天將竄過頭上，往洞天入口飛去。

千里眼探頭出樹叢，往洞天那方向看去，說：「紅雪和青蜂兒兩仙已經到了洞天入口。啊，飛蜓仙也到了！」

阿關和翩翩對看一眼，石火輪雖然快，但畢竟還要繞路，飛蜓等神將卻是在天上筆直前進，加上飛蜓等一干蟲仙本來飛空速度便極快，此時已經趕在石火輪前，在洞天入口擋著。

「趁黃靈、午伊還沒跟上，我們硬闖！」翩翩這麼說。

阿關點點頭，黃靈、午伊等天將速度不及飛蜓、若雨、青蜂兒，此時還遠遠飛在後頭。

翩翩在千里眼、順風耳的額上也蓋了符印，將他們收進了寶塔，又拍了拍阿關的肩，說：「走吧！」

阿關吸了口氣，石火輪閃起電光，直直竄向洞天入口。

□

「我說飛蜓哥呀，你何必這麼痛恨阿關大人和翩翩姊，你不覺得他們是迫於無奈，才這麼做的嗎？」若雨正倚在洞天入口那面石牆上，玩弄著手上一朵野花。

飛蜓哼了哼說：「什麼被迫於無奈，總之那兩個傢伙叛逃是事實，讓我逮到了，看我怎麼對付他們！」

若雨笑了笑說：「你一直不服阿關大人，怎麼現在卻又服黃靈那小子？我可是不服午伊那傢伙哩！」

飛蜓皺了皺眉，不悅地說：「誰說我服黃靈？但他對我倒好，還令天工替我打造漂亮鎧甲。」

若雨嘆了口氣說：「一件鎧甲便收買了你，要是太歲爺親臨，你也要『對付』他？」

飛蜓靜默半晌，心中似乎交戰著，惱怒起來，罵著：「妳這瓢蟲，爲何老是跟我作對？」

若雨吐著舌頭，正要回嘴，青蜂兒已經大嚷：「哎呀，那不是……」

青蜂兒本來坐在石上，往下看到阿關騎著石火輪順著山路竄來，才剛開口，石火輪已經竄到了面前。

「讓開——」翩翩不由分說，召出靛月便揮出一片光圈，全往飛蜓和若雨打去。

飛蜓和若雨大吃一驚，連忙閃開，石火輪已經停在洞天石壁前。

「來得好！」飛蜓飛旋轉向，挺起長槍，往石火輪上兩人攻去。翩翩本來要唸咒開壁門，但飛蜓攻得太快，只好回身應戰。

阿關也召出了鬼哭劍，一同抵擋飛蜓，同時見到遠處黃靈、午伊已經領著大批天將，往這兒趕來。

儘管飛蜓攻勢猛烈，但翩翩也是鼓足了全力來戰，加上阿關在一旁以鬼哭飛劍攪和，飛蜓一時之間不但戰不下這兩個凡人，反而還落了下風。一個失神，飛蜓讓翩翩一記光圈打中肩頭，竄開老遠，憤恨吼著：「紅雪、青蜂兒，還不幫忙！」

「快走！」翩翩拉著阿關往洞天石壁前跑，一手按在牆上又要唸咒開壁門。

青蜂兒攔在翩翩前：「翩翩姊，趁現在黃靈、午伊還沒來，有什麼話大家說清楚便是了！」

「看飛蜓那樣怎麼說清楚？」翩翩一把推開了青蜂兒。

阿關卻喊著：「若雨、青蜂兒，你們把飛蜓抓起來，讓我揪出他身子裡的惡念，你們就明白了！」

「你身子裡才有惡念！」飛蜓大怒，一陣風打來。翩翩咒語還沒唸完，眼見飛蜓那幾股暴風翻天覆地般捲來，只得拉著阿關避開。

兩人狼狽滾到一旁，飛蜓還要施風，若雨已經舉起鐮刀，作勢要打翩翩和阿關，卻是揮出一面火牆。火牆去勢極慢，隔在飛蜓和翩翩、阿關之間，緩緩地朝翩翩蓋去。

「這是什麼玩意兒？」飛蜓讓火牆擋了，見不著兩人，又見那火牆去勢如此慢，不由得更怒了，右手一揮又是幾道風去，打在火牆上捲成一團。

「飛蜓大哥，你幹嘛阻擾我殺叛將？」若雨高聲斥著，又揮了兩股火去，同樣是緩慢前進的火牆。

「耍我！」飛蜓暴喝一聲，揚手一道旋風竟往若雨打去。同時，飛蜓全身上下都捲起了旋風，身子一竄，竄進火牆中。

飛蜓穿透了火牆，落在山坡上，翩翩和阿關早已藉著火牆掩護，施咒打開了洞天壁門。

飛蜓大怒，全身黑風飛揚，恨得直竄過去。

「飛蜓大哥！」青蜂兒見飛蜓瘋了似的，連忙飛身去攔，兩手抵住飛蜓肩頭說：「飛蜓大哥，有話好好說，別這樣！」

「吃裡扒外，滾開！」飛蜓一拳打在青蜂兒肚子上，將他打得彎下腰來。再一看，翩翩已經拉著阿關竄進了光洞。

飛蜓暴喝一聲，追進入口通道，若雨、青蜂兒也趕緊跟上。此時黃靈、午伊早也領了眾天將追來，全圍上了洞天石壁前。

阿關和翩翩才進入洞天通道幾步，便僵住了身子。

兩人前頭站著的，是林珊和她領著的二十餘名天將。

「你想不到吧。」林珊輕握腰間劍柄，緩緩抽出了長劍。

阿關和翩翩全然無法應變，一句話都說不出來，後頭趕來的若雨和青蜂兒、飛蜓見了這般情形，也都大吃一驚。

「秋草，妳怎麼在這兒？」「妳不是在南部協助太白星大人對付西王母嗎？」若雨和青蜂兒先後問著。

「西王母早已被擒了，正要送去主營等候玉帝審判。」林珊神情冷若冰霜，直直望著阿關和翩翩。

翩翩咬了咬下唇，緊握著手上雙月，心中猶豫著該不該硬闖。

「你們這段時間可幸福了。」林珊眼神又似冰雪、又如利刃，看得阿關一陣心虛。

阿關連連搖手說：「這是大大誤會，飛蜓、林珊，你們……」

午伊在洞外大喊：「還囉唆什麼，將他們抓出來！」

林珊一聲令下，身後天將已經蜂擁而上，飛蜓也順勢攻來。翩翩咬了牙，正想扔寶塔召出全軍硬闖，但飛蜓長槍已經頂上了阿關心窩。

阿關雙手舉起，作勢投降，一雙眼睛賊兮兮地看著飛蜓。

「別想耍花樣！」飛蜓一腳踢在阿關腹上，將阿關踢得彎下了腰，乾嘔了好一陣。

隨黃靈而來的福生，此時也進了洞裡，大吵大嚷著擠了進來。飛蜓忌諱著阿關可能放飛劍使黑雷，不想親自動手，便吩咐福生將阿關押出洞外。

福生一把抓住了阿關雙臂，嘴角還流著口水，眼神呆滯地說：「阿關，我力大，抓疼了你可別見怪……」

阿關知道福生邪化情形嚴重，心中又是氣憤，又是難過，強忍著任由福生將他手臂抓得疼痛，也沒說什麼，乖乖跟福生往外頭走。

白石寶塔裡也騷動著，精怪們、土地神們和千里眼、順風耳見功虧一簣，林珊竟早一步領了天將守在洞天通道中，只氣得直跺腳。

千里眼、順風耳心想要是給抓了回去，那斗姆見自己竟向阿關投誠，可不知會如何折騰他們。順風耳摀著耳朵，跪倒在地：「完了……完了……」

老土豆等一干土地神也是抱頭四竄，呼天搶地，眼見阿關被逮，白石寶塔一旦給搜了出來，太白星暗助一事可就要給掀出來了，那可是軒然大波。

林珊手一揮，幾條金繩子竄向翩翩。翩翩知道讓這金繩子捆上，便再也無還擊之力，揮動雙月打落了金繩；但見阿關已給福生押了出去，也不敢再有動作，只能任由天將大斧架上了脖子，也被押了出去。

黃靈、午伊見福生扭著阿關手臂出來，不約而同地出聲吩咐：「離他遠點！」「別讓他碰著！」

福生還沒會意過來，本來乖乖讓他拎著的阿關突然繃緊了身子，福生只覺得手臂突然給雷擊了一般，幾道黑雷順著手臂纏上了全身。

阿關藉著福生鬆手，一把勒住了福生脖子，另一手按在福生腦袋上。

阿關大叫一聲，只見福生顫抖著，眼、耳、口、鼻竄出了好大股藥皮惡念。藥皮惡念給黑雷電得四裂，紅紅黑黑的惡念四處流竄。

若雨和青蜂兒相視一眼，他們雖然見不著惡念，但看見阿關的動作和福生的神情模樣，知道這代表什麼意思。

飛蜓大喝一聲，正要挺槍去救福生，黃靈、午伊已經搶先一步朝阿關抓去。

阿關見黃靈、午伊攻來，只得放開了福生。福生體內惡念給阿關一下子逼出，頓時失去了力氣，倒了下去。

阿關召出鬼哭劍，朝黃靈劈去。黃靈早有準備，避開鬼哭劍，一手抓住阿關手臂，呼嘯一聲，兩道金色電光聲勢威猛，游龍似地纏上了阿關右臂。

午伊也抓住了阿關左臂，白色鬍子飄動，銀白電光捲上阿關左臂。

「哇啊！」阿關鼓足全力，逼出體內黑雷，和黃靈、午伊的金、銀電光硬拚。一下子只見到阿關身上同時流竄著三股雷電，互相較勁比拚著，但阿關雙拳終究難敵四手，金、銀電光漸漸擊散了黑雷。

阿關哀號著，給電得七葷八素，再也使不出一點力氣了。

黃靈、午伊相視一笑，不約而同停下了金、銀電光，阿關像灘爛泥般倒在福生身旁。

「大家都看見了！」午伊高喊著：「這前任太歲分明已經邪化，還企圖襲擊洞天，想以太歲力量染指洞天，多虧秋草小仙早一步料中，領兵埋伏，一舉擒之。沒想到這前任太歲又要以太歲力量邪化蟲仙象子，卻讓我和黃靈制伏，謠言止於智者，別再散布妖言啦！」

聽午伊這麼一說，青蜂兒又顯得有些猶豫，看了看若雨。若雨默不作聲，心中卻像是打定了主意一般。

午伊大聲吩咐：「青蜂兒，通知斗姆大人，說是逮到叛逃的小歲星了。」

青蜂兒手足無措，若雨出聲大喊：「黃靈大人、午伊大人，既然已經逮著邪化的前任太歲，何不立即替他清除惡念，只要清除了阿關身上惡念，他又可以恢復正式太歲的身分，帶領你們兩個和我們這干歲星部將了，那是大大的好事啊！」

午伊怔了怔，說：「等斗姆大人來了自有吩咐，這小惡煞邪化已重，或者救不回，他劫囚叛逃，是天大的重罪，豈能再復職？」

翩翩讓天將架著，此時呸了一聲，說：「我看是你們這些卑鄙傢伙想當正位！阿關就算不叛逃，你們也會暗算他吧。要是太歲爺在這，非扒了你們的皮不可！」

午伊大喝：「又在妖言惑眾！妳這小娃也一樣是叛將，且是歲星部將，不須待斗姆大人來，我既爲代理太歲，立即就可以處死妳！」

午伊哼著，伸手就要往翩翩腦袋上抓去。

「午伊大人！」若雨舉起了鐮刀，隔在翩翩和午伊間說：「翩翩姊此時已是凡人，神仙能夠擅自處死凡人嗎？」

若雨此話一出，眾神天將們全都騷動起來。

飛蜓大斥：「紅雪，妳做什麼？」

若雨大喊著：「蜂兒！你睜大眼睛瞧瞧！看看飛蜓大哥的模樣，看看象子的模樣，他們是正是邪？」

「瓢蟲小仙，造反了妳！」午伊兩隻眼睛泛起銀光，白鬍飄逸，倒真有三分威嚴。他高聲怒喝：「妳也讓這小惡煞邪化了，妖言惑眾，信不信我現在便斬了妳！」

若雨大喊：「蜂兒、象子、飛蜓哥，你們聽聽！阿關大人以前碰上那些邪化的同僚，是不是千方百計想要救回他們！這個午伊卻動不動要斬要殺，全斬光了還要太歲做啥？」

午伊更怒，就要動手。翩翩逮準了時機，雙月現於手上，光圈自手上炸開，掙脫了押解她的天將，就要發難。

突然，四方山坡閃耀起黃光，自黃光中現身的大神竟是后土。

「后土大人──」眾神將們一見是四御中的后土，都大吃一驚，紛紛躬身行禮，翩翩也停下了動作。

黃靈微微笑著，朝后土拱手拜了兩拜，說：「后土大人，怎麼您突然在此現身？這些日子，您可過得安好？」

后土點點頭說：「太歲鼎崩壞之時，我受了重傷，在山間休養了許多天，本來傷已好了，這兩天就要去尋那玉皇。你們在這兒打打鬧鬧，吵著了我，出來看看，這才知道竟然多了這麼多大小太歲，還分什麼前任、現任、正位、備位，可眞有趣呢。」

午伊大聲說著：「后土大人，我和黃靈受了玉帝命令，前來捉拿這叛逃小惡煞，有幸遇著了后土大人，請后土大人助咱們一臂之力吧！」

「后土小心，黃靈會用太歲力暗算妳！」阿關讓天將抓著手臂，突然開口喊起。

一名天將一拳打在他肚子上，將他打得吐出了血。

「凡人小子，別胡亂誣陷天界神仙！」后土朝阿關指了指，一道黃光打去，打在阿關臉上，將阿關打得眼冒金星。

黃靈和午伊見后土出手幫他們，相視一眼，不由得笑了笑。

但后土又說：「不過瓢蟲小仙說得也對，儘管他們邪了，和別的神仙碰上了，打打殺殺也就罷了。既然你等是代理太歲，爲何不將他們救回，反而就要處死？」

午伊連忙解釋：「后土大人，您有所不知，這些小惡煞作惡多端，在主營時幫助邪神劫囚，將許多邪神都放了出來；況且……況且他邪化已重，難以救回。」

后土不理午伊，反倒看了看黃靈，說：「午伊年邁，太歲力或許練得不夠火候，你以往雖是千藥手下，卻早是天庭眾神公認的奇才，你也救不回這邪化凡人嗎？」

黃靈皺著眉頭，想了想，回答：「若將他囚禁大牢，日夜以太歲力治他，或者有救。」

后土笑逐顏開，呵呵地說：「早在天庭之時，我便覺得你懂事穩重，況且你天資的確也高，這樣吧，這兒由我作主。蝶兒仙自洞天煉出，現在邪了，便交由洞天樹神處置。這叛逃小歲星，咱們便一起帶去見玉皇，聽他吩咐。」

午伊瞪大了眼，不再說話。他聽黃靈竟沒和他同聲一氣，又聽后土只讚黃靈，心中陡生一股惡氣，卻無可發洩，想伸手打阿關幾下，又怕在后土面前失了形象。

林珊口唇動了動，似乎想說什麼，但卻並未出聲，只是冷冷看著后土。

黃靈看了看翩翩，揮手朝天將吩咐：「放下她吧，她已是凡人，不礙事，由她去吧。」

「等等！」午伊終於忍不住打岔說：「后土大人，蝶兒仙雖已是凡人，卻仍具備異法，要是她在洞天作惡，或是散布妖言，該如何是好？」

后土皺了皺眉，說：「你這老兒怎麼如此迷糊？你自個兒也說，謠言止於智者。倘若翩翩胡亂編造謠言，樹神是如何睿智，豈會輕易上當？即便她要造亂，洞天也有勇士紅耳和護衛大軍，豈會連個凡人小娃都束手無策？」

后土不等午伊解釋，繼續說著：「這樣好了，若你不放心，便讓蜂兒仙、瓢蟲仙押著蝶兒仙去見樹神。這干蟲仙可都從洞天煉出，即便要斬，也總給樹神瞧瞧，這等世故禮數你都不懂，你怎麼做神仙的？」

「后土大人果然英明，比午伊大人睿智太多！」若雨不等午伊開口，已經大聲叫喊起來，推開幾個天將，拉著翩翩和青蜂兒，進了洞天壁門。

午伊牙齒打著顫抖，低頭不語，顯然不服，眼中閃動著異光，不知在想些什麼。

黃靈拱手說：「后土大人說得是，那蝶兒仙交由樹神處置，而這叛逃歲星，卻必定得讓玉帝親審了。」

后土點點頭說：「我本來便已用符令和玉皇聯絡上了，正要去見他。這叛逃小歲星便讓我自個兒帶去吧，我見不少地方的凡人吵吵嚷嚷，似乎天上那惡念都要落下來了，你們待在北部處理吧。」

林珊一直不語，此時開口打了岔說：「斗姆大人正往這兒趕來，后土大人要不先等著，等斗姆大人來了，一起同行。」

后土搖搖頭說：「斗姆？要等也是她去玉皇那兒見我，不是我在這兒等她。」后土邊說，就要伸手去揪阿關。阿關方才讓后土施法打了一記，本來十分驚訝，但見后土神色自若，心想或許她有妙計，便也一直不吭聲。

午伊此時終於按捺不住，伸手攔住，說：「后土大人，這可不行，玉帝吩咐要咱們親手將他抓去主營，要是……」

「好啊，你們不信我？」后土哼了哼。

黃靈連忙唸咒施了道符令，和紫微星通報幾聲。眾神將們都聽見了紫微的應答聲，后土果然已和主營聯繫上，約定好了要上主營和眾神會合。

后土皺了皺眉，冷冷看著午伊，說：「午伊老兒，你以爲我在騙你，想私自劫走這小子？現在太歲鼎都已造成，你倆又是代理太歲，我搶這凡人臭小子有什麼用？」

「不是……不是……」午伊連連搖手。

后土看了看黃靈，說：「靈兒，你處事明快果決，我倒要在玉皇面前，替你說幾句好話，太歲正位，理應歸你。」

「這叛逃小將，交給我吧！」又是一聲長嘯，幾陣青風四面竄來，一個青袍老者騎著大牛，自空而降。

眾神將們又是一驚，青袍老者落了下來，揭開了大斗笠，竟是老子。

「太上師尊——」大夥兒一見是讓勾陳囚禁許久，又讓辰星劫去的老子，此時出現在這兒，不由得大吃一驚。

老子又號太上老君，為三清之一，雖無實權，地位崇高卻還在玉帝、紫微、勾陳、后土之上，如同天界精神領袖。

只見老子一身青色爛袍，爛袍下露出的小腿竟幾乎沒有了肉，只剩枯骨。真如勾陳所說，肉讓他吃了。

老子斜眼睨視眾神，說：「我在天上受那勾陳折磨，你們這些傢伙竟沒一個上來救我，倒是啟垣趁那惡勾陳下凡時，上來救走了我啊。」

后土插口說：「有這種事？」

「乞請太上師尊原諒！」黃靈、午伊齊聲開口說：「當時情勢混亂，主營正神疲於奔命，四方都是戰禍，西王母禍害南部，五路魔軍一同上凡搗亂，這才無法分身去戰那天上勾陳吶。」

老子哼了一聲，手一輕揮，幾股青風吹倒了天將。另一手長竿一挑，將阿關挑上了大牛，大聲說：「不管如何，這小子我要了，你們這幫無能小兒說救不了他，那便由我來救！」

「石火輪來——」阿關召來了石火輪，用手抓著車身。老子歪著頭，將斗笠又戴上了。

黃靈和午伊大驚，眾天將也團團將老子圍住。

「你們造反了？」后土一聲喝斥，眾天將仍不為所動，厚重鎧甲裡泛著奇異光芒。

黃靈這才趕緊喊著：「通通退下，太上師尊自有用意！」

老子朝黃靈豎了豎大拇指說：「你不是那備位黃靈小兒嗎？你現在成了正式太歲？」

黃靈搖搖頭說：「我與午伊，都是代理，尚未眞除。」

老子瞧了瞧天際，只見天上流雲那方，斗姆正領著七星和大批天將往這兒飛來。老子用長竿拍了拍青牛屁股，說：「你們和玉皇講一聲，我帶這小子去遊山玩水，過兩天才與大夥兒會合。你們在我受擒時不理不睬，現在可別急著喊我師尊！」

老子還未說完，青牛已經躍起，往那林間竄去。

「黃靈大人！」飛蜓緊握紅槍，向黃靈詢問。他雖然已邪化，卻也認得老子，知道老子地位何其崇高，此時心中雖怒，卻不敢輕舉妄動。

「讓老師去吧，不過就是個沒有用處的叛逃小子，你們是怎麼回事？」后土招了招手說：「大夥兒走吧，咱們去見玉皇。」

午伊和黃靈愣了半晌，但聽后土如此吩咐，也只得紛紛飛昇入空，去與正往這兒來的斗姆會合。

兩邊眾神在天上相會，斗姆見了后土，又聽說老子突然出現，並抓走了阿關，一下子張大了口，說不出話來，隔了半晌才大聲嚷嚷著：「這分明有詐！我那大眼、大耳逃了，必定是逃去小賊那兒了，你們怎能讓老師將那小賊抓去？」

后土冷冷說著：「斗姆，妳不必在我面前大吼大叫，走、走，一同去見玉皇，聽他怎麼說。不過是一個備位小子，現在也是凡人而已，你們窮緊張什麼？怕他去搶太歲鼎？」

斗姆哼了哼說：「后土……大人，妳有所不知，這小子可惡極了，勾結邪神劫囚……還將牢裡的惡神全放了出來……」

斗姆還抱怨著，后土也不理睬。黃靈、午伊本來一齊飛在后土左右，過了半晌，午伊已遠遠落在後頭，滿臉怨念地看著前方，飛蜓、福生、林珊竟都伴在黃靈左右，自己身邊，卻是空蕩蕩的一個部將也沒有。

□

若雨和青蜂兒將翩翩押進了洞天入口，一見壁門關上，立時便鬆開了手。翩翩揉了揉頸子，轉頭看了看那閉上的山壁，擔心著還在外頭的阿關。

若雨拍了拍翩翩肩頭說：「翩翩姊，妳別擔心了，關心則亂，妳聽不出來嗎？后土是在挑撥離間吶，我看那午伊氣得眼睛都要噴出火來啦，哈哈，笑死我了。我早看那老傢伙不順眼，恨不得踹他兩腳！還沒上任，架子就大得不得了。」

「有后土照應，阿關應當能夠安然無恙……」翩翩記得阿關向她提過后土相助的經過，這次后土出現，也順利將自己送入洞天。但阿關曾說后土身上有傷，眞要衝突起來，絕對不是飛蜓、福生加上數十名天將的對手，一想至此，又有些擔心。

三人已經來到了通道對面，也是面石壁。

「翩翩姊，這中間到底發生了什麼事？」青蜂兒好奇問著，一邊已經伸手在壁面上按了按，掌上泛出了五色光彩，壁門開了，前頭便是洞天壺形谷口。

「哇！」青蜂兒嚇了一跳，壺形谷口外十幾公尺處，一名剽悍精怪雙耳極長，雙臂交叉，領著百來名粗壯精怪排成一列，個個手上拿著石斧，頭上綁著五色布條。

「紅耳哥——」青蜂兒一聲大喊，翻了個筋斗，跳上了洞天壺形谷口的柔軟草地，往紅耳奔去。

紅耳一見是青蜂兒，又見到跟著出來的是若雨和翩翩，洞天壁門隨即關上，本來嚴肅的神情頓時放鬆。

「原來是你們！」紅耳朗笑兩聲，拍了拍青蜂兒肩頭。

若雨大聲問著：「紅耳大哥，你們怎麼在這兒？這不是洞天勇士們嗎？」

這百來名粗壯精怪，便是洞天最剽悍的護衛隊，紅耳則是這些戰士們的領頭。

紅耳肅穆地說：「這些日子大家都害怕大邪神闖進洞天，我領著弟兄們每日操練，起初收到通道裡的精怪們通報，說是大批神仙闖了進來，堵在通道裡不知做什麼，不但不放通道裡的精怪退入谷口，也不許其他精怪進入通道。收到這消息，我便領著兄弟們加緊戒備，一直過了許久，見沒有動靜，這才逐步往前逼近。原來是你們，剛剛是怎麼回事？到底發生了什麼事？」

「我也想知道到底發生了什麼事！」若雨吐吐舌頭，看了看翩翩。

翩翩苦笑著說：「說來話長，樹神婆婆呢？我們去見她，和她說明一切，她自有公斷。」

紅耳領著翩翩一行進入了鵝黃色石板鋪成的長道，穿過狹長窄道，抬頭只見到窄道中有許多飛鳥在極高的空中飛著，更高處還有幾隻鳳凰高聲啼叫著。

走了許久，這才出了狹長通道，來到那廣大平台——「黃板台」。

黃板台上聚集著數百名精怪，個個手上拿了些樹幹、石頭之類的東西。精怪們神情緊張，大都發著抖。數百年來，洞天不曾發生過戰事，這些精怪不像護衛隊由紅耳領導操練、專職戰鬥，他們大都是一般住民。

翩翩、若雨、青蜂兒自小在洞天長大，偶爾見紅耳這干洞天衛隊在這兒操練，此時此刻再來，才全然明白壺形谷口、狹長窄道和窄道外頭的廣大黃石板平台等奇特地形的用意。

倘若外敵殺進了壺形谷口，必須經過一條漫長的窄道，才能通往洞天大平原。

不論敵軍有多少，只要紅耳領著洞天衛隊死守黃板台與狹長窄道的交接口處，便能佔著局部兵力優勢。

狹長通道兩壁極其高聳，則由大批鳥精負責守衛。而除了鳥精外，壺形谷口和狹長窄道中的敵軍，也會面臨洞天火鳳凰居高臨下的火焰攻擊。

這三處地形連接起來，便是洞天最堅固，也是唯一的屏障了。

紅耳吩咐了幾聲，洞天衛隊幾個小領頭領了那些勇士，當下便在黃板台各自解散，但卻並沒走遠。在黃板台一旁，還有著大大小小的帳篷，這些日子來，洞天衛隊每日駐紮在此。

而本來的精怪們則一下子四散開來，全往平原上去了。

若雨看了看黃板台上有個臨時搭起來的大鐘，還有個專門負責敲鐘的矮胖精怪。遇到了緊急情況，便敲起大鐘，不但能將四處飛翔的鳥精和鳳凰召集而來，一般靠得近的洞天住民也會紛紛拿著木棒趕來支援。

一路上若雨、青蜂兒耐不住好奇，死纏爛打問著，翩翩也將所有的經過，一五一十地講了出來。

踏過了晶瑩綠水、穿過了神木林、越過了鳳凰谷，大夥兒往洞天樹宮走去。

□

雪山主營漫天金光閃耀，一隊隊天將在雪山高空盤旋巡守，每個都身穿金銀厚甲，戴著密不透風的頭盔。

后土隨著斗姆一行回到了主營，見了這驚人陣仗，暗自心驚著。斗姆在雪山壁前施了法，現出了主營大門，一推開門，裡頭長廊也是長長兩列天將，各持著長槍大戟左右守著。

一行神仙往裡頭走去，只見到主營大廳忙忙碌碌，許多神仙來回走動，有些搬著東西，或三五成群商量著。一見了后土回來，都上前迎接問候，后土也一一回禮。

后土注意到有些並不像是神仙，也不是凡人的「人」，也聚在大廳，有些手持著長劍，拿著奇異武器，各自群聚。

「這些都是地下那些歸順的傢伙，還沒歸順的，很快便會遭到咱們天神的征討。」斗姆得意說著。

「歸順的傢伙？」后土有些疑惑，漸漸明白這些拿著奇異武器的大將應當是魔界妖魔。

黃靈補充說：「前些日子，鎮星藏睦爺成功說服了魔界一個大王，那大王便領著大軍上凡來助玉帝。」

大廳裡紛紛雜雜，還有些妖女穿梭其中。一處角落聚著好幾名妖女，全都在聽那月老說著凡人們的愛情故事。妖女們聽得興致勃勃，月老講得口沫橫飛，還不時東摸一把，西捏一下。

后土嘆了嘆氣，只見前頭迎面來了一個高大消瘦、全身黑甲的威風大將，那大將身旁還跟著幾個模樣同樣冷峻的魔將，全身都散發著厲害凶險的氣息。

「他便是那魔王？」后土回頭，見那黑甲大將走遠，問了身旁黃靈。

午伊搶著插口：「不，那幾個是魔界大王手下大將，聽說每個都身負異能。有他們相助，神仙們便能更順利地掃蕩三界奸邪，一統三界指日可待啦。」

「原來玉帝打算一統三界。」后土沉思著。

進了會議室，玉帝正坐在一張高聳華麗的大龍椅上。龍椅有好幾坪那麼大，全是黃金打造，上頭鑲滿了各式奇珍異寶。

后土轉頭四顧，只見到這會議室也並不太大，光是這張大椅便佔去了四分之一的空間。玉帝自個高坐其中，其他神仙擠在另一邊，看來十分奇怪。

一旁角落，天工神情疲憊，兩眼空洞。另一神仙正扠腰斥責著，似乎是挑剔大龍椅上某處珠寶鑲得不夠漂亮，要重做。

玉帝身上那襲五彩龍袍也同樣閃亮耀眼，各色金銀彩線繡成了數條大龍，蟠在大袍各處，綻放著鮮艷光芒；玉帝手上十指都戴滿了寶石戒指，頭上的金冠也是閃亮嚇人。

后土心中先是莞爾不屑，跟著又多了幾分憐憫。再想到，要是換作自己染上了惡念，會否也是這個樣子，一想至此，不由得倒吸了幾口冷氣。

玉帝見了后土，開心微笑著說：「后土妹子別來無恙，這些日子辛苦妳啦，所幸幾個地方的戰事都將平定，只等本帝再伏了魔界，天下便太平了。從此之後，三界皆歸我神仙掌管，那是何等榮光。」

「玉皇英明。」后土點了點頭，揀了個不起眼的位置坐下。

玉帝見了黃靈、午伊，便問起捉拿叛逃前任歲星的事。黃靈、午伊也唯唯諾諾地將阿關讓老子突然現身抓走一事，說了出來。

「老師還沒死？」「五部不是說太上師尊讓辰星給吃了？」「原來是那五部、月霜裝神弄鬼！」

眾神仙們一聽老子現身的消息，又是驚喜、又是憤怒，怒的都是那五部詐降時被問到老子一事，竟說讓辰星吃了。

后土知道這環節經過，心想五部、月霜詐降時，故意扯謊讓大夥兒以為辰星吃下了老子，神力大增。以致主營在辰星領兵來攻時，不敢掉以輕心，接連派出二郎、雷祖、熒惑星出陣，才使主營空虛，讓劫囚計畫得以順利進行。

后土嘆了口氣，想來這段日子，這干神仙大都一心想著一統三界後，要在人間蓋個什麼樣的大宮殿，上通南天門，下達地底魔界，受千萬凡人、千萬妖魔擁戴，說有多威風就有多威風。要不是黃靈、午伊剛才提起，老子是生是死這等「小事」，這干神仙早拋諸腦後了。

神仙們騷動起來，有的慶幸老子猶在，有的卻說那老子會否也邪了，想拿阿關去取太歲血，再搶太歲鼎。

玉帝起初聽了老子現身，眉開眼笑，拍掌稱幸，但隨即默然了半晌，喜悅之氣似乎減少了幾分。

這變化統統讓后土瞧在眼裡，她心知玉帝起初也真心為老子猶存這消息高興，但隨即想到老子地位極其崇高，一統三界後，不免仍然要尊稱他一聲老師，這唯我獨尊的大帝威風可減了三分。

玉帝淡淡地說：「太上老君身體健朗，本帝也十分高興，但他擄走天庭重犯，意圖如何卻不得而知，各位且須留神。要是老師也步入邪道，那也顧不得舊情了。」

「玉帝說的是──」眾神仙們都大聲贊同，少數神仙則在暗處默然不語，神情又是哀傷，又是絕望。

玉帝指了指身旁一張小椅，對著后土說：「后土妹子，還沒給妳介紹，這是魔界大王──『獄羅神』。」

后土朝那小椅上看去，小椅其實不小，但和玉帝那大龍椅比起來，自然小了太多。那叫作獄羅神的魔王，身型十分高大，一身黑紅色華麗大袍蓋住了全身，頭頂一只黑金大盔遮住了頭臉，從大盔的細縫中，才能隱約見著獄羅神血紅色目光。

玉帝興致勃勃地說著：「獄羅神願與天界合力，一同平定魔界。功成之後，他將受封爲大神，補那四御勾陳之位。」

后土陡然一驚，問：「勾陳他如何了？」

斗姆此時插口說：「勾陳那廝幾日前讓咱們擒了，卻仍冥頑不靈，還口出大逆之言，已讓咱們斬了。」

日後后土問起其他小神，這才知道勾陳兵敗受擒，玉帝當面審他。勾陳面容憔悴，一見玉帝，卻是咧嘴大笑，笑聲極大，久久不停，終於激怒了玉帝，一劍斬了他。

后土默然半晌，淡淡地說：「勾陳惡念薰心，是非不分，終成了邪魔，該斬。」

燃起希望之火

清晨，深谷小澗邊瀰漫著冷冽霧氣，溪水極其清澈，裡頭的游魚動作輕盈靈巧。

青牛佇在溪旁小樹邊，老子坐在青牛背上，一手挑著長竿，將阿關推下青牛，說：「去、去、去，去抓幾條魚來！」

阿關怔了怔，照著老子吩咐，跳進了溪水裡。游魚動作雖快，卻也讓阿關一手一隻，足足抓了十來條，全堆在溪邊石子堆上，活蹦亂跳著。

「夠了、夠了，吃不完那麼多，便別無故殺生！」老子躍下牛背，長竿一揮，將一半的魚都揮去了水裡。向阿關揮了揮手說：「去撿些枯枝來！」

阿關不明白老子究竟有何用意，一面狐疑著，一面照著做，蒐集了十幾根枯枝，堆在魚堆邊。只見老子一手幻化出青色光芒，在一條魚腹上劃著，劃開了魚肚子，清出魚的內臟。

「呃……你……你真的是老子？太上老君？」阿關摸著鼻子問著，一邊慢慢向石火輪靠近。他雖知道老子應當不是敵人，但見老子形跡古怪，也不得不做起最壞的打算。

「你想走？」老子斜眼看了看阿關。「你要去哪？」

「你帶我來這兒幹嘛？我要去洞天和翩翩會合……」阿關問。

「你們去洞天幹嘛？」老子打斷了阿關的話。

「去說服樹神婆婆，至少多了個助力，好奪回太歲鼎！」阿關照實回答。

老子嘿嘿笑了笑，將清理好的魚串了起來，將枯枝堆了堆，手一指，指尖冒出淡淡光火，燃了那堆枯枝。

「過來吧，傻小子。」老子撿起腳邊長竿，向阿關揮去。那青綠色的長竹竿像是變戲法一般，柔軟得像是蛇一樣，纏上了阿關腳跟，將他捲了起來，捲回老子身邊。

「哇！」阿關嚇了一跳，還不知老子是何用意，老子已遞來了兩串魚。

「先填填你的肚子吧。」老子呼了口氣，吹在那枯枝堆上，燃的火更旺了。

阿關聞到了烤魚香，這才想起自己許久沒有進食，肚子咕嚕咕嚕叫了起來，便也在老子身邊坐了下來，烤起了魚。

「上洞天求援，虧你們想得出來。」老子嘿嘿笑著，轉動著手上兩串魚，在火上烤著，卻一直沒放上口邊。

「洞天有第一勇士紅耳大精怪，還有鳥精和鳳凰，他們是唯一的幫手了。」阿關不明其意。

「洞天安樂了許多年，那是精怪們的仙境，不是爭戰之地，那兒的精怪只懂得吃喝玩耍，哪裡懂得殺戮鬥爭。你說紅耳？他只是洞天第一勇士，可不是三界第一勇士。他打得過熒惑星維淳？打得過太子？打得過二郎？」老子哼哼地說。

阿關聽老子提起二郎，不由得緊張起來。心想要是二郎也邪化了，此時太子或許也在主營的調教之下，成了主營大將，再加上熒惑星、雷祖、鎮星等厲害大神，光是單挑，己方便幾乎沒有勝算。何況主營還有林珊這麼足智多謀的軍師，鬥智鬥武都居了下風。

「但是……這是唯一的辦法了，洞天說什麼也不能失守啊……」阿關邊說，邊將兩串烤好的魚全吃了，抹了抹嘴，看著溪邊，似乎還想去抓。

老子嘿嘿一笑，將手上魚串遞給阿關，老子一口也沒吃。

阿關這才明白老子殺魚烤魚，純粹只爲給自己塡塡肚子而已。

「你說的也沒錯，洞天是無論如何不能失的，不過那兒便交給蝶兒仙吧，你跟去也不過是當個小跟班，你能做什麼？」老子笑著說。

阿關心中不服，卻又無法反駁。他自知此時要論打鬥，他仍幫不上太大的忙，垂頭喪氣說著：「那你把我抓來又能怎樣？我拿鬼哭劍至少去刺黃靈一劍，打不過也認了……」

「就怕你一劍都刺不著！」老子瞪著眼睛說：「你這傻小子，咱們當初造你，本來就不是讓你當武將去打打殺殺；澄瀾是厲害沒錯，但他可是千年大神，你現在連神仙都不是，你如何和神仙打架？抓抓魚烤來吃還差不多。」

老子補充說：「別忘了你專司什麼、你擅長什麼、你能做什麼。做你最擅長的，才能發揮最大的力量。」

「我……我只會抓惡念，其他什麼也不會……」阿關心虛地說。

「這就對了！」老子拍了拍手說：「你只會抓惡念，就乖乖抓惡念，別成天想要變得和二郎一樣強。二郎再強，要是你能讓他和你站在同一方，那麼你便多了二郎之力，對方則少了二郎之力。這一來一往，功勞可比那些只能打殺的將軍大上太多了。」

阿關想了想，覺得倒有幾分道理。此時沒了太歲鼎，自己要是上場打鬥，頂多宰幾個邪化天將，但若能將對方神將拉至己方，對戰情幫助可要大得多了。他又想起剛才幾乎要逼出了福生全身惡念，卻因爲黃靈、午伊人多勢眾，最後仍功虧一簣；但若是在與福生單對單的情形下，趁著福生不注意，逼出他身上惡念，進而將他拉來己方，可不是沒有機會。

「好主意！」阿關歪著頭想，又說：「但是，他們都是一票一票的，很難找到落單的神仙，用太歲力偷襲他。」

「現在別擔心這些瑣碎的事。」老子說：「我只是要讓你知道，大夥兒各司其職，做自己該做的事。蝶兒仙生於洞天，便讓她將征戰經驗傳授給洞天精怪，領導他們作戰；辰星、歲星目標首在太歲鼎，便讓他們計畫劫鼎；后土不顧安危，孤注一擲，去主營分化奸賊……」

阿關驚訝地喊：「后土上主營分化？」

老子挑著長竿，在溪水面輕點，點出一個個小小水圈，緩緩說著：「后土身上受的傷仍未癒，要打是不行了。她知道主營大禍全因那黃靈、午伊協力作惡，便想投身敵營，去分化那黃靈、午伊。要是成功，可對我方大大有利。」

「這樣豈不是很危險，黃靈、午伊會邪化她！」阿關不禁替后土緊張。

「危險是一定的，邪化倒未必。后土既然表面上力挺黃靈，黃靈必然不會再動手腳，要是后土邪了，未必會支持黃靈。那孩兒說不定還會護著后土，以防午伊下手。這便是后土有恃無恐的緣故啊，小子！」老子這麼說。

「可是……」阿關仍然擔心。

「還可是什麼！別老是打斷我說話，老師在教你啊！」老子模樣雖然像個年邁老者，但說起話來卻不那樣老成。「你顧好自己就行了，你現在要做的，便是集結四方力量，將那四處邪化的邪神精怪全納爲己方，組織一支強大力量，好作爲辰星、歲星，乃至於洞天的後盾！這才是你要做的，也是我抓你來的緣故！」

「那……現在我該做什麼呢？」阿關到了溪邊，掬了水洗洗臉。

「等。」老子抬頭，看著漸漸發白的天，淡淡說著。

「等？」阿關不解問著。

「你可會放電？」老子突然開口。

「會！」阿關連連點頭，但想起自己的黑雷時靈時不靈，又心虛起來。

「抓拿惡念，配合施展電術，可以事半功倍，想來你應該已經知道了。」老子這麼說。

阿關又點了點頭。老子已經縱身上前，一把揪住了阿關的手，說：「放電給我瞧瞧。」

「咦？」阿關正覺得奇怪，但老子抓著他的手突然一陣青亮，幾股細微的青色電光閃起，爬上了他的胳臂。

「放電來擋我的電！」老子大聲說著。

阿關連忙催力，試了幾次總算發出黑雷，凝聚在手臂上，阻下老子的青色電光。

「喲——果然跟澄瀾一個樣子！」老子瞪大了眼，呵呵笑著說：「澄瀾這放電術便是我教給他的，那陰沉孩兒竟將雷電發得如同墨一般黑，難看得很。沒想到你這小子放出來的電竟和澄瀾一個樣子！」

「原來太歲爺的黑雷是老君爺爺教的！」阿關怔了怔。只覺得老子的青電又增強了幾分，往手臂上傳來，只得更加專心發出黑雷抗衡。

「天界大多數神仙都是我帶大的吶！」老子邊說，另一手也抓上了阿關空閒的那手，一老一少雙手互相握著，青電黑雷纏繞流竄於雙手臂上，互相激盪抗衡。老子提醒著說：「小心吶，我這身老骨頭讓勾陳折磨得慘，你可別電傷了我，只要擋住我的電便行了。專心凝神，便能操縱自如呀。」

阿關點點頭，這才明白老子不是閒來沒事找他玩遊戲，而是帶著他練習施放黑雷的方法。阿關陡然想起，太歲爺曾經狠電過自己兩次，一次在和千壽公對陣時的中一據點頂樓、一次則是在劫鼎大戰時。兩次讓太歲爺狠電過後，自己的黑雷術都有明顯長進，現在想來總算也明白了太歲爺的心意。

阿關莞爾一笑，心想太歲爺的教法雖然也有明顯成效，但和老子的教導方法相較之下，可是粗暴殘忍許多。

阿關和老子就這樣對練著，老子有時會全身發煙，疲累地靠在溪邊大石旁休息。阿關看見老子大袍空隙露出來沒有肉的枯骨，只覺得怵目驚心，知道老子身上其他部位，必定也讓勾陳吃去了不少，元氣大傷也是無可奈何。

老子說著：「小子，我這老骨頭也沒辦法一直陪你練，你有空時便用左手抓著右手，互相放雷抗衡，久了自然會更加進步。」

「是……」阿關點頭應答。此時天色已接近中午，老子還繼續講著放電的訣竅，遠遠天上已經有了動靜，一個穿著龜甲的大漢領著一批手下，自天上緩緩落下。

阿關見那龜甲大漢來勢洶洶，連忙拔出鬼哭劍，按著口袋裡的白石寶塔，神色緊張看著天上。

「別慌、別慌。」老子哈哈一笑，向天上那大漢招了招手，轉頭向阿關說：「那是我麾下將軍——『玄武』，我就是在等他們吶！」

阿關這才想起，林珊曾和他提過，老子帳下有四靈二十八宿，分別爲青龍部、白虎部、朱雀部、玄武部。青龍、白虎兩部星宿在老子和勾陳死戰南天門時，便已全滅，老子也與朱雀、玄武兩部兵馬，一同受擒。

之後，朱雀部的鬼宿和柳宿逃出南天門大牢，將這經過告知中部據點的木止公和水琝公。原來辰星當初劫出老子，也將這兩部星宿一同救了出來。兩部星宿連同老子，在南天門大牢中，都被折騰得半死不活，經過了一番靜養，這幾日才跟著老子重新活動起來。

只見玄武剩下獨臂，背上那滿布裂痕的大龜殼周邊幾個孔，露出了幾條花紋大蟒。大蟒一部分蛇身躲在龜殼裡，露出來的身子則緊緊纏結在玄武結實的身子上。

玄武的臉也全是凹凸不平、坑坑疤疤的傷痕。

玄武落下了地，身後四名星宿也落了下來，和老子打了招呼，也向阿關點了點頭。

老子指著那四名星宿，一一介紹給阿關認識，分別是書生模樣的「斗宿」、個頭高壯的「牛宿」、婦人模樣的「女宿」和孩童面貌的「虛宿」。

玄武帳下另外三名星宿的「危宿」在大戰中戰死，「室宿」、「壁宿」兩宿，則在大牢中讓勾陳一方活活虐死。

只見除了玄武之外，這四宿身上也是遍布傷痕。斗宿兩隻眼睛綁著一條泛黃的白布，眼睛顯然看不見了；牛宿額上有兩支斷角痕跡，是勾陳硬將他的角摘了下來；女宿半邊臉是一大片紅色的傷疤，好不嚇人；孩童模樣的虛宿則病懨懨的，頭上、頸上都是疤痕。

阿關見那女宿和虛宿身後，還鎖著兩個披頭散髮的傢伙和一頭大獸，正覺得有些眼熟，陡然想起了他們竟是金城大樓一戰中，讓太歲爺抓出了惡念，放走的十八王公裡的老六、老七和義犬十八。

「你們也在這裡。」阿關還不明白。只見那老六、老七仍然是衣著襤褸、披頭散髮、滿臉猙獰，心想這些日子下來，他們流落人間，又讓不斷落下來的惡念給染邪了。

阿關看了看老子，老子斜著頭，手一招，女宿和虛宿將老六、老七押了上來。十八身上的惡念顯然更重，模樣十分可怖凶惡，幾乎看不出來是條狗了，倒像是頭凶猛怪獸。

老子看了看阿關，阿關已經明白其意。方才老子已經提點過他，此時也不再說什麼，大步上前一手搭在老六肩上，一手搭在老七肩上，放出細微黑雷，用力一抓，果然輕易地拉出了濃濃兩股惡念，往遠處丟去。又抓了幾次，直到老六、老七虛弱倒下，阿關這才將鬼哭劍召出，吃食著手上惡念，只吃了一半，便吃不下了，阿關將剩餘的惡念也扔得遠遠的。

那凶犬十八也在幾名星宿押著之下，讓阿關抓出了身體裡的惡念，一直到阿關也覺得手腳發軟，這才停下了手。

阿關腿一軟，身子一歪，口袋中的白石寶塔落下了地。癩蝦蟆這才探出頭來，呱呱叫著：「老君爺爺好，各位星宿大哥、大姊好！」

「這不是我那白石塔？」老子怔了怔。

「白石寶塔是老子大人的？」阿關也怔了怔。

「這寶塔是我珍藏千年的異寶，是我給蝶兒仙的，她給了你嗎？」老子問。

「我們輪流用的。」阿關搔搔頭，不知如何說明。

「也好，有這法寶，可大大助我一臂之力了！」老子撿起了那白石寶塔，和癩蝦蟆大眼瞪著小眼，問：「你又是誰？裡頭只有你嗎？」

癩蝦蟆呱呱兩聲，縮回腦袋。跟著寶塔一震，四隻精怪、老土豆等一干土地神、千里眼和順風耳、獅子、老虎們，全蹦了出來。

「好、好！」老子吹著鬍子，拍起了手，一一看著這干神仙精怪。直到目光停在阿關身後的千里眼和順風耳，認出了他們，驚奇地問：「你們……不是那大眼和大耳嗎？你們怎麼也在這兒？」

千里眼和順風耳不安地躲在阿關背後。阿關費了一番工夫，這才將千里眼、順風耳隨主營下了凡間，被派到斗姆帳下，接著投誠的經過簡單說明了一遍。

「太好、太好！」老子哈哈笑著說：「那干大神仙鬼迷心竅，以爲咱們不濟事，現在想想，咱們這干雜牌軍勢力可不小。傻小子啊，好好幹吧，反攻的時候到啦！」

老子高聲朗笑，還舉起了手，指著天際。朝那方向看去，一個頭戴金冠、身穿橘紅戰袍的小將，正領著身後五名部將飛來，每名部將都鎖著兩、三個邪化的山神精怪。

正是朱雀和其手下星宿。

身後林子一陣騷動，一批精怪像是給人趕了出來，個個手上拿著棍棒石斧，後頭壓陣的那傢伙，是阿泰。

阿泰神氣地坐在一頭大水牛背上，頸子上還掛著他慣用的雙截棍。

阿泰跳下牛身，揉揉屁股，往阿關大步走去。阿關張大了嘴，說不出話，只能高舉起手，和阿泰用力地、重重地擊了掌，好半晌才能說出話。

「阿泰！」阿關驚訝笑著，上下打量著阿泰。「你不是被后土帶去了嗎？怎麼會和老君爺爺在一起？」

阿泰扭了扭頸子說：「后土娘娘早就和太上老君聯絡上了，但她決定要去主營，才把我交給老頭子。」

「現在的我，可和以前不一樣啦！」阿泰得意笑著，雙手揮了揮，手上金光閃耀，也不知是什麼法術。阿關笑著，敲了他胸口兩拳，知道這些日子后土不但治好了他的傷，還教了他許多法術。

只見那林子裡出來的精怪越來越多，還有些三五成群的山神，一些看來較清醒理智的，便押解著那些邪化已深的山神。

癩蝦蟆、老樹精、綠眼狐狸都驚喜歡呼著。

小猴兒跳著拍手說：「這些都是夥伴嗎？都是夥伴嗎？」

「哈哈！」阿關精神抖擻，伸手就抓出眼前兩隻精怪身上淡淡的惡念，往天上用力拋去。

「傻小子，別高興得太早！」老子哈哈笑著說：「我們要做的第一步，就是讓在南部的澄瀾和啓垣透口氣，現在主營集中力量對付他們，我們要讓主營分心！」

「怎麼讓主營分心？」阿關等都好奇問著。

老子瞪眼拍掌，大聲嚷嚷：「我們大張旗鼓、自立爲王，大大幹他一番，打遍大小邪神，能抓便抓，把玉皇那干神仙嚇傻，他們便也難以集中心力攻打澄瀾和啓垣，再配合后土和德標內應，反攻之日不遠矣！」

「好啊、好啊！」癩蝦蟆等精怪大聲拍手歡呼，阿泰也尖叫著，罵著一連串髒話助威。

「自立爲王——」玄武帶頭高呼一聲，星宿都吶喊助威，阿火領著獅子、老虎狂嘯大吼，一票土地公們也手拉著手轉圈。

「好！我們自立爲王！」阿關直到這時，才眞正感到了反攻的希望並不是空話，而是像燎原野火一般，熊熊燃燒著。

□

一棵老樹參天，比凡人都市中最高聳的巨樓還要高、還要寬廣許多。

老樹的葉稀稀疏疏，樹上的枝幹也少。有些精怪倒掛在細枝上玩耍，也有些精怪三五成群地拿著棍棒，在一些較粗的枝幹上守衛。他們知道三界動亂，便自發性組隊伍來保護樹神婆婆。

紅耳領著翩翩等，在盤結交錯的樹根上走了許久，終於來到大樹樹幹前。左右看去，廣闊綿長的樹身，看來更像是城牆。

這是翩翩、若雨、青蜂兒第二次來到洞天樹宮，第一次是在他們即將被神仙帶走之際。

紅耳前頭的大樹身上有個好大的洞口，是樹宮的入口，並沒有什麼特殊裝飾，也沒有需要符籙開門的術法機關。

進了樹宮，裡頭是一條條通道，通道裡數不清的螢火蟲精在飛舞。每隔一段路程，也有幾只小盆或掛在通道壁面，或擺在牆邊，小盆裡種著的是小株的火焰樹。這些火焰樹日夜都燃著火光，照亮整座樹宮。

經過了幾條通道，來到樹宮大廳，大廳裡依然有許多精怪三五成群聚著，有些正在玩耍，有些神神祕祕彼此交換討論著自製的武器。他們也是自發性組成的護衛隊伍，爲的是防止魔界或邪神的入侵。

經過了大廳，一旁通道一間大房中，裡頭有幾隻較爲年長的精怪，滿面愁容，似乎在討論什麼。

紅耳在門前咳了兩聲，那些精怪一齊向外看來，一見是紅耳，伸手向他招了招，示意要他進來。

翩翩、若雨、青蜂兒也跟著紅耳進了這房，只見樹神也在房中，但卻是坐在一角，由兩隻小精攙扶著。

樹神閉著眼睛，臉色發白，似乎病了。

「樹神婆婆！」若雨大聲叫著。

樹神緩緩睜開眼睛，一看翩翩等都來了，這才露出笑容，正要開口說些什麼，卻說不上話來，咳了幾聲，嘔出了青青綠綠的血來。

翩翩等見了，大驚失色，都要上前探視。樹神苦笑了笑，揮了揮手，表示沒有大礙。一旁的小精紅著眼眶，取出手帕，替樹神擦拭著嘔出來的血。

「樹大姊是讓凡間一些邪化的精怪給傷了的。」一名看來也是極老的精怪，沉聲說著。

原來樹神當日領著裔彌前往主營探視翩翩，回程中撞進一群邪化精怪的勢力範圍，那些精怪見裔彌婀娜迷人，竟要強搶她。

那些先前在遷鼎大戰中助戰的鳥精、鳳凰等，早已返回洞天，樹神也從不知道凡間邪化的情形，只當太歲鼎遷徙完畢，大劫即將結束，其時身邊只有裔彌和幾隻隨從小精。

裔彌善於醫病治傷，卻不是打鬥的料，幾名生於洞天的隨從小精也從來沒打過架。樹神儘管不擅打鬥，卻也靠著萬年法力，驅動山上植物作為掩護，領著大夥兒逃回洞天。

那干邪化精怪眼見追不上，紛紛拿了自製的弓箭胡射一通，樹神和裔彌殿後，讓一陣箭雨射中了身上好幾處地方。

箭上帶著奇異法術，即使裔彌施了治傷咒術，一時之間也難以癒合。

逃回洞天後，裔彌好不容易蒐集了各種藥草，壓制了這些毒術。直到翩翩一行前來，樹神和裔彌身上的箭傷都尚未痊癒。

若雨瞪大了眼，握著拳頭，生氣說著：「是哪的精怪這麼囂張？讓我好好打他們一頓！」

樹神搖了搖頭，沒說什麼，剛剛述說經過那精怪開口說：「本來我們也想叫紅耳去教訓那干精怪，但樹婆婆認爲那干精怪如此凶惡，全都是受那惡念影響，也怪不得他們。我們想想也是，再說，凡間本便不是咱們地盤，去那兒撞見了凶神惡煞，自認倒楣算了。」

若雨有些吃驚：「你們這麼……心地善良，要是哪天邪神殺進洞天，那該如何是好？」

幾個精怪長老你看看我、我看看你，一名精怪長老開口說：「小瓢蟲兒，妳不明白，咱們現在便是爲了此事煩惱。樹神自上次遇襲之後，曾陸續派了一些精怪偷偷出了洞天探查情報，都說凡人變得比以前更加凶惡許多。太歲鼎明明已經造成，各大邪神勢力也幾乎全滅，但凡間的情形卻沒有改善，倒像是惡念有增無減，我們擔心派出去的精怪也染了惡念，便也不敢再派精怪上凡間探視了。你們在天界當神仙，這事還得問你們呢！」

翩翩正要回答，若雨已經搶著開口：「神仙已不可信，我不做神仙了，我要回來做小瓢蟲兒！翩翩姊也不是神仙了，她成了凡人。」

若雨此言一出，連同樹神等精怪都大吃一驚，紛紛出聲斥責：「小瓢蟲啊，妳胡說什麼，妳是太歲爺澄瀾手下的神仙，怎麼可以說不做？」

若雨哼了哼說：「你們有所不知，歲星職位已經換上兩個壞傢伙來當了，主營神仙連同玉帝在內，個個都邪化了，太歲鼎也在他們手上！」

這幾名精怪雖然是長老身分，但長年居住洞天，性情憨直，從未有什麼大難臨頭的經驗，平時最大的事便是煩惱這天要吃什麼。就算太歲鼎崩壞了，大夥兒也一直認爲天塌下來也有神仙扛著，直到此時聽若雨說，竟然連玉帝也邪了，可嚇得哇哇大叫。兩個長老嚇得身形不穩，摔倒在地上。

即便是樹神，也睜大了眼睛，不可置信地看著若雨。她知道若雨性情頑皮，說話或有誇大，便看了看翩翩。

翩翩點頭，苦笑說：「是的，我們才讓斗姆領兵追殺，那些天將個個滿身邪氣，不像是人間鬼怪邪神，我和阿關私下推斷，那是主營神仙和魔界勾結，那些天將更像是魔界妖魔。」

若雨和青蜂兒連連點頭，大聲應和說：「不必推斷，那些天將的確就是魔界妖魔，是一個叫作『獄羅神』的魔界大王領上凡的手下，穿戴上了銀亮鎧甲而已。」

「神仙和妖魔合作！」「這可怎麼辦才好吶？」精怪們騷動著；樹神則靜默不語，連連搖頭嘆氣。

翩翩見樹神滿臉愁容，便住口不再多言，深怕惹得她病情加重。樹神卻苦笑了笑，要翩翩繼續說下去。

便這樣，翩翩和若雨妳一言我一語說著。若雨本來只是一路上走來聽翩翩轉述，但此時彷佛是當事者一般，說得咬牙切齒、義憤填膺。

過了好半晌，大夥兒總算青著臉，明白了主營神仙紛紛邪化的前因始末，知道黃靈、午伊的手段心機。

精怪長老們全不知所措。

樹神苦嘆了嘆，連連咳嗽，咳出一口口血，終於緩緩開口說：「神仙造出了魔、造出了人、造出精怪，現在卻自個兒邪了……以後咱們靠自己便是。」

精怪長老們牙齒打著顫說：「要是……要是邪神們見我們洞天美麗，想要搶去怎麼辦？」

若雨扠著腰說：「有我在，邪神來一隻，我便打退一隻！不會讓他們在美麗仙境囂張放肆！」

紅耳也大聲說：「樹神婆婆，放心好了，洞天有天險屏障，也有一干勇猛戰士，邪神再凶再悍，也踏不進洞天平原一步的。」

樹神靜默沉思，抬頭看看翩翩，說：「蝶兒仙，妳看呢？要是邪神來犯，抵不抵得住？」

翩翩想也不想地說：「很難抵擋得住。」

一名精怪長老怯怯問著：「可是……咱們有那天險，有壺形谷口、有高崖、有黃板台，還有鳥精、有鳳凰、有洞天第一勇士啊。如果咱們不過問凡間世事，只是守在這洞天，就算外頭邪神再凶，應當也如紅耳所說，踏不進洞天平原一步，不是嗎？」

翩翩搖了搖頭，和若雨、青蜂兒相視一眼，大夥兒心裡想的都是同樣的事情。

樹神明白翩翩等心裡在想什麼，便替他們開口說：「洞天這屏障，本來便只是造來防禦那些小惡鬼、小邪魔，不是用來抵擋大神仙的。」

翩翩接過話說：「洞天這地勢屏障已經極好了，但是如同樹神婆婆所說，用來對付那些不知好歹闖進來的小鬼怪們是綽綽有餘，但假使那干主營邪神來犯，派了二郎或是熒惑星在前頭衝鋒，洞天高崖上的鳥精根本奈何不了那些大神，黃板台一被突破，洞天便猶如待宰羔羊了。」

紅耳扠著手聽，翩翩說的不無道理，但一想到自己和一票驍勇戰士負責守禦的黃板台，在翩翩形容之下，幾乎不堪一擊，十分難以接受。

「二郎神。」紅耳捏了捏拳頭說：「我聽過他，將來要是碰上，我會讓他記住我的。」

翩翩苦笑了笑說：「紅耳大哥，我這麼說不是貶低大家，但洞天千年無禍事，本來便也不熟悉打鬥征戰，除了一干護衛隊，所有洞天精怪都是天眞浪漫，悠閒過著每一天，本來便不能和主營那干專職戰士相比。」

「不過，也並非毫無機會。」翩翩頓了頓，繼續說：「洞天仍有許多精怪有著數百年甚至千年道行，若我和紅雪、青蜂兒將征戰經驗教導給大家，也能夠大大增強洞天的防禦力。」

紅耳向翩翩抱了抱拳頭，哈哈笑著說：「小蝴蝶兒，以前我教大家摔角打鬧，現在反而要向你們學打仗了！」

樹神考慮良久，緩緩說：「這事情還得再從長計議，若是能平和解決，那是最好了……」

翩翩知道樹神肩負洞天存亡大任，無法只聽自己片面之言，當下便也不再多說什麼，又說了些飛蜓、福生的近況，便和若雨、青蜂兒等離開了樹宮。

□

午夜時分，推開了鐵皮屋破門，裡頭模樣依舊，阿關的破背包堆在一角，屋裡還堆放了一些日用品。

「幹，你跟翩翩平常就住這個破爛地方喔？」阿泰邊吐著煙圈，好奇四處看著。

阿關撿起背包，翻出了一只玉鐲和一些六婆的遺物。

「這些是我在公寓找到的東西，應該是六婆的。」阿關將玉鐲和六婆的錢一併交給阿泰。阿泰一路上本來嘻皮笑臉，淨說著后土教了他許多法術，都很管用，還連連吐著煙圈。此時見了玉鐲，一下子說不出話來，靜靜接過玉鐲，凝神看著。

「阿關，我帶你去一個地方。」阿泰摸摸鼻子，將玉鐲放入口袋。

「好。」阿關騎著石火輪載著阿泰，聽從阿泰指路，很快便騎上了山。經過了座茂密小林後，來到一片坡地，坡地一棵大樹下清出一片乾淨空地，種了一些花。

阿關趕緊停下車，阿泰領著阿關往那小花圃走去，花叢間有塊小木板，刻著六婆的名字。

「我把阿嬤葬在這裡。」阿泰淡淡地說。

他在后土身邊醒來時的頭兩天，一想起六婆的死，就哭得滿臉鼻涕眼淚。后土也任由他哭，等他哭得累了，這才陸陸續續教了他一些法術。

「后土娘娘要我記得阿嬤心中的正氣，繼承阿嬤的精神。」阿泰喃喃唸著，一下子突然鼻酸哽咽，氣得一拳搥在那棵大樹幹上。「幹……現在不能哭，等我宰了那隻順德狗屁神，再哭也不遲！」

原來后土見阿泰每日消沉，無心學習什麼，便用話激他，說是六婆讓順德神手下殺了，唯一的孫子卻沒出息只知道哭，連祖母的仇都沒辦法報了。這才讓悲痛至極的阿泰，埋去心中哀傷，專心和后土學習法術，發誓要替六婆報仇。

「沒錯，當土霸王第一步，就去收拾那個順德大帝。」阿關也捏緊了拳頭。「可惜翩翩沒能跟著一起去。」

阿關邊說，邊搖晃著寶塔，將一千精怪、獅子、虎爺、土地神等全召了出來，將要去找順德大帝算帳的想法，告訴了大家。

千里眼和順風耳一聽阿關打算要找順德報私仇，猶豫問著：「小歲星大人吶，此時太上師尊不在，你要不要等與他會合再行動？」

「啊！老君爺爺說讓我自個兒作主的！」阿關力爭。

原來老子身上那讓勾陳殘害的傷勢還尚未痊癒，這幾日來四處奔走，調度朱雀、玄武，也算耗盡了心神，這自立爲王的計畫，便交由阿關來執行。朱雀、玄武，則仍然負責各自的蒐情任務，在必要時，只要阿關一道符令，隨傳隨到。

千里眼和順風耳還想說些什麼，癩蝦蟆大聲嚷著：「呱呱！管他那麼多，先去搞順德小屁，替六婆報仇啊！」

小猴兒也在一旁鼓譟：「是啊、是啊，先替六婆報仇再說，報仇再說！」

千里眼、順風耳見大夥兒都一心只想去找順德報仇，阿關和阿泰也如此堅持，便也不再說什麼。

千里眼開口說：「這樣吧，我和大耳替你們探路，找起來快點。」

阿關看了看老土豆，問：「土豆兒，點兵點得如何？共有多少夥伴？」

老土豆咳了咳說：「俺整理一下，咱們一共有六位山神；有老六、老七、十八等三王公；有三大貓、三小貓、二黑、二黃等十隻獅虎將軍；還有千里眼、順風耳；連同精怪一百六十七隻……更有模範土地神，俺，老土豆是也！」

小白菜、韭菜、三瓜們一聽，立時起鬨罵著：「什麼模範土地神，你老不修啊！土地神又不只你一個！爲什麼沒提咱們？」

阿泰也在一旁插口：「你竟忘了我，天下最厲害的凡人，法力無邊的泰哥！」

原來先前在山澗時，阿關花了近一天的時間，將這干精怪連同老六、老七、十八，以及一些小山神身上的惡念全都驅去，又休息了好一會兒，這才和老子道別。依照著老子交代的事宜，領著這干精怪山神，準備下山稱王。

此時大夥兒士氣高昂，在這山坡上七嘴八舌吵得不可開交。阿關費了好大一番工夫，才讓大夥兒靜了下來，分派起任務。

「我們有千里眼、順風耳，要找出順德再簡單不過，但老君爺爺交代的任務也不可以忘，我們可以分頭進行。」阿關仔細說著，一一將不同的任務分派給一干夥伴們。

老土豆領著土地神四散，前往各處鄉鎮，搜索順德大帝和一些邪化的山神精怪的消息。千里眼和順風耳得到土地神們回傳的情報，便按照這些線索，縮小偵察範圍，四處搜索順德大帝的行蹤。

阿關則領著以兩位王公爲首的精怪、虎爺大軍，四處征討那些小勢力範圍的邪化精怪和山神，有時將他們身上的惡念驅盡後便隨地放了，讓他們將風聲傳出。

就這樣過了數日。

71 協議

「玉帝，三思。」后土淡淡地說：「洞天乃是三界中的淨土，樹神及一干精怪，千百年與世無爭，若要將戰禍牽及洞天，那便違逆了神仙對精怪做出的承諾。」

玉帝眼眶凹陷，一張枯黃的臉，和身上金亮大袍、頂上黃金彩冠顯得格格不入，雙手交叉胸前，靠在那金色大龍椅上，沉默不語。

一旁的紫微歪著腦袋，也像在苦思，許久才說：「承諾是一回事，若我神仙平定三界，精怪也是受益者，哪由得他們拿喬？」

斗姆也插嘴說著：「是啊，那樹神竟如此傲慢，洞天精怪不識抬舉，何必顧慮太多，給他們點顏色瞧瞧！」

獄羅神黑色大盔裡兩隻眼睛紅殷殷的光芒閃爍，緩緩開口：「魔界動盪，許多魔王處心積慮要攻上凡間，凡間也有那叛逃歲星、辰星要一舉平定三界，必然需要更多兵馬。后土大人心腸良善，或許怕傷害了洞天精怪，但卻不知要是魔王群起，三界紛亂，對眾生卻是更大苦難。」

后土淡淡笑著說：「好說，其實獄羅神以魔界大王的身分，上凡助我天界神仙來救眾生，那才是大大的良善。我倒有個更好的建議，藏睦何不以獄羅大王的例子為明證，再去魔界招攬更多魔王頭目，一齊上凡做神仙，別說四御，或者可以擴增爲六御、八御、十二御？要是獄羅神不屑與小魔王爲伍，也可以派那些魔王填補辰星空缺，或是增加成六星、八星、十二星，諸如此類……」

后土這麼說，一干大神全傻了眼，一時卻又不知該如何接話。

獄羅神盔中的紅光更顯強盛，隨即便恢復原樣。

玉帝有些惱火地說：「后土，妳這是說玩笑話？」

后土解釋說：「是的，玉帝，這是玩笑話，但你想想，其中是否也有幾分道理？既然獄羅神能和我們齊心合力，那麼其他魔王又爲何不可？我們去招募更多有志一同的魔王，這計策豈不更妙？」

「這倒也沒錯，只是……」玉帝想了想，后土所言的確有理。既然獄羅神能成天界夥伴，其他魔王沒有理由不行，只是朝這方向想去，又有一股說不出來的鬱悶感，卻不知爲何。

斗姆大大揮手說：「不好、不好，這樣有什麼過癮，再去魔界強徵兵馬當然有用，但若是沒有敵手，有兵馬有何用？魔界群魔向來囂張跋扈，不將神仙放在眼裡，咱們當然要將他們一掃而盡！」

后土低聲喝阻說：「斗姆，別這樣說，妳忘了獄羅神便是魔界大王？說這番話可對不起獄羅神大哥啦！」

斗姆陡然醒悟，曉得獄羅神也是魔界妖魔，且此時即將身居四御高位，可比自己都要來得更高一階了。

獄羅神淡淡地說：「后土所言極是，我隨即便差使手下，下魔界招兵買馬，去召集那些有志一同的魔王，一齊上凡，替神仙們效力，豈不是更好。」

后土笑了笑，不再多言。

玉帝看了看鎮星和熒惑星、黃靈，問：「你們呢？看法如何？」

鎮星神情冷峻，只說：「我倒贊成獄羅神的主意，我也可以派幾個部將助他手下一同前去魔界招募魔王。」

熒惑星則大聲說著：「不管如何，洞天不將神仙放在眼裡便是不行，一邊招募魔王，一邊要洞天煉神，雙管齊下不是更快！哪來那麼多囉唆，洞天要是再有半句廢話，一把火燒了他奶奶的！」

玉帝又看看黃靈、午伊，黃靈則看了看林珊；林珊微微笑著，撇了撇嘴。

黃靈說：「讓各位大神們決定行了，我與午伊只是代理太歲，且對這些大局大勢沒有太多研究……」

午伊卻不等黃靈說完，而是搶著說：「我贊成斗姆、熒惑星大人的想法，大家別忘了，洞天精怪徇私窩藏那叛逃小將，這是大大的不敬。我那兩個小將至今仍未回來，想必受到了精怪們的煽動蠱惑，洞天精怪很顯然在跟神仙作對！」

午伊不甘黃靈事事替他決定、代他說話，此時搶到了話頭，說得義憤填膺，一方面也想在各大神之前搶個風頭，證明自己比黃靈更加有遠見。

玉帝總算開口說：「好了、好了，維淳說的也有理，雙管齊下行事更快。午伊，你去將那兩個小將領回，若洞天惡意阻攔，咱們再來討論下一步，畢竟洞天樹神和我也有交情……」

□

「阿關大人！肥羊就在前頭！」千里眼藏匿在一棵樹上，向後頭傳遞符令。阿關大口將飯糰塞入口中，吮了吮手指，跨上石火輪，往前騎去。

在山林間遊蕩著兩個邪天將，漫不經心地在空中飛著。這些天將四處探查情報，主營似乎又要展開大規模的行動。

阿關駛到樹下，和樹上的千里眼互相使了個眼色。

那更前頭，癩蝦蟆、老樹精、小猴兒大聲談論起阿關的事情，果然讓天上的天將聽見，提著大斧飛下。

癩蝦蟆呱呱指著天說：「唉呀，被發現啦，咱們快逃，呱！」

天將轟然降下，一前一後堵住了三個精怪，四周突然泛起紫霧，綠眼狐狸從樹旁閃出。天將大驚，紫霧之中身影突現，是王公老六、老七和一大票精怪，全都殺向兩名天將。

天將本便打不過王公，又處劣勢，一下子便落敗。王公老六一爪抓裂了一名天將身上鎧甲，其餘精怪一擁而上，將他殺了。

另一名天將負傷要逃，精怪們將他團團圍住。綠眼狐狸使了個眼色，大夥兒便不再圍捕。天將好不容易衝出了重圍，往天上飛去，掏出符令便要求援。

「好了、好了，大家走吧！」阿關騎著石火輪趕到，將大夥兒全收回寶塔，在那天將援兵尚未來到之前，早已竄得遠了。

連日來，他們用這樣的方法突襲了許多落單的天將，卻不趕盡殺絕，於是乎，「叛逃小歲星領兵在北部作亂」的消息，很快地傳了開來。

一道符令傳來，是老土豆的聲音：「阿關大人！找著了、找著了！」

阿關瞪大眼睛，捏緊了拳頭，前往老土豆所說的地點——順德大帝的藏身之處。

在這看不見月光的黑夜底下，石火輪靈巧前進，千里眼、順風耳在兩旁高空探著。千里眼一手搭在額上，獨眼閃耀綠光，一望十數里，果然瞧見不遠處幾座山腰有些鬼怪遊蕩。再仔細一看，那兒有些隱密山洞。

順風耳豎耳傾聽，卻聽不出什麼。

阿關依著千里眼在天上打的暗號，繼續向前行，漸漸感應到熟悉的惡念。

「後面也有？」阿關陡然抬頭，連忙將千里眼和順風耳喚了下來。他感應到後方不遠處，有群惡念越逼越近，卻不是黃靈、午伊、斗姆他們。

是妖魔的氣息。

千里眼、順風耳跟在阿關左右，放緩勢子小心翼翼朝目標前進。那魔軍氣息卻越漸逼近。

「我們被發現了？我們身上都下了隱靈咒不是？」阿關感到那魔軍氣息就要逼到後方，只得停下，和千里眼、順風耳躲在幾棵樹間，心中又是疑惑、又是氣惱。惱的是己方連日搜索順德大帝，好不容易找著了要大舉殺去，卻又突然闖來不相干的妖魔攪局，卻不知是爲何。

抬頭望去，十來名天將掠過阿關頭頂樹梢，領頭的卻是兩個從未見過的大將。

「原來是天將，帶頭那兩個不像是神仙。」阿關見那群天將飛遠，連忙問著千里眼。

千里眼飛上天去瞧了瞧，回報：「沒見過那兩個傢伙，想來應當也是魔界大王手下，他們也是往順德那方向飛去。」

「什麼？」阿關正覺奇怪，果然感應到那群天將的氣息，和順德大帝的氣息越靠越近。

「我們快跟上去。」阿關跨上車，繼續往順德藏身處趕去。

「我聽見了！」順風耳跟在阿關車後，此時急急嚷著：「那些傢伙是去招降的！」

順風耳繼續說著：「有個傢伙說……說玉帝準備揮軍攻打魔界，需要集結兵力，要順德助其一臂之力！」

此時阿關等已在順德藏身的山腰下，抬頭便見到不遠處山腰邊，順德大帝飛在洞外，身後還跟了一千鬼怪，官將首也在其中。

而自空中落下的那批天將，個個手持大斧，圍在山洞四周，帶頭兩個大將一前一後凌空站著。

站在前頭那個大將一頭紅髮，束了三根辮子，臉上滿布五顏六色的紋路，一雙眼又圓又大，模樣好不嚇人；後頭那個臉色慘白，眼神銳利逼人，雙手交叉胸前，腰間彎刀銀銀亮亮。

順德大帝此時身上穿著爛布袍子，雙臂枯黑得像兩根細木炭，一臂沒手掌，是讓阿關斬的。

順德兩眼凹陷無神，他連日來聽說阿關領著大批精怪四處亂打，知道阿關必定得到強大助力要找自己報仇，便也不敢再大張旗鼓劫掠凡人吸取精氣。

同時，阿姑死後，順德大帝少了個得力助手，再沒有手下像阿姑這樣，能夠替他計畫性地吸納鬼卒、捕捉生靈供他進補，此時只能每日遣身邊鬼卒去抓一些山精、野獸補補身。

紅髮大將一手按著腰間長刀，威風凜凜說著：「我們看中你那官將首陣頭，和你的果敢毒辣。你若歸順，玉帝不但不追究你以往作爲，還會加封大位；若不歸順，我手一招，立時將你滅了。」

順德大帝頭頂還戴著一只用草編成的皇冠，足見他多麼想當大帝。此時面臨眞正的玉皇大帝招降，心中似乎十分不願意；但他自知儘管加上身邊官將首，也絕對不是這隊天將的敵手，再怎麼樣也不能吃眼前虧，猶豫了半晌，點了點頭。

「快通知朱雀、玄武，別讓那兩個傢伙稱心如意！」阿關大喊，腳下石火輪閃電般竄去。

順德大帝和那紅髮大將陡然一驚，只見到阿關騎著石火輪朝他們竄了過來，且手上還揑著一把白焰符發出耀眼光芒，四處亂射一通，又溜不見了。

「這不是那四處搗蛋的叛逃小歲星嗎？」紅髮大將怒喝一聲：「竟敢戲弄我，一併捉回去邀功！」

十來位天將接了命令，全都飛下去找阿關。順德大帝也是駭然，左顧右盼著，只怕那后土又突然現身。

阿關騎著石火輪，與傻眼的千里眼、順風耳會合，將他們收進白石寶塔，得意說著：「他們追不著，我們來玩打帶跑，直到玄武、朱雀趕來，再將他們一網打盡。」

才說完，阿關又踩下踏板，竄回剛才山腰洞前。

順德大帝吆喝著幾名官將首幫忙找阿關，心想既然要降，乾脆抓著這前任太歲，也好立下頭功。

官將首四處尋著，十三名官將首中倒有六、七個模樣和其他官將首大相逕庭。

原來當時阿姑領著官將首和方留文、家將團三路大戰時，戰死了好幾個，之後便四處挑了些較厲害的邪神鬼怪強加訓練，想要填補陣頭空缺。之後與六婆老廟大戰、鬼公車一戰時，這些好不容易練得小有成果的官將首，又戰死了幾個，便又由更新的鬼怪補上，由於訓練時日不多，這些新補上的官將首便更顯得生疏。

「喂！那個誰，臭小子腳下寶物刁鑽靈巧，要抓他可得留神些！」順德大帝出聲提醒。

紅髮大將怒眼圓瞪，大聲回答：「什麼那個誰，我叫『赤三』！我身後是『貉大哥』，咱們兩個可都是獄羅大王手下大將，你這小神有眼不識泰山！」

「妖魔鬼怪就妖魔鬼怪，妖魔鬼怪還想裝神仙，我呸！」阿關停在山洞上方，朝著那自稱「赤三」的大將罵著。

「混蛋！」赤三見阿關就在眼前罵他，氣得兩眼大睜，抽出長刀就往阿關直竄。

阿關一回頭，又騎不見了。

順德大帝急急地說：「我早說過，他那車太快了。他這般搗亂，必有企圖。乾脆早早一同回去見玉帝，共商征討魔界大策！」

「你別多嘴！」赤三根本不將順德大帝放在眼裡，理也不理他，自顧自地猛揮刀，將附近幾棵樹都砍了，怒氣沖沖指揮著天將，四處搜著。

「你不使你擅長手段，亂斬什麼？」那臉色慘白、被赤三稱作「貉大哥」的大將飛下了山林間，對發狂的赤三沉聲說著。

「對呀，我竟忘了，這頑劣小子，早該使天障治他！」赤三陡然醒悟，笑呵呵地應著，雙手高舉，閃耀出暗紅色光芒。

阿關早已騎到了遠處，偷偷望著赤三和貉。

「那紅毛怪在使天障！」阿關暗暗跺腳，一時卻想不出什麼法子。

白石寶塔抖了抖，一名粗胖壯漢探出頭和一隻手，手上還拿了柄狼牙棒。

阿關讓這壯漢嚇了一跳，說：「你是山神！」

那壯漢點點頭應答：「是，我叫大寶！」

大寶指著遠方說：「我是那兒幾座山區的山神，先前躲了好久，卻讓老君爺爺找著了。我瞧他是個好爺爺，說的話有道理，便聽他的話，加入大夥兒！」

「大寶，你有事嗎？」阿關聽完大寶的自我介紹，點點頭。

「我看你不停逃跑，何不和他們硬碰硬？咱們塔裡這些夥伴集結至今，還沒打殺過，我手上這狼牙棒可等不及了！」大寶這麼說，還揮了揮手上的狼牙棒。

「現在還不是時候，那兩個大魔將可是魔界大王的手下，還有一大隊天將，如果硬碰硬，就算打贏了，我們也要傷亡慘重。等朱雀、玄武來了，三面夾攻他們！」阿關苦笑地說。

「可是我們在寶塔裡頭實在無聊！六爺、七爺都說要出去教訓那干壞蛋了！」大寶摸摸鼻子說。

「但他們在施展天障，這可難以對付……」阿關正猶豫著，綠眼狐狸已經躍了出來，背後還領著十來隻新加入義勇軍的狐狸精。綠眼狐狸向阿關拍了拍胸脯說：「阿關大人，那紅毛魔將的天障實在不怎麼樣，比起弒天、五路魔王可要遜色太多，讓我們這隊新成立的狐狸小組打頭陣，必定破了他的天障。」

阿關猶豫著說：「即使破了天障，但他們一票天將和官將首卻難以對付。」

還沒說完，白石寶塔又是一震，出來的是老六、老七兩位王公。老七正拗著手指，不悅說著：「小歲星吶，你這樣說可將咱們瞧扁了，裡頭的夥伴個個不服氣，都要殺出來啦。」

王公還沒說完，阿泰也跳了出來，背後還揹了個大背包，哇哇大叫：「阿關，你別那麼孬種！看了我的法術會讓你嚇傻，趕快給我騎過去，看老子大顯神威！」

阿關哭笑不得，讓阿泰一激又有些不服氣，連連揮著手說：「好、好……全給我滾回寶塔，我現在就殺過去！」

大夥兒鼓譟歡呼，一一又跳回了寶塔。

赤三正施展著天障，遠遠聽見另一座山頭傳來歡呼聲，還暗暗吃驚著阿關竟一下子跑到了那麼遠的地方。突然眼前一陣滾滾飛沙，竟是石火輪又竄了過來。

「這麼快！」赤三怪嚷一聲，天障才施了三分之二。頓時紫霧飛揚，阿關高舉著白石寶塔，綠眼狐狸領著十來隻狐狸精全蹦了出來，狂噴紫霧，和赤三的天障互相抗衡著，四周景色忽而扭曲、忽而正常。綠眼狐狸與一干狐狸精的幻術也不可小覷，眞將赤三的天障治住了。

「哪裡來的臭妖精！」赤三勃然大怒，抽出長刀朝阿關撲來。阿關舉起白石寶塔，高聲喊著：「裡面不是都說要打？誰要對付這傢伙？」

白石寶塔一震，大寶當先跳了出來，王公老六、老七、幾名山神都搶著跳了出來。赤三嚇了一跳，想不透這些幫手是從哪兒蹦出來的，只能舉刀硬擋。

大寶掄動狼牙棒，一棒打去，赤三側身閃過，反手一刀在大寶腰間劃出了道口子。老六、老七跟著攻上，老六、老七本便是十八王公中的領頭，本領可比大寶這無名山神厲害許多，此時左右夾攻，將赤三攻得連連後退。

「哇呀！」赤三腳拐了一下，讓王公老六一把抓破了胸前鎧甲，狼狽跌倒。貉飛空來援，抽出彎刀打退了追擊赤三的王公和山神。

「全都出來吧——」阿關大喊著，一下子地動天搖，大軍齊出。前來助陣的天將一下子全慌了手腳，讓突然出現的精怪、虎爺攻了個措手不及。

「原來這小傢伙身上藏著這些兵力，怪不得能連日掀起紛爭！」赤三和貉讓阿關這大隊精怪團團圍住，連忙向順德大帝求援。

天將們個個掄斧應戰，阿關這方則以王公和山神為領隊，各自率領了十數名精怪圍攻兩大魔將。

這時，阿關感到背後金光閃耀，回頭一看竟是阿泰。阿泰將雙截棍掛在頸上，雙手捏符，在背後現出一個大符籙光陣，手上的符咒飄揚浮動，放出了一柱柱鵝黃色光芒，滾滾流動，纏上了天將身子，將天將絆倒或是撞開，和先前后土暗中相助阿關的黃光如出一轍。

阿泰看著阿關吃驚的臉，哈哈大笑：「哈哈，嚇到了吧，我還有一百幾十招你沒見過的厲害法術，叫我一聲『泰哥』，我可以教你！」

「少臭屁！」阿關回嘴，轉身揮動鬼哭劍，劍上纏繞著黑雷。這幾日他照著老子教導的方法練習黑雷，果然更加熟練順手，且氣力也增加不少，不像先前只放幾次便軟弱無力了。一個天將和阿關對了幾劍，手臂立時給電得動彈不得。幾個飛影蹦來，蹦上了天將的肩頭，一口咬住，是虎爺二黑、二黃，二黑、二黃左右夾攻，將那天將咬倒在地。

赤三怒吼連連，天障全讓狐狸們的幻術擋住，他只得以長刀苦戰。

貉也瞪大了眼睛，想不到阿關一行的兵力竟如此強盛，揮刀一斬，斬翻了一個山神。

「這傢伙好厲害！唉喲！」圍攻貉的三名山神全力應戰，卻讓貉斬了一名同伴，嚇得退了開來。上來接戰的是王公老六，只和貉對了幾下，很快又敗下陣來。然後是老七領著十八助陣，仍然戰不下貉。

另一邊山神大寶領著眾精怪大戰天將，精怪們紛紛負傷，躲回寶塔。

「小心應戰，他們不好對付！」阿關大聲指揮著，拋出伏靈布袋。三隻鬼手中間，還多了一隻深褐色長手，那是在六婆老廟一戰中收伏的白髮黑臉鬼的手。

順德大帝指揮著官將首在一旁游擊攻打，見阿關劍上黑雷靈巧流竄，心中恨意更深。他淪落至此，全都是因爲阿關數次破壞了他的好事。

阿關也注意到了順德，恨恨地喊了阿泰兩聲，兩人一左一右殺向順德。

幾個官將首上前接戰，卻因經驗不足，陣形毫無章法，被阿火領著大邪、風吹一衝而散。

順德正猶豫間，見到阿關和阿泰已經殺來，一下子新仇舊恨一併湧出，鼓起雙手，兩隻爛袖子吹出了黑風。

「你這毛頭三番兩次跟我作對！」順德大帝揮動爛袖，揮出一股黑風，打向阿關、阿泰。

阿關側身避開了這股風，同時也朝著順德大帝擲出鬼哭劍。

順德大帝連忙低身閃過鬼哭劍，才直起身子，阿泰的符籙黃光已經捲來，打在順德身上，將他打得翻了個滾。

「明明是你三番兩次找我麻煩！」阿關大吼著，已經衝到了順德身前，鬼哭劍還沒飛回來，便掄起拳頭一拳打向順德。

「一點長進也沒有！」順德硬挨下這拳，一把抓上阿關腦袋。才剛要得意大笑，卻覺得抓著阿關腦袋的手像給雷劈了一般，又痛又麻，連忙鬆手。

「誰說我沒長進！」阿關卻不讓他逃，兩手揪著順德肩頭說：「我連頭都會電你！」

順德給電得兩眼翻白，雙袖衝出黑風，才要還擊，阿泰的黃光又灌了過來，一記一記轟在順德身上。

「看我電死你——」阿關大叫一聲，一股黑雷順著手臂爬上順德全身，電得順德全身發出了焦味。

順德大帝暴喝一聲，用盡全力炸出黑氣，終於掙脫了阿關。才要飛起，腿上又是一陣劇痛，低頭一看，鬼哭劍不知什麼時候插上了他的腿。

「你的風不會轉彎，我的劍會轉彎！」阿關哈哈一笑。

鬼哭劍抽離了順德的腿，又往他臉上竄。順德大帝狼狽避過，伏靈布袋隨即追來，蒼白鬼手暴竄而出，一把撕下了順德肩頭一塊肉。

順德大帝痛得大吼，阿關已經殺到眼前，接住了鬼哭劍，同時一拳打在順德肚子上，拳頭上也帶著黑雷，將他打飛老遠。

順德摀著肚子，再也沒力氣站起，腦中轟隆作響，心中驚訝著以前那孱弱小子現在竟變得如此難纏，就算是一對一，或許也要敗在他的黑雷之下了。

幾個官將首攔了上來，全讓獅子、虎爺撲倒，或是讓阿泰的黃光擊退。阿泰紅了眼眶大吼著：「順德，納命來！」

順德大帝全身無力，退了兩步又跌落在地，頭昏眼花，阿關又已殺到了面前。

「我宰了你！」阿關高舉鬼哭劍，劍上也泛起黑雷，跳了老高，往倒臥在地的順德大帝刺去。

一陣柔和青光阻住了他，老子戴著斗笠，挑著長竿，阻在阿關和順德大帝中間。

「老子——」順德大帝瞪大了眼，先前的后土現身已讓他十分驚訝，此時連老子都來了，更嚇得他魂飛魄散，正要掙扎起身，腦袋上又吃了一拳。

玄武就在老子身後，一拳將順德打得趴下，伸手掐住了他脖子。

「老君爺爺，你來了！」阿關急急嚷著：「爲什麼阻止我殺他？」

老子微微一笑，沒有回答阿關的話，只是舉手一招，玄武立時高聲大吼，領著星宿殺入戰圈。

赤三與貉本已陷入苦戰，此時又見對方有新的幫手來援，不由得起了怯意。突然聽見遠處天空一聲長嘯，一隻火鳥展翅飛翔，火鳥化成青年男子模樣，身穿金紅戰甲，手持一柄通紅的三尖兩刃刀，威風凜凜飛來，正是朱雀。

朱雀身後跟著井宿、鬼宿、柳宿、星宿、張宿等五名星宿，各自拿著不同武器殺來。

朱雀尖嘯一聲，挺著那柄紅艷艷的三尖兩刃刀縱身衝下，兩名天將去攔，轉眼便讓朱雀刺落。

順德大帝手下的一隊官將首，則讓玄武及他手下的星宿一陣猛攻，一下子戰死了一半，其他都給打趴在地。

赤三與貉背貼著背，正和王公、山神等戰得天昏地暗，卻見到對方幫手一批批趕來，一下子怯意大增。

赤三慌忙之際，感到肩頭一沉，竟是貉踩著他的肩頭飛上了天，自己卻讓忠犬十八咬住了腳，雙手也給老六、老七抓個正著。

「想逃！」幾個山神也躍了老高，要去追擊貉，卻讓貉打落下地。

精怪們更一擁而上，將那赤三壓得動彈不得。

「別下重手！」老子大喊著，精怪們便在那赤三身上連連打了好幾拳，卻不下殺手。

老子牽著他那頭大青牛，緩緩走向赤三。

「要大張旗鼓、自立爲王，總要讓大家知道，全殺光了，那豈不變成暗殺隊了。」老子呵呵笑著，來到赤三身前，看了他幾眼問：「你這傢伙打哪來的？我可沒見過你。」

赤三牙齒打著顫，他雖然是獄羅神手下，卻也知道三清老子的名號。

阿關在一旁開口說：「這傢伙是魔界妖魔，我感覺得出來他身上的魔界惡念！」

老子點點頭說：「魔界妖魔，那便將你一身魔氣驅去。」老子還沒說完，已經伸手按上赤三腦袋，幾道青光灌進赤三腦袋，將赤三灌得七葷八素，難受得連連哀號。

阿關見到老子神情似乎十分吃力，卻不知道老子想做什麼。回頭看看那順德大帝已給結結實實綁了起來，一票戰敗的官將首也都讓玄武手下星宿綁了起來，心中微微一驚，心想，或許老子要他像收伏那干邪化山神精怪一般，收伏順德和官將首。

一想至此，阿關心中十分抗拒，這幫傢伙和他經過好幾次交戰，結下的梁子可不小。但想想其他邪神精怪，在讓他收出體內惡念之前，同樣是作惡多端。包括那石獅子們、大邪二邪、風獅爺們、五府王爺、十八王公，甚至是千里眼、順風耳等，也都是從敵人變成夥伴的。

人終究也有私心，儘管林珊如此對付翩翩，阿關卻不怨恨林珊，只怨那黃靈、午伊，也在於林珊和他交情深厚。但這順德和他毫無交情，只有血海大仇，阿關腦中一片混亂，卻怎麼也沒辦法將順德和「夥伴」連在一起。

老子身子晃動，突然後退，倒在地上。千里眼、順風耳、老土豆連忙上前扶起老子。

老子搖搖手苦笑說：「不礙事！我已將這廝身上魔力驅盡，他壞歸壞，但現在連尋常精怪都打不過了，放他回玉皇那兒，讓他有多少說多少，這才能讓玉皇知道咱們正大張旗鼓和他作對！」

老子又看了看阿關，提醒說：「但放他走之前，可得逼他將所有知道的情報全盤供出，魔界大王肯與神仙合作，我怎麼想都不對勁，其中必定有詐，你們好好拷問他吧。」

阿關點了點頭，招呼幾個精怪將那赤三押回寶塔。

老子咳了幾聲，又搖搖欲墜，嘆氣說：「那惡勾陳眞是毒辣，讓他一番折騰，我這條老命都要丟了。小歲星吶，我這老頭可沒辦法幫你打架，只好幫你出點計策了，我說的話，你願意聽嗎？」

「老君爺爺，你說的話我當然願意聽！」阿關連連點頭。

「好、好！我不讓你殺順德，你也應該猜到三分了。我要你抓出他身上惡念，有多少抓多少，就算救不回，那便讓我廢了他法力，讓他自生自滅吧。」老子嘿嘿笑著。

「好。」阿關靜默半晌，點了點頭。

「好孩子。」老子笑著。

精怪們聽了，都騷動起來，混在精怪間的阿泰恨得咬牙切齒，但卻也不敢吭聲。

□

接下來幾日，阿關將順德大帝囚在白石寶塔裡的大牢中，每天固定替他抓惡念，一直到了第四日，才將這惡邪神身上惡念抓得一滴不剩。

第四日晚上，當阿關抓去順德身上最後一滴惡念後，順德早已昏死過去。阿關也不理他，任由他昏倒在地。

牢房外負責看守的則是千里眼和順風耳。

阿關特地派了和順德沒什麼過節的千里眼和順風耳去看守大牢，以免其他山神、精怪一時無名火起，偷偷捅順德一刀、兩刀，也挺麻煩。

白石塔內的精怪、山神大都是老子從北部召集而來的，自然都和以往的北部三大邪神之一的順德有仇。

癩蝦蟆每日呱呱嘮叨，淨說那順德壞話，說順德以前大舉招兵，不服便殺，殺了自己好多同伴。

老樹精、綠眼狐狸、小猴兒也經過同樣處境，對這順德也是深惡痛絕；阿泰、獅子、老虎們，也因爲阿姑害死六婆，對順德恨得牙癢癢的。

阿關更和順德有一堆舊帳未清，媽媽入了順德邪教、逼他喝臭符水、使翩翩身中綠毒、六婆之死等，都讓阿關恨透順德。

阿關自然無法釋懷，他沒辦法用「一切都歸罪於惡念」這種想法去體諒黃靈、午伊，去體諒斗姆、去體諒順德。

但老子的話不能不聽，且的確有一番道理。他也知道，自己遲早必須面臨主營那票舊夥伴，林珊、飛蜓、福生，甚至二郎、雷祖、紫微、玉帝……

要是現在不想開，或許到時候的痛苦會更甚。

□

「秋草，妳看如何？」主營雪山山峭，黃靈看著遠方天際那盤旋惡念，問著一旁的林珊。

林珊靜默一會兒，才說：「獄羅神不可小覷，我很擔心他，我不明白玉帝爲何這樣信任他。」

「同意。」黃靈點了點頭，說：「說更明白一點吧。」

林珊便說：「我想，后土娘娘同樣也不信任獄羅神，所以才半開玩笑地建議去招募其他魔王，一方面是諷刺獄羅神上凡來助玉帝的居心，一方面若果眞招募到了新魔王進駐主營，也能夠與獄羅神的手下一別苗頭。黃靈大人，你可曾注意到，那些由妖魔煉出的天將儘管分派到了各大神手下，但他們終究是魔界妖魔，不知不覺之間，獄羅神的手下已經進駐了整個主營，這豈不令人擔心？」

「這就是了，所以后土察覺到了。」黃靈點點頭。

林珊繼續說：「是的，但獄羅神卻正好藉此發揮，說是要派自己手下下魔界來招募魔王。一方面算是回應了后土的諷刺，表示自己絕無二心；一方面要是當眞招募到了新魔王，由獄羅神招募來的勢力，當然仍會站在獄羅神那方。」

黃靈拍了拍手，笑著說：「后土娘娘反倒讓獄羅神將了一軍。」

林珊望著遠方，幽幽地說：「黃靈大人，我有一事求你，若你答應我，我必當全力助你奪得太歲正位。」

黃靈不置可否，揮了揮手示意林珊繼續說下去。

林珊猶豫半晌，這才開口說：「不論如何，大戰即將到來，若是……若是將來當真和昔日歲星舊部對上，要是讓其他神仙擒了便罷，要是讓黃靈大人擒了，希望你能手下留情，別奪性命。」

黃靈面無表情，許久才說：「妳是指所有舊夥伴，還是獨獨指那叛逃小歲星？」

林珊靜默不語，黃靈淡淡微笑，抬起了手，在林珊肩頭輕輕拍了拍。

林珊當然不會見到黃靈那手中握著的是什麼，只覺得腦中頓時轟隆雜亂，她並不知道自己體內又多了更多的瑩白色惡念。

「我答應妳，我明白妳的心意，將來要是抓著了那小歲星，任由妳處置，我不過問，但……要是抓著那化爲凡人、叛逃的蝶兒，又該當如何處置呢？」黃靈似笑非笑地問。

林珊閉了閉眼，再度睜開，眼神流露出深深的怨毒，冷冷地說：「殺了便是，我不想看到她。」

洞天第一勇士

「什麼？洞天？」綠眼狐狸有些驚愕，他和癩蝦蟆、小猴兒、老樹精等在另一間牢房，拷問著赤三。赤三魔力全無，第一日嘴硬讓大夥兒痛打一頓，之後有問必答，將他所知道的一切全供了出來。

「阿關大人，你來得正好。」癩蝦蟆呱呱叫著，向進來的阿關稟報說：「這傢伙說，主營要去找洞天麻煩！呱呱！」

「什麼？」阿關急問：「是什麼情形？」

幾隻精怪你一言我一語地講著剛才問出來的事由，赤三也乖乖補充著。

大夥兒這才更加了解獄羅神上凡的經過，和決定染指洞天的始末。

獄羅神是魔界中勢力最大的王，卻苦於其他中等魔王時常聯手對付他，而無法更進一步一統魔界。獄羅神此時領兵投靠，圖的便是藉著玉帝之力，一舉消滅地下那千百年仇家，更可以受封四御，可比在地底那不見天日的魔界當大王威風多了。

然而攻打魔界需要大量戰士，只靠一票妖魔煉成的天將，不可能獲得壓倒性得勝，洞天環境最適合煉神，裡頭的精怪長年吃食仙果瓊漿，個個都有良好體質。

翩翩等一干洞天蟲仙只煉出十餘年，便都已成了驍勇戰士，主營需要戰士，自然屬意洞天，欲進行一次更大規模的煉神計畫。

「樹神拒絕了？」阿關驚訝問著。

赤三點點頭說：「我聽說是這樣……許多天前……洞天的大王拒絕了主營使者的提議，且說凡間惡念一天未盡，神仙一步也不許踏進洞天。這番話可把主營那干神仙氣得跳腳了，連日來都在商量如何討伐洞天吶……」

「你怎麼這麼晚才講！」阿關捏緊了拳頭，趕緊跳出寶塔。

寶塔外頭有山神大寶領著一票精怪守著，以免阿關進寶塔時，有些妖魔鬼怪逼近。

大寶見阿關出來，便問：「是阿關吶！你今個兒怎麼這麼快出來了？順德那傢伙怎樣，有沒有不乖？要不要讓我去揍他兩拳，包準他乖乖讓你吸惡念！」

「他很乖……」阿關搖了搖手，說：「大夥兒準備了，洞天有事發生，我得去看看。」召回了大寶等精怪，阿關便騎著石火輪，往洞天方向趕去。

天色灰灰暗暗，厚厚的雲堆滿了整片天空，阿關似乎看見許多紅紅黑黑的濃團，在天上飄動著，就像要落下來一般。

不一會兒，便接近洞天山頭了，他感到幾團惡念氣息逐漸逼近，便減緩速度，轉進樹林，慢慢往洞天山壁騎去，還伸手在後背上補了道隱靈咒。

直到惡念氣息更近時，阿關停下了車，躲在山間隱密處，四處看著。正想叫千里眼出來，遠遠就見到飛蜓身著華麗鎧甲，飛過了天際。

飛蜓之後，還有午伊、斗姆等大神，以及北斗七星、天將等。

阿關見這陣仗聲勢浩大，便緊跟在後頭，一直到了洞天山壁前。

山壁外有幾隻精怪站崗，見了斗姆大陣前來，吱吱嘎嘎地躲回洞天通報。

斗姆身後那七星齊聲開口：「咱們是來聽那樹神如何處置叛將蝶兒仙，且蜂兒仙和瓢蟲仙也該返回自己崗位了。」

七星嚷得大聲，阿關躲在遠處林間，也聽得一清二楚。只見那午伊滿臉不悅地跟在斗姆身後，飛蜓、福生則在他左右。

飛蜓眼睛紅殷殷的，臉色變得黑褐一片。阿關有些吃驚，此時的飛蜓，神情看來竟有些像那邪化的太子。

阿關想起了遷鼎大戰中，那太子讓西王母綁著，全身都成了炭黑色，口中也噴著黑氣，只有兩隻瞳子紅殷殷的，像具惡鬼殭屍，哪裡有一點神仙的樣子。

一旁的福生則仍癡癡呆呆，一手拿著大鎚，一手竟抓著一條大牛腿，啃得鮮血淋漓，碎肉血漬流了一身。

阿關看著昔日夥伴變成如此模樣，心痛莫名，捏緊了拳頭不發一語。

不一會兒，洞天壁前綻放出光芒，紅耳領著數十名粗壯精怪步出洞天壁門，後頭還跟著兩名年長精怪，長相十分奇特，一個是老樹模樣，一個則是人身鳥臉，都是洞天的長老。

斗姆見這些精怪長老出來後，洞天壁門隨即關上，眼中閃起異光，哼了幾聲說：「怎麼，樹神覺得我斗姆身分不夠，不願親自見我？」

「那青蜂兒、紅雪怎都沒出來？」午伊也說：「你們幾個又是誰，在洞天是什麼身分？」

精怪長老們互看了幾眼，其中那個人身鳥臉的長老開口：「樹神身子欠安，無法出來相迎，便要咱們這些洞天老怪出來傳話。失禮之處，還請大神們見諒。我是洞天鳥精『毛禹』，這老樹叫『阿老』，咱們洞天不太注重階級分別，身分如何並不是太重要。」

那人身鳥臉的長老毛禹說完，老樹精長老阿老也開了口：「蝶兒翩翩既已不是神仙，孤身一人，我們便收留了她，讓她長住洞天。瓢蟲仙和蜂兒仙在這兒照料她一陣子，天界既已平定了四方亂事，讓一干少年小仙在洞天玩玩又何妨？」

午伊喝罵：「胡說什麼？現下仍然有許多邪神四處作亂，那辰星、太歲兩個叛逃歲星都流竄人間，胡作非爲；魔界蠢蠢欲動，隨時可能大舉入侵人間。征討邪魔惡神勢不容緩，此時豈是玩玩的時候？快教那青蜂兒和紅雪給我出來！叛將翩翩當然也要問斬，豈可讓她在洞天逍遙快活！」

毛禹說：「大人，咱們這些精怪有一事不解，既然太歲鼎早已造完，爲何還收不了四方邪神？那太歲鼎若如此不濟事，當初又爲何大舉遷鼎，打得轟轟烈烈？」

午伊怒斥：「你懂什麼？有些傢伙本性即惡，惡念抓也抓不盡……」

阿老插口說：「但是這些日來，咱們派出凡間的精怪，都說凡人……」

「囉唆——」斗姆咆哮怒罵：「快教樹神出來，她不出來我便見她去了，玉皇還有事情吩咐，你們兩個攔在這兒瞎扯什麼！」

「斗姆大人。」阿老搖搖頭說：「樹神吩咐過，若仍是前幾天來使提及的煉神計畫一事，便沒有商量餘地了。時局紛亂，樹神和洞天裡全部的精怪，都不希望洞天這美麗仙境，煉出一些眼睛紅紅、滿嘴獠牙的凶神惡煞來。」

「你說什麼？」斗姆聽阿老這麼說，兩隻眼睛瞪得極大，面容變得更恐怖了。

斗姆身後七星紛紛怒責：「低賤精怪胡說什麼，還不讓路！」

七星中的貪狼搶先竄出，一把揪住了阿老那把鬍子，使勁一扯，就要將他摔開。突然手腕一痛，是阿老身旁的紅耳握住了他的手。

紅耳一使勁，將貪狼的手握得青筋暴露；貪狼痛得叫喊起來，只得鬆開了阿老鬍子。

「想造反！」七星中的巨門暴喝飛來，伸手往紅耳臉上摑去。紅耳頭一偏閃開，隨即一胳臂摺在那巨門脖子上。

巨門身型粗壯，比紅耳還高壯不少，此時卻讓紅耳一胳臂摺得翻了好幾滾，摔落在地，砸起一片塵土。

「洞天要造反了！」「好大膽子！」天將和七星紛紛怒吼，都舉起兵刃，圍了上來。

「等等、等等！」阿老連連揮手，喊著：「斗姆大人，天界神仙要對洞天動武？當初神仙將大地讓與凡人，將精怪逐入洞天，不就是要精怪自給自足。咱們千年來將洞天築成美麗仙境，此時神仙要打魔界、要統三界，你們自個兒打便是了，豈能強要洞天一齊牽連進去？」

阿老還沒說完，廉貞和武曲已經殺上。紅耳伸手往背後一撈，取下了揹在背上那大木棒。木棒有兩公尺長，棍端有大碗公那麼粗，棍末也有尋常碗口大小，看起來像是大了好幾十號的球棒。

紅耳單手握著那大棍，轟隆一聲，將那靠得較近的武曲轟出了好幾丈外。廉貞讓這氣勢嚇著，怔了怔，也讓紅耳一把抓住，往上一拋，大棒一揮，轟隆一聲又給轟飛好遠。

「紅耳啊，你闖大禍了！」「你出手那麼重，神仙可要怪罪咱們了！」毛禹和阿老同聲嚷著。

「是嗎？」紅耳搔搔頭說：「我已經盡量小力了，要眞大力打，飛出去的就是一塊一塊的了……」

「你這傢伙是誰？」斗姆見紅耳如此強悍，不免有些驚訝。

斗姆還沒說完，飛蜓已經閃到紅耳身前，冷冷地說：「這是洞天鹿精，叫作紅耳。」

紅耳看了飛蜓半晌，嘆了口氣說：「飛蜓，你……你還記得大哥我嗎？」

「紅耳哥，我當然記得。」飛蜓眼睛閃耀異光，手上那紅亮大槍緩緩揚起，上頭還鑲上了一塊紅色寶石，閃亮耀眼。

「洞天第一勇士。」飛蜓神情冷峻，緩緩地說：「今天，這名號我收下了。」

紅耳閉了閉眼，回憶著許多年前，每天帶著年幼的飛蜓、福生、青蜂兒、花螂、七海等小蟲仙，在洞天大潭邊摔角爭做洞天第一勇士的往事。

「我也要、我也要！」猛啃牛腿的福生此時突然大嚷起來：「我也要當第一勇士，飛蜓哥，等等我！」

福生身子踉蹌，扔下了牛腿，笑著嚷著，揮動大鎚，搶來了飛蜓身邊，一手拉著飛蜓的肩。「飛蜓哥，我也要玩！」

「離我遠點！」飛蜓見福生那滿是牛血的大手搭上了自己的漂亮鎧甲，憤恨咆哮，大力推開福生，朝紅耳竄去。

紅耳知道飛蜓驍勇，不敢大意，抖擻了精神接戰。

飛蜓攻勢如旋風、如烈火，長槍一記記往紅耳腦袋上竄。紅耳左右閃避，接著大棒一揮，往飛蜓掃去。飛蜓豎槍去擋，只給震得兩隻手腕疼痛，長槍幾乎要脫手飛出。

「風來！」飛蜓往後一竄，順手揮出幾道旋風，將紅耳吹得連連後退，身上給割出一道道傷痕。

「飛蜓，你變得更厲害了！」紅耳苦笑，飛蜓又鼓足了全力來戰。同時，在午伊大聲吆喝之下，福生也渾渾噩噩拿著大鎚一齊夾擊紅耳。

「象子，拿下這無禮精怪，我回去讓你天天大吃！」午伊不忘這樣提醒福生。

「好，我拿下他！」福生聽了可以大吃，一下子兩隻眼睛變得紅通通的，狂吼一聲，背上隆起了大犄角，大嘴一張，好幾根牙都爆了出來。

「喝！」阿關見此情形，心下駭然，猶豫著要不要上去助陣。

千里眼探出頭來提醒：「我們裡頭較能打的有兩位王公、幾個山神、大小獅子、老虎，但對方除了十幾名天將之外，還有北斗七星、斗姆大人、飛蜓、象子，硬打佔不到便宜吶！」

阿關唔了幾聲，召出鬼哭劍，緩緩朝洞天山壁靠前進。

千里眼見阿關心意已決，便退進寶塔，大聲喊著：「大夥兒做好準備！」

那頭紅耳讓飛蜓和福生聯手圍攻。飛蜓長槍又急又快，福生大鎚、犄角如莽牛亂撞，紅耳只能揮動大棒擋下兩人攻勢。

「好啊！」午伊喊著：「這大力精怪讓飛蜓、象子絆住便好了。斗姆大人，快下令天將和七星一齊上，將這干造反精怪盡數擒了！」

斗姆哼了哼，竟有些不情願，她見到紅耳威猛，順手就將自己七星打飛老遠，卻和飛蜓、福生如此酣戰。歲星部將顯然將自己七星比下去了。

「是你們自找的……」斗姆自個兒暗怒了半晌，這才恨恨招手喊著：「大夥兒一齊上，將這干精怪擒下！」

斗姆話才開口，紅耳大喝一聲，一棒打在福生那大盾上。這一棒打得結結實實，轟隆一聲，將福生大盾打得裂了開來，大盾是福生手臂化出的，登時湧出潺潺黑血。

「……象子！」紅耳見福生摀著手痛苦嚷著，不禁有些後悔使這麼大力。動作一緩，飛蜓已經一槍刺來，正中紅耳右胸。

飛蜓狂笑，幾道旋風順著大戟竄去，旋上紅耳全身，在紅耳身上割出了更多更大的傷口，捲上紅耳手腕上的旋風，更將紅耳那大木棒也扯得脫手落地。

阿老、毛禹見紅耳讓飛蜓打落了武器，都嚇得魂飛魄散，十來名洞天衛隊的精怪，則已與攻來的天將、七星戰成一團。

「洞天第一勇士現在是我的了！」飛蜓哈哈大笑，長槍還刺在紅耳胸膛中，凶狠問著：「你服不服？」

「飛蜓……大哥我當時教你打架摔角，就知道你天分過人，現在已經那麼厲害了……」

紅耳喃喃說著：「再過幾年，我必定打不過你了……」

「廢話！」飛蜓大吼：「你服不服？我要你親口說，誰才是洞天第一勇士！」

「以後……不知道。」紅耳突然伸手握住了飛蜓的長槍。「現在，還是我。」

飛蜓有些驚訝，登時覺得不妙，幾道旋風打去，紅耳吭也不吭，儘管全身讓接連幾陣烈風吹得皮開肉綻，手還是緊緊抓住飛蜓長槍，一用力，將長槍拔出了自己胸膛。

飛蜓又要吹風，紅耳大喝一聲，猛然將長槍一扯。飛蜓倔強，自然也不願放手，但力氣終究比紅耳小了許多，讓紅耳一拉，身子順著長槍而去。紅耳手長，右手還抓著槍，左手已重重一巴掌打在飛蜓臉上。

「哇！」飛蜓給打得眼冒金星，在空中滾了好幾個圈，總算穩住了身子。

「洞天第一勇士，不只打架厲害，還要明辨是非……」紅耳一手握著槍頭，一手握著槍尾，胸膛傷處還不停湧出血來。

「至少，要像男子漢，正正當當的！」紅耳沉聲說著，雙臂青筋暴露。飛蜓那紅色大槍竟開始彎曲變形，讓紅耳彎得槍頭和槍尾貼在一塊，成了個歪曲圈圈。

「啊啊……」飛蜓全身發起了抖。他自視甚高，一直想當英雄，此時卻覺得紅耳一身氣勢光亮正潔，反倒將自己映得像個鼠輩似的。

「大夥兒出來吧！」阿關靠得更近了，見到紅耳扭轉情勢，腳下石火輪竄出火光，白石寶塔一揚，帶頭殺出陣的是王公老六、老七。

「又是你這混帳毛頭——」斗姆見阿關突然從一旁樹叢竄出，千里眼、順風耳也從白石塔裡隨精怪跳出，不禁勃然大怒，恨得眼睛都要發出紅光來，憤恨大罵：「果然是你們這兩個叛徒！」

「老妖婆！」阿關指著斗姆喊著：「有種下來！」

千里眼還有些猶豫，順風耳已經扯開了喉嚨，跟著阿關一同大罵：「斗姆，妳百般虐待我們，妳根本已經邪化了，妳是邪神——」

斗姆暴怒，大喝一聲，全身華麗大袍都鼓起了黑風。

突然洞天壁前又重新亮起，若雨、青蜂兒左右竄出洞口，將幾個靠得近的天將殺個措手不及。

翩翩也一齊出了洞外，二話不說揮出幾道光圈打向斗姆。

斗姆一心要宰阿關，一下子閃避不及，讓這迅雷一般的光圈打在身上，將華服打得碎裂，手臂身子也讓光圈斬出了大口。

「嘩！」斗姆啊啊叫嚷，吐了好幾口血，七星只得護著斗姆後退。

寶塔精怪一擁而出，大寶手持狼牙棒，一棒打在一名天將腦袋上，將那天將的厚重頭盔打落飛遠，頭盔下竟是個鼻子冒著黑氣的牛頭大妖。

「飛蜓、象子，快幫忙！」午伊大嚷，也跟著後退。斗姆和午伊在七星和剩餘天將護衛下，頭也不回地逃了。

福生癡呆傻愣，聽午伊喊，又見午伊逃，便也跟著逃，還不停說著：「要給我東西吃……我手臂被打壞了，要給我東西吃……」

飛蜓則狂吼著，四處飛竄，似乎想找機會回攻紅耳。但他的長槍不但被奪，還給扭彎，心中混亂不已，幾近發狂，竄進了樹間，竟不理午伊了。

「哈哈，趕跑這些壞蛋了！」癩蝦蟆呱呱拍著手，精怪們全圍上紅耳，替這洞天第一勇士歡呼。

「我們收到消息，主營要找洞天麻煩，就過來看看了！」阿關匆匆解釋著，還向寶塔精怪下了命令：「你們進駐洞天，幫忙守禦！」

「阿關大人，那你呢？」精怪山神們一陣錯愕，翩翩、若雨等也不知道阿關意圖。

阿關吸了口氣，沉沉地說：「我去找飛蜓。」

大夥兒一聽，都露出驚愕且狐疑的神情。

「你想救回飛蜓？」翩翩問。

「不只是飛蜓，還有福生跟其他神仙。」阿關解釋：「這是唯一我能幫得上忙的地方。」

精怪山神紛紛起鬨，加上本來便話多的山神大寶、阿泰、老土豆兒、癩蝦蟆等，你一句我一句嚷嚷著。「阿關大人，量力而為啊！」「飛蜓那傢伙沒救了！」「你留咱們在洞天，自個兒去逮飛蜓，這是瞧不起咱們嗎？」

王公老七說：「小歲星吶，不是咱們瞧扁你，但邪化的傢伙不是那麼好講話，我和老六就是活生生的例子，一邪起來，六親不認吶。那紅蜻蜓兒性格本來便強悍，邪了更是霸道，加上他天生武勇，你要如何收他呢？」

千里眼也搶著說：「小歲星大人吶，那太上師尊要你領著大夥兒四處游擊，你現在擅自將精怪們派入洞天，這樣可妥當？豈不是打亂了太上師尊的安排？」

千里眼搬出了老子，場面更是亂成一團。若雨、青蜂兒等都瞪大了眼，老子現身之際，他們已經和翩翩進了洞天，此時才知道阿關突然多了這干幫手，原來和老子有關。

阿關這麼說：「剛剛斗姆回去，一定又說我和洞天掛勾，或許會以為我一起躲進了洞天；但要是我在外頭，見機行事，能抓幾個邪神是幾個，若讓我救回飛蜓、福生等厲害夥伴，對情勢的幫助，要比殺倒一票天將還來得大，老君爺爺本意就是如此，不是嗎？」

阿關補充說：「寶塔裡大小精怪跟在我身邊又能如何，碰上大邪神要硬打嗎？還不是我騎石火輪一溜煙就逃了，大家留守洞天幫助不是更大？」

大夥兒相視一陣，雖覺得這番話不無道理，但總是放不下心。

「你勢單力薄，風險太大了，一定需要幾個厲害傢伙在你身邊幫你才行。」翩翩這麼說。

王公老七自告奮勇：「我和老六如何？」

阿關知道他們算是寶塔裡最厲害的傢伙，要是和飛蜓對上，倒不至於三兩下落敗，便也答應了。

「我！」「我也去！」大夥兒又是一陣騷動。

阿關苦笑了笑：「我在凡間伺機而動，但洞天可能隨時都要開戰，不要搞混了！兩個王公很厲害的。別忘了，我在凡間還有朱雀、玄武一票幫手，隨時都會來援助我。」

阿泰大嚷著：「還有我，你總需要白焰符吧！」

阿關點了點頭，將阿泰也召進了寶塔；老土豆等一干土地神熟悉四方山神惡鬼大小勢力範圍，也有用處，阿關便也點了他們。而其他一干精怪山神、獅子、老虎等，則全留在白石寶塔外頭，準備隨翩翩等坐守洞天。

大夥兒見阿關心意已決，也不好再說什麼。

紅耳朝阿關點了點頭，以示感謝；毛禹、阿老兩長老見己方多了一批生力軍，也很高興，反倒主動開了洞天壁門，準備領著大夥兒進去。

翩翩半晌不語，阿關向她做了個鬼臉，準備道別。

翩翩這才幽幽開口說：「你什麼時候變得這麼喜歡自作主張？」

「當然是讓你們逼出來的。」阿關嘿嘿一笑，突然想到什麼，召出了歲月燭，遞給翩翩，說：「這些日子我還是不太會用，火焰總是不聽使喚，放在妳身邊，用處比較大。」

翩翩接下，若有所思地說：「我怕你給火燒了卻不知如何是好。」

「我怎麼會無緣無故被火燒？」阿關笑著說：「何況我被燒了，還可以找老君爺爺救我，主營要是揮軍洞天，熒惑星那票縱火瘋子可不好惹，妳拿著歲月燭一定有用。我媽媽也在洞天，可別讓火燒了我媽媽。」

「什麼縱火瘋子，你連我也罵進去了！」若雨在一旁瞎扯說：「阿關大人，你媽媽和翩翩姊要是同時讓火燒了，你會先救誰？」

「歲月燭給翩翩了，她會救我媽媽跟我。」阿關跨上石火輪，說：「我要去找飛蜓了。」

阿關說完，又看了看翩翩，這才踏下石火輪踏板，朝飛蜓竄走的方向追去了。

翩翩等這才回頭，阿老、毛禹已經領著大夥兒精怪，進了洞天壁門。大夥兒吱吱嘎嘎，老樹精、綠眼狐狸、癩蝦蟆、小猴兒這四隻來過洞天的精怪，此時格外興奮，經過這漫長征戰，又回到了洞天。

小猴兒將鐵棒挑在肩上，又悶悶不樂起來，他想起先前一同出生入死的夥伴，和他要好的兔兒精、鼴鼠精，都在福地一戰陣亡，當時大部分精怪都未能達成心願。此時這百來隻精怪，都是老子新招募來的義勇軍，當中也有聽過洞天傳聞的，此時可是興奮莫名，像是來到夢中聖地朝聖一般。

若雨跟在翩翩後頭細聲問著：「翩翩姊，妳真的不擔心阿關嗎？要不派青蜂兒去幫他？」

「他不想讓人家瞧扁，我們再插手，只不過是洩他的氣。」翩翩靜靜回答：「吉人自有天相，以前他傻傻愣愣也死不了，現在連老君爺爺都在他背後撐腰，助他一臂之力，要是還活不過去，那也沒辦法了。照今兒個情形看來，洞天和主營等於是撕破臉，毫無情面可講了，要是真打起來，慘烈情況可想而知，讓他在外頭，或者反而平平安安……」

「但願如此……」若雨和青蜂兒點了點頭。

來到了通道另一端，阿老唸咒打開壁門，那些沒見過洞天的精怪都張大了口，直稱好美。癩蝦蟆倒像個識途導遊般地呱呱笑著說：「這裡算什麼，只是個小谷口而已，過了那長道，才是真正的洞天呀，呱呱！」

大夥兒魚貫而行，經過了長道，來到黃板台上，就連沉穩的綠眼狐狸都不禁驚喊了出聲。本來空曠遼闊，能夠見著一望無際的洞天平原的黃板台，此時卻黑壓壓一片；仔細一瞧，竟是黃板台四周長出數百棵老樹，每棵老樹都高聳參天，極寬極闊，樹身上的枝幹極為密集，延伸到黃板台上，將黃板台圍得密不透風，像樹城牆一般。

抬頭看去，這些老樹上方樹枝，則全部糾結成一片，像是天花板般將天空也遮蔽住了，連一點星光都透不進來，整個黃板台也因此暗沉一片，只有些微螢火蟲精的彩光微微亮著。更仔細一看，那茂密糾結的枝幹上，有些精怪探出頭來，大多手裡都拿了簡陋的弓和矛。

「怎麼變成這樣子？」癩蝦蟆呱呱尖叫，不能想像美麗的洞天竟會長出這怪東西。

若雨得意說著：「黃板台作為洞天唯一屏障，顯得太過單薄，要是一些強悍且速度飛快的神仙突破過了狹長窄道，單憑黃板台上的守軍根本應付不來。為了不讓神仙大軍順利突破黃板台，長驅直入洞天平原，我們在神木林挑了許多古木，將這些古木搬來這兒。樹神婆婆施展神術，這些洞天古木便長得更大，互相糾結，成了這麼一個大堡壘。古木碉堡裡有上千條通道互相交錯相連，有些地方能夠埋伏精怪，有些則藏有陷阱機關。」

「這麼厲害？」癩蝦蟆聽得傻眼，不敢置信美麗仙境竟能造出這厲害堡壘。

大夥兒繼續前進，走到了黃板台邊，古木粗厚大根爬滿了黃板台邊緣。阿老在一處不起眼的地方唸了咒，枝幹上這才現出了洞口。

進了洞口，裡頭果真如若雨所說，有著交錯紛亂的通道，有些精怪三、五隻一隊，來回巡守著。

在這老樹碉堡裡走了半晌，到了一處較為空曠的大室，裡頭四通八達，一面樹牆上有個大洞，可以看到外頭。

幾隻精怪湊了上去，這才發覺這地方離黃板台已有十幾層樓高。

「這兒可以看見外頭，但從外頭看不見這裡面。」紅耳解釋著，大室裡原本駐守的洞天衛隊一齊出來，七手八腳將受了傷的紅耳扶進一間房裡。

阿老也立刻吩咐幾隻小精：「快叫裔彌來，紅耳傷得不輕。」

青蜂兒補充說著：「這兒是古木碉堡的指揮宮，紅耳大哥坐鎮這兒，守住第一線。」

「第一線？其他地方也有這般防守據點？」綠眼狐狸好奇問著。

「沒了。」青蜂兒、若雨、翩翩領著其他精怪、山神，繼續走了一會兒。若雨隨手在樹牆上一推，竟推開了個洞。

靠得近的精怪又是大驚，洞外是條長長滑梯。

「要是古木碉堡守不住，裡頭所有精怪便在第一時間往後頭退。」青蜂兒這樣說，同時已經攀出了洞外，往那滑梯跳。

只見青蜂兒順著滑梯溜下，在若雨聲聲催促下，大夥兒一個一個往洞外滑梯跳下。從長長滑梯上溜下，精怪們這才見到了外頭洞天夜色。

天上是滿滿的彩星，底下是泛著淡淡光芒的翠草，精怪們歡呼尖叫著，滑到草地上的精怪一個個打起了滾。

老樹精、癩蝦蟆等排在較後頭，溜下來的時候刻意地左右看了看，原來同樣的老樹滑梯竟有成千條，全都是讓古木碉堡裡的精怪撤退用的。

青蜂兒解釋著：「洞天防禦力量不大，但十分遼闊，有許許多多可供躲藏的地方。神仙們只知道樹宮，卻不知道其他地方，要是第一線黃板台守不下，我們會分散到能夠躲藏的各處藏匿起來，開始第二波的游擊戰術。神仙們要是集中力量往樹宮揮軍，也只能撲空，卻無法將咱們一網打盡。」

「那麼，要是在各個地方也安排些機關陷阱，豈不更好？」綠眼狐狸插口。

「還用你說！」若雨嘻嘻笑著說：「我們在神木林安排了巨木陣，在夢湖造大水壩，能擋多久算多久，反正不跟他們硬打，是輸是贏，各安天命了！」

「我看那些精怪拿的弓多半是些尖石竹箭，何不貼上符籙？」綠眼狐狸想起了中部老屋據點大戰雪媚娘、四目王大軍時，精怪們拿著貼著白焰符的長竿、符箭，發揮了極大作用。

癩蝦蟆嚷嚷叫著：「啊呀！只可惜寫符工猴子阿泰不在這兒，這計策可不成了，誰去把他抓回來，呱呱！」

「這不是問題。」翩翩笑著說：「白焰符我們幾個大都會寫，帶著符術的箭、矛、刀刃等，本來便已大量趕工中。神仙與魔界勾結，要是打來的都是魔軍，加上白焰咒倒是不錯。」

「明天一早，我帶大家去見樹神婆婆，告訴她老人家，說洞天多了你們這支生力軍，樹神婆婆一定會很高興的。」若雨將精怪們帶到了綠水畔，這麼說著。大夥兒卻也沒幾個聽她說話，大都目不轉睛地看著那綠水映上天際的美麗極光。

「現在大家就地解散吧，要睡、要玩都隨便。」若雨這句話，大夥兒倒是聽得一清二楚，一陣歡呼，精怪們紛紛跳入綠水，嬉鬧起來。

癩蝦蟆領著大夥兒去吃香甜果子，呱呱叫了幾聲，直嚷著要是小海蛙也來，那該有多好。

老樹精順著綠水往上走，又來到了燭台水，一棵棵火焰樹燃得光亮耀眼，各種顏色的火焰樹互相輝映。

老樹精見那火不燙人，便又和前次一樣，摘下幾片燃燒著的葉子往頭上插，越插越是開心，將一頭枯木插得密密麻麻，活像棵小株的火焰樹。隨後來到的精怪們見了，瘋狂大笑了好一陣。

幾個野山神見了這洞天美景，也看得目瞪口呆，直嚷著不回凡間了。

獅子、老虎等沒見過這般風景，雖然不懂得欣賞，卻也覺得十分舒服。小狂迎著風滑翔，牙仔在燭台水撲跳著一片片落下來的葉子，鐵頭猛踩著花，見那花群讓自己踩得散出了亮螢螢的光粉，也覺得十分有趣。

□

「在哪兒呢？」阿關閉著眼睛，專心感應。

他領著千里眼、順風耳循著飛蜓竄逃的方向找，找了許久，都找不著。

由於是密林，千里眼看不遠，順風耳也聽不出什麼。阿關便專心感應，但卻也十分紛亂，只覺得飛蜓的氣息已然消失。

找了許久，阿關在一棵樹前靠著，打起了哈欠。眼看天色已經微明，不由得有些氣餒，心想難道自己真的什麼事也做不成。

此時，白石寶塔動了動，阿泰跳了出來，急急說著：「后土娘娘傳符給我，說十天之後，主營就要大舉進攻洞天！」

「什麼？」阿關連忙問著，阿泰仔仔細細將后土一番話說了明白。

原來斗姆灰頭土臉地回到雪山主營，將洞天毛禹、阿老的話加油添醋講了一番，又說那紅耳如何囂張，打傷了她手下七星，還將午伊手下飛蜓也打得跑不見了。

后土吸了口氣想要說話，玉帝卻伸手阻了后土。本來玉帝對后土的意見十分敬重，但洞天精怪不將神仙放在眼裡這等情形，玉帝卻如何也無法忍受了。

斗姆接著又說到阿關，眾神們一聽阿關也去湊了一腳，只起著鬨：「這些邪魔餘孽全連成一氣，和我們作對！」「看來太上師尊也站在他們那邊！」「我說或許是那小歲星挾持了太上師尊。」大夥兒你一言我一語，全都臉色猙獰，恨不得立時殺進洞天，全部殺光。

獄羅神本來不發一語，此時開了口說：「玉帝，此時可別亂了陣腳，再等十日，等我將魔界大軍全調上凡間，屆時揮軍洞天，看看那洞天第一勇士和我手下幾個大將哪個厲害。」

斗姆急著想要報仇，氣呼呼地說：「何須如此麻煩，我領雷祖、太陰同去，再帶著二郎、太子，那洞天紅耳哪敵得過二郎、太子？」

會議室一角，兩將一坐一站，站著的是太子爺。太子爺渾身黑紫，雙手交叉胸前，已不若以往那般癡傻，卻是靜靜的，臉色冰冷如同石雕。

坐著的是二郎，二郎臉色消瘦蒼白，不發一語，閉著雙目，額上那豎眼半睜，渾濁紅褐、黯淡無光。

后土知道玉帝心意已決，再勸無用，便找著機會，以符令將此情形通知阿泰。

阿泰繼續說著：「后土娘娘說，要你南下，找著太歲爺，提醒他，千萬不要趁著主營揮軍洞天時，去福地劫鼎。」

「什麼？」阿關愕然問：「要我去找太歲爺？」

阿泰氣憤地說：「你那前保姆想出了個計謀，說是出兵洞天時一定要大張旗鼓，故意讓太歲爺和辰星以為主營兵力空虛，騙他們去福地劫鼎。實際上卻在福地設下機關，安排伏兵，正好藉此機會將太歲爺他們一網打盡！」

「啊呀，這可不好……」阿關有些驚訝。心想辰星做事果敢自負，要是知道主營大攻洞天，絕不會放過這大好機會，必定要上當了。上次太歲受擒，慘遭斷手、放血、縫眼，此次要是再度受擒，落在那斗姆手上，可要被生吞活剝了。

「怎麼辦？」阿關猶豫半晌，終於做出決定。「飛蜓找不到，先去找太歲爺吧！」

就在阿關和阿泰討論的同一時間，洞天壁前幾隻精怪仍然專心把守，有隻直嚷肚子餓，說是要找同伴換班了，自顧自地唸咒開了壁門，往通道走去，邊走，還邊揉著肚子。

那精怪走到了通道那端，又打開壁門，卻沒發覺身後一隻紅色蜻蜓穿過了他頭頂上，飛進了洞天壺形谷口。

73 紅蜻蜓

洞天的早晨依舊清朗幽靜，自凡間而來的精怪大都睡在草地上。小猴兒則掛在一棵果樹上睡著，手裡還抓著一顆果子。

寒彩洞前的銀色大潭上有千隻蝴蝶飛舞，一旁林間空地，翩翩正與若雨比劃過招。若雨揮動鐮刀攻勢甚急，翩翩舞動雙月不疾不徐接著。

翩翩青月壓住若雨鐮刀，靛月架上了若雨脖子，微微生氣地說：「紅雪，我說過，不要讓我！」

「我哪有？」若雨大聲叫著：「翩翩姊，我才沒有讓妳，昨天我讓妳雙月劃的口子還沒闔上呢，我拚命都來不及了，要是手下留情，腦袋可要不保了！」

「那好。」翩翩瞥向掛在樹上看好戲的青蜂兒。「蜂兒，你也下來，兩個打我一個。」

青蜂兒怔了怔，還沒回答，見翩翩光圈已經打來，只得飛身閃開。

「這不好吧……」青蜂兒苦笑著，卻不召出單刀。

翩翩皺眉催促：「快啊，時候不多了，若我能恢復以前身手，我們三個聯手，可要讓來犯的傢伙吃不完兜著走。」

翩翩本來便好強，更不願在此一戰中拖累大家。於是每日找若雨過招，起先若雨還輕鬆應戰，不出幾日已經漸漸吃不消。

此時青蜂兒和若雨聯手夾攻，翩翩又居了下風。青蜂兒單刀卻只守不攻，翩翩瞧在眼裡，知道青蜂兒仍然未出全力，有些惱怒，奮力一跳，卻忘了自己已不能飛，很快便往下落去，摔在一處大石上，跌了一大跤。

「要是我還有翅膀，剛剛可要飛到你身後，將光圈打在你後腦袋上了。」翩翩揉了揉臀部，這一跌跌得挺重。「凡人肉身實在笨重，摔起來可疼了，難怪阿關一天到晚老是嚷嚷喊疼……」

若雨一把拉起了翩翩，替她捏了捏頸子說：「翩翩姊，妳也別太過著急，要是練過頭，還沒開戰就受了傷，那怎麼行！」青蜂兒也在一旁點頭如搗蒜。

一陣香風拂來，一個漂亮婦人從水潭竄出，身穿素淨鵝黃色衣服，手裡捧著一疊白巾。

「是玉姨——」青蜂兒等轉頭見了這黃衣婦人，都向她點了點頭。

「翩翩來。」那叫作玉姨的婦人是銀白水潭裡的一條百年鯉魚精，翩翩的歲月燭便是玉姨送她的。

「這是我給妳縫的，披上它，妳又能飛了。」玉姨柔柔說著，將手上那白巾往翩翩頸上一掛。

「啊！」翩翩只覺得身子一輕，竟就要浮了起來，趕緊抓了白巾，脫下頸子，這才落地。

翩翩仔細一看，那白巾上竟隱約可見布滿了蝴蝶翅膀形狀的紋路。

「這是洞天許多小蝶兒送妳的禮物，他們脫去了自己翅膀，讓我縫成這條『千羽』白巾。

妳好好練習數日，便又能飛了。」玉姨柔聲說著。

翩翩十分感激，向玉姨道了好幾次謝。

若雨在一旁起鬨：「玉姨真偏心吶，許多年前我向妳要一雙防火手套，妳就是不做給我，卻給了翩翩姊一盞千年不滅火。現在又縫了飛天白巾給她，我向妳要的防火手套呢？」

「當然沒有。」玉姨呵呵笑著說：「妳要那防火手套，是要去鳳凰谷偷蛋，我早就知道了，當然不做給妳。倒是編了件草戰袍，是要給飛蜓的，他小時候一天到晚吵著要一襲漂亮戰袍，我前些時日想起來，便做給他了。他現在如何？怎麼沒和你們一同來呢？」

「果真偏心！」若雨氣鼓了嘴巴。

青蜂兒苦笑回答：「飛蜓哥……他出了些事，小歲星大人去找他了，或者不久就要來了。」

才說至此，潭外一群精怪擁了過來，大吼大叫著：「闖進來了、闖進來了！」

翩翩、若雨、青蜂兒盡皆駭然，想不到神仙這麼快攻來。

「不……不是神仙大軍……」只見那精怪怪叫怪嚷：「是那紅蜻蜓兒！」

「什麼？」若雨急問著。

前來通報的精怪嚷嚷：「是那紅蜻蜓！他不知如何闖了進來，從壺形谷口打上了黃板台，他四處亂竄，紅耳大哥抓他不著！」

翩翩等聽只是飛蜓一個，鬆了口氣，卻又覺得奇怪，阿關明說了要找飛蜓，卻沒有消息，反倒讓飛蜓溜進了洞天。

翩翩披上了千羽，身子緩緩浮起，急著想要往黃板台飛去，卻搖搖晃晃無法隨心控制。

「翩翩姊，妳別急，我們先去看看！」若雨和青蜂兒迅速飛昇，往黃板台古木碉堡飛去。

若雨和青蜂兒飛過洞天平原，進了碉堡，只聽得裡頭鬧哄哄的，有些精怪頭破血流地跑來。

「飛蜓在哪兒？」若雨拉住了一隻精怪問他。

那精怪是自發性的義勇軍，摀著不停流血的額頭，驚慌嚷著：「不知道呀，碉堡頭四通八達，那臭蜻蜓飛得好快，四處搗亂！」

「狹長道、黃板台上的守軍怎會讓飛蜓獨自闖過？」若雨問。

精怪回答：「臭蜻蜓闖入壺形口時，就已現了身，打傷了好多精怪，直嚷著要挑戰紅耳大哥。紅耳大哥一聽是臭蜻蜓，趕緊帶著大夥兒出去，但那蜻蜓已飛進了狹長道。本來幾隻鳳凰要放火燒他，長道壁上的夥伴也搭起了弓，黃板台上的一批衛隊都準備好了要抓他，但是紅耳大哥怕傷著了那蜻蜓，直叫大家別動手。」

「只這麼一緩，那蜻蜓速度好快，一溜煙竄出了狹長道，飛越黃板台守軍。紅耳大哥力大，卻不像那臭蜻蜓那樣會飛，要抓他已經來不及，讓他打翻了幾個夥伴，闖進古木碉堡！」

「碉堡要唸咒才進得來不是？」若雨急問。

「當時咱們幾個夥伴才要出來，樹門都沒閉上，那蜻蜓已經竄了進來，在裡頭四處飛，抓也抓不著！」那精怪這麼說。

「紅雪姊姊，別問了，趕緊分頭去找，找著了飛蜓便通知大家。」青蜂兒邊說，已掉頭往身後的碉堡甬道飛去。若雨也趕緊往另一個方向而去。

只找了數分鐘，若雨便暗暗叫苦，儘管她能感覺得到飛蜓身上的氣息，但碉堡裡四通八達的甬道反倒成了阻礙，有時感到飛蜓便在十幾尺之外，但前頭的甬道卻偏偏拐向另一方。

若雨急急找著，卻聽見青蜂兒在甬道另一端大叫：「飛蜓哥——」

順著青蜂兒叫嚷聲趕去，只見到青蜂兒推開了壁牆，往溜梯口竄出。

若雨直覺不妙，知道要是讓飛蜓逃離這古木碉堡，跑到洞天大平原上，可更難抓了。

正想到此，若雨也跟著鑽出了那溜梯口，果然見到飛蜓遠遠飛上了洞天平原，青蜂兒死跟在後。

飛蜓狂飛著，卻讓較晚趕來的翩翩攔住，在空中打了起來。

飛蜓手上拿著一支木桿子長矛，矛頭是石刃，想來是在碉堡中從精怪手上搶來的；那支讓紅耳扭彎的紅槍，卻讓他找了回來，套在頸子上。

翩翩一刀砍斷了飛蜓手上的木矛，飛蜓怪喝一聲，幾道風打去。翩翩尚不熟悉千羽巾的飛行方法，狼狽避開，讓這股風吹得摔落在地，所幸洞天草地柔軟，摔進草中像摔上軟墊一般。

翩翩正要掙起，那飛蜓已經飛遠，就連快速飛來的若雨和青蜂兒，也漸漸追不上。

「糟糕，趕不上他！」青蜂兒叫著：「本來翩翩姊應當比飛蜓哥更快，但現在翩翩姊沒了翅膀，成了凡人，我和紅雪都沒他快啦！」

若雨拍著頭說：「他一定躲回黃金池了！」

黃金池附近的花叢草堆，是飛蜓兒時住所。

「不，也有可能在神木林。」青蜂兒搖頭說：「飛蜓哥以前有一陣子時常帶著我和象子上神木林找花螂打架。我們在那兒的大樹上蓋了一間小屋，作爲挑戰花螂、七海、鉞鎔的祕密據點。」

「有這種事？」翩翩和若雨有些驚訝說：「以前都沒聽你們提過。」

青蜂兒苦笑：「我們小時候貪玩，做出的怪事可多著了，長大了還提來做什麼？」

「我們先去神木林找他，三路包夾，非抓到他不可！」若雨搶先飛起，翩翩、青蜂兒跟在後頭。

不出一會兒，已來到神木林，爲免打草驚蛇，翩翩等都在身上施了隱靈咒。

青蜂兒循著兒時記憶找著，找了許久，往一棵參天大樹飛上，果然感到了飛蜓的氣息在樹間瀰漫。

「就是那小屋……」隨著青蜂兒指的方向看去，翩翩和若雨果然見著了一間用木頭搭成的小屋，裡頭傳出了飛蜓的說話聲。

「老頭！借我……幾根稱手棍棒……我……要做武器用……」飛蜓的聲音斷斷續續。

只聽見小屋中傳來了應答聲：「咦？這不是小蜻蜓嗎？怎麼這麼久沒見到你了？你上哪兒去了呢？那胖娃兒，和小蜂兒也來了嗎？」

若雨和翩翩怔了怔地問：「裡頭還有誰？」

青蜂兒低聲答著：「是那棵大樹在說話，當年我們砍下他身上枝幹來做小屋，他也不在意，只顧著和咱們說話。他說他還未修煉成氣候，不能變化身形，也不能走動，只能說話而已。」

青蜂兒解釋著，飛蜓的聲音更大了：「囉唆！問那麼多幹嘛……快給我棍棒吶……我要做兵器……去打紅耳！」

大樹哈哈地笑說：「這麼久沒見，小蜻蜓還是這樣急躁，老傢伙身上什麼沒有，木頭最多，你隨手折就是囉……但你打紅耳做啥？他是洞天的大英雄、大勇士吶！」

「放屁！」飛蜓咆哮著：「我才是洞天第一勇士——」

大樹咦了一聲說：「那花螂呢？那七海呢？那鉞鎔呢？他們都不和你爭第一勇士了嗎？」

「是啊……花螂上哪兒去了？鉞鎔和七海……」飛蜓默了半晌，似乎在回憶著什麼。

「誰知道，說不定便在附近，我要去打他們！」飛蜓想了半晌，想不出頭緒，脾氣又上來了。

大樹開口說：「啊呀，我記起來了，你不是去當神仙了？花螂、鉞鎔、七海也做神仙去了不是？那胖娃兒、小蜂兒也做神仙去了不是？」

「神仙……什麼神仙？」飛蜓怔怔想著，似乎已經忘了許多事，他歪著頭費力回想，喃喃自語：「象子跟青蜂兒許久沒見到他們，想必是投靠花螂，要跟我作對，那兩個可惡的叛徒……還有……還有……蝴蝶翩翩、瓢蟲紅雪、紡織娘秋草……她們都投靠花螂……不，也可能投靠七海去了，全都是叛徒、混蛋！我要一一殺了她們！哈哈！還有那……那……不知道是什麼精，拿了柄短劍的混蛋小子……全都……」

翩翩等相顧苦笑，心想飛蜓只經過一晚，神智卻已大大退化，或許和脫離了黃靈、午伊操弄，惡念在體內不受控制地蔓延有關。

青蜂兒紅了眼眶，知道飛蜓此時已經忘了花螂在遷鼎一役中戰死；七海讓眾神抓了，此時大概也成了主營大將；鉞鎔則在辰星身邊，是生是死，也不得而知。

「他現在迷迷糊糊，手上又無兵器，不如我們一起上，將他綁了，以免生事。」若雨提議。

翩翩點點頭，同意若雨的說法，正要發難。

「等等……」青蜂兒突然提議說：「飛蜓大哥……也只是想當勇士而已，何不……何不……順他的意？」

「你是說？」若雨不解問著。

「有道理！」翩翩已然明白，接著青蜂兒的話說：「飛蜓似乎忘了許多事，不如我們……如此這般……」

若雨和青蜂兒按照著翩翩的吩咐，各自開始準備。半晌之後，飛蜓仍和老神木瑣碎說著話，青蜂兒已經恭恭敬敬捧著一堆果子，嘻嘻笑著飛到了木屋門外，朝裡頭說話：「飛蜓大哥！」

飛蜓聽見青蜂兒的聲音自小屋外響起，驚得飛彈起身，捏緊了拳頭，瞪著外頭。

「你是誰？膽敢闖入我的地盤！」飛蜓暴喝，伸手往背後摸去，但以往慣用的長槍已成了個橢圓圈圈。飛蜓又怔了怔，似乎還記得長槍讓紅耳折彎了，只氣得直跳腳，隨手從小屋牆上拿了柄木頭大斧，那是以前好玩做的。

「飛蜓大哥，我是蜂兒啊，你忘了我嗎？」青蜂兒儘管害怕，還是笑嘻嘻地說：「你不是要慶祝嗎？」

「喔，是蜂兒……」飛蜓怔了怔，問：「慶祝什麼？」

「我是紅雪妹子啦！」若雨也從一旁探出頭來說：「你上次將七海摔進了大水潭裡，拿下洞天第一勇士的頭銜，我們是來祝賀你的！」

「什麼……？」飛蜓滿臉狐疑，卻又似乎記得眞有此事。

原來飛蜓等一干男孩蟲精，以往時常在大水潭邊摔角，爭那第一勇士，誰打贏了，便當一天勇士。幾個大男孩誰也不讓誰，大夥兒實力也不分軒輊，一天的第一勇士時常輪流做，飛蜓便當過好多次。

有次，飛蜓特別來勁，打敗了花螂，又一鼓作氣打翻了鉞鎔和七海，還將七海壓在水裡踩了好幾腳。

那次大勝，印象自然深刻，此時若雨和翩翩加油添醋，特別強調這經過，飛蜓也依稀記得眞有此事。

「原來我早就是第一勇士了，怎麼會不記得？」飛蜓摸了摸下巴，有些得意地說：「那麼，從現在開始，你們幾個便當我的手下吧，還是你們想做那花螂的手下？」

「何止我們，你是第一勇士，整個洞天當然都歸你管。」若雨胡吹亂捧，不禁說過了頭，翩翩偷偷輕拍了拍她，若雨這才閉口。

「原來如此！」飛蜓大笑說：「那我是眞正的第一勇士了，是洞天大王吶，本該如此，哈哈——」

「就是這樣子，大王！」青蜂兒順著飛蜓的意說：「花螂、七海早已逃之夭夭了，紅耳大哥也是你的手下，領了一千衛隊保護你吶！」

「紅耳弄壞了我寶貝紅槍！」飛蜓一聽紅耳，恨得眼睛都要噴出火來，憤恨地說：「將他抓來，我要殺了他！」

「這……」青蜂兒見自己說錯了話，引得飛蜓發怒，嚇得不知如何是好。

翩翩趕緊插口說：「紅耳那笨蛋……他也深深自責，為了將功折罪，他要去幫你殺大仇人啦！」

「大仇人？是誰？」飛蜓哼了哼說：「還要他多事，大仇人我不會自己殺？」

「斗姆。」翩翩這麼說：「是斗姆，你還記得她曾說，你是沒教養的臭蜻蜓，將你吊了起來，打了三天嗎？」

「原來是那個賤貨——」飛蜓一聽，又大怒了。

天庭自然不似洞天逍遙自在，飛蜓剛上天庭之初，只是個毛頭少年，不習慣天庭規矩，時常惹禍，但終究是太歲手下，眾神便也都讓著他。有次得罪了斗姆，斗姆那時雖然沒現在那樣壞，卻也不賣太歲面子，把飛蜓好好罵了一頓，賞了他幾巴掌。

但將飛蜓吊著打了三天的，卻不是斗姆，而是太歲爺，自然也是因飛蜓其他頑皮瑣事。只是翩翩此時移花接木，將一干雜七雜八的往事全推到斗姆頭上。

「喝——我記起了，那賤婆子還將我關在小房中好幾天，還教人來嘲笑我，從小窗中用石子扔我！」飛蜓憤然大罵著：「是不是有這一回事？」

「是啊……」翩翩等異口同聲應著，不免覺得好笑。

原來被關在小房中好幾天的卻是鉞鎔，鉞鎔偷吃了宴席上的水果，讓辰星關在黑漆漆的小屋中好多天。而那偷扔石子的不是別人，正是飛蜓自己。當時他和花螂等幸災樂禍，趁著鉞鎔被關，不但偷扔石子，還拿竹箭往小屋裡射，將鉞鎔整得哭了，他們便在外頭哈哈大笑。

但便因為如此，飛蜓也特別印象深刻，在翩翩、若雨胡說誘導之下，將這件事的受害者當成是自己了。

「確實可恨，我非得殺了斗姆不可！」飛蜓問著：「那麼，你們可知道當時是誰在外頭扔石子的？」

「是黃靈跟午伊——」若雨嘿嘿笑著說。

「黃靈？」飛蜓怔了怔，大聲駁斥：「胡說，黃靈是我好朋友，怎麼會用石子扔我？你們這些賊傢伙想挑撥離間？」

若雨嚇了一跳，沒想到飛蜓仍記得黃靈給他的好處，立時改口：「是我腦筋不好，記錯了，大王，不是黃靈吶，是巨門、破軍他們！」

「那不就是北斗七星他們，那賤人的手下！」飛蜓一聽又是斗姆那一票傢伙，氣得眼睛都要噴出火來了。

「就是他們囉。」若雨將一串花冠戴在飛蜓頭上，說：「不說這些生氣事了，這是大家特地爲我們洞天大勇士做的！」

翩翩也拿了幾個果子，湊上飛蜓的口，餵他吃著果子；青蜂兒和若雨，則替飛蜓搥起了背，捏著肩頸。

飛蜓在小屋中木椅坐著，得意張嘴，咬著翩翩餵他的果子，不禁有些飄飄然。

「你們又在玩什麼遊戲，怎麼我都聽不懂呢？」大樹此時才開口，卻讓翩翩、若雨等連聲喝住。

「事實上，斗姆便要來打我們了……」翩翩幽幽地說。

「什麼？」飛蜓一聽又是斗姆，眼睛再度發出了怒意。

翩翩和若雨互相打著眼色，一搭一唱將洞天即將面臨的大戰，說成是斗姆帶著千軍萬馬，要來洞天找飛蜓麻煩了。

「有第一勇士在此，教那賤婆子手下七星來一隻死一隻，來一雙死一雙！」飛蜓大喝著，站了起來，身上鎧甲閃亮耀眼，氣勢非凡。

74 邪八仙

「哇呀——你不是那順德嗎？」癩蝦蟆呱呱尖叫著，指著眼前那黑黝黝的枯瘦老傢伙。

精怪們仔細看了看，果然見到順德大帝呆怔怔地混在幾隻精怪後頭，抱著膝蓋坐在燭台水畔，和大家一起準備看那火焰樹燃火。

「對啊，這是順德吶，都認不出他了！」「你是如何進來洞天的？」「你要暗算阿關大人？」精怪們一陣騷動，一下子都離那順德好遠。

兩個山神登時捏緊了拳頭，撲向順德。

順德也不閃避，任那兩個山神將他撲倒，只是連連搖手說：「我……昨晚便和大家一同出了寶塔……入了洞天的……」

「什麼？」綠眼狐狸不敢大意，緊盯著順德，深怕他突然使壞，喝問：「你不是給鎖在白石寶塔裡的大牢中，怎能夠出來的？」

順德苦苦地說：「我照實說……那牢鎖不怎麼牢靠，昨晚我在裡頭，昏沉沉地爬起，只覺得奇怪怎會給困在牢裡，使力弄壞了鎖，一邊躲藏著塔裡精怪，一邊想法子逃出來……」

幾個山神將順德壓在地上，順德模樣看來憔悴恍惚，緩緩解釋著。大夥兒騷動起來，都說要揍他，有些扔起石頭，還砸著了靠順德較近的精怪，又是一陣吵鬧。

「別吵！」綠眼狐狸喝斥著：「聽他好好說——」

大家這才靜下，聽那順德說。原來順德連日來讓阿關捉惡念，由於他身上惡念十分多，阿關也毫不留情，每次都是卯足了全力捉拿，因此順德每日受盡煎熬，神智始終模模糊糊。

昨晚醒了，恍惚之中破壞牢門門鎖，溜出了大牢，本來只想找機會逃脫出去，心中卻十分混亂。他讓阿關驅出了身上所有惡念，卻記得一切事情，知道自己曾經做過什麼，曉得自己的目標，曉得自己還要稱帝；但此時心中混亂不堪，像是用盡一切手段搶來了美味大餐，卻又突然沒了胃口。

他回想著過往種種，看著四周本來應當是敵人的陣營，心中除了混亂，什麼也無法想。直到塔裡精怪、山神，全隨著塔外阿關號令往塔頂跑，跳出塔外廝殺，躲在暗處的順德，恍神之際，便也跟著大夥兒跳出了寶塔，摻雜在眾精怪當中，看著雙方大戰。

順德惡念去盡後，眼也不紅了、獠牙也沒了，身上的氣息更截然不同；加上一干精怪、山神相處時日並不久，大都十分陌生，在漆黑夜色下，誰也沒有發現大夥兒中多了個順德。

本來他大可趁亂逃跑，但又不知自己該不該逃，迷迷糊糊地隨著大家進了洞天。看了一晚上星光、吹了一早上的晨風、吃了幾顆果子，心中茫茫然的，不停回憶著過去數個月來所作所為，此時卻讓眼尖的癩蝦蟆瞧見，大聲指了出來。

「有這種事……」綠眼狐狸看向幾個山神。「那現在該如何處置他？」

「當然是宰了，他殺了我好多同伴！」「關起來、關起來，不能再讓他跑了！」「這種壞傢伙，斬了吧！」

精怪們騷動著，大家爭相發表意見，翩翩和若雨也收到了其他精怪通報而匆忙趕來。

「眞的是順德——」翩翩瞪大了眼睛，不敢置信。

綠眼狐狸也簡單將順德受縛的經過說明了一番。

翩翩聽完，默然不語，並不再看那順德，只是淡淡地說：「既已驅出惡念，便也無害了，老君爺爺如此吩咐，自然有他的道理。」

「什麼！」「怎能放了他，要他爲自己的作爲付出代價！」精怪們一聽，都騷動起來。

「別吵——」綠眼狐狸儘管也恨順德，但終究穩重了些，明白順德處境，加上老子親口吩咐，自然有其用意。眼見一干新精怪們不知分寸，只得板起臉來，大聲訓斥說：「你們瞎起什麼鬨，這順德以前作惡多端，那卻也是惡念使然。收了順德是太上老君的意思，三清老子地位何其崇高，會如此吩咐，必有他的用意，你們有什麼意見，怎不和老君爺爺說、不和阿關大人說？在洞天仙子前撒野，不怕樹神婆婆將你們攆出去？」

綠眼狐狸搬出了洞天樹神，精怪們這才安靜下來，倒眞怕讓樹神攆出這美麗洞天。

「可是……這順德害得翩翩仙子好慘吶……」癩蝦蟆呱呱了兩聲，喃喃抱怨著。

「那都過去了。」翩翩淡然說著：「我的綠毒已經好了，變成凡人也算歪打正著，本來……便也是這樣安排的。現在重要的是要大夥兒齊心，去對付咱們共同的敵人。要是他願和咱們同在一線，便安排個事給他做；要是他另有計畫，便讓老君爺爺來發落吧。」

眾精怪你看看我、我看看你，猶自交頭接耳，順德全身發顫，猛一跪下。

「蝶兒仙好大量……」順德一聲淒厲哭嚎，大力地連磕了好幾個響頭，哽咽地說：「我知自己過去作爲……已不配爲正神……我不會逃跑，大夥兒有什麼事，都吩咐我去做……順德一條小命能做到的，絕不說第二句話……」

幾個山神互看了看，鬆開了手，任那順德撲倒在地。

此時火焰樹已一棵棵冒出了光火，精怪們見報仇無望，便也不再理睬順德，有些看起焰火，有些三五成群聊著，暗暗抱怨著，說那順德的不是。

翩翩等和若雨看了順德幾眼，便也走了，她們還得張羅洞天大王飛蜓的晚餐伙食，並將飛蜓情形告知樹神和其他長老。

順德臥在地上，獨手撐著身子，看著火焰樹燦爛光火，淚流滿面，久久不能言語。

□

「有這種事？」阿關接到了翩翩的符令，才知道順德在洞天裡，做起大夥兒的小跟班了。這是阿關動身去找飛蜓的第三天，本來遍尋不著飛蜓，加上又搞丟了順德，情緒相當低落，直到收到了翩翩符令，這才又振作了些。

「我們收到了后土的情報，有要事要去通報太歲爺，現在人已在中部，剛剛發現了個傢伙，要順便去找他麻煩。飛蜓狀況如何？」阿關燃了符令問著翩翩，不忘補充：「這是我身上最後一張符令了！」

翩翩的聲音回傳：「你放心，洞天情形很好，我們將飛蜓唬得一愣一愣，樹神婆婆、紅耳大哥也都了解情形，配合得天衣無縫。你顧好自己行了，別莽莽撞撞……」

翩翩又提醒了一番，還沒說完，符令效力已無，光芒漸漸褪去。

「好了！」阿關揮了揮手說：「大夥兒出發吧，那傢伙現在如何？」

佇立樹頭的千里眼低聲說著：「他仍發呆，像個石雕像似地枯坐好久，不知到底在看什麼？」

一旁的順風耳也說：「我聽他喃喃地唸，不知道在唸些什麼，不停重複著什麼『要去救雨兒』什麼來著……」

「他們分散了？碰到麻煩了？」阿關正遲疑著，便讓老六、老七架了起來，往樹上飛去。攀上了樹，往千里眼指的方向看去，只見到很遠很遠那山頭崖邊，佇了個小小人影。

隔這麼遠自然看不清楚，但他知道，是風伯。

昨夜一晚亂走，騎著石火輪一路找到了中部。雖然遍尋不著飛蜓，卻感應到了這奇怪氣息，在千里眼、順風耳協助之下，很快知道這傢伙是風伯。

阿關等跟蹤了一夜，來到山郊處。那風伯在山崖邊發著愣，久久沒有動靜，阿關本想將其和雨師一舉擒下，像收順德那樣收了他倆。

但此時卻從風伯不時喃喃自語得知，風伯和雨師似乎遇上了什麼麻煩，這對焦不離孟、孟不離焦的好哥兒們竟走散了。

「我們幾個加起來，打不打得過他？」阿關這麼問著。

老六、老七聳聳肩答：「應當可以。」

千里眼卻有些遲疑地說：「兩位王公，你等久居人間，非天庭正神，不知那風伯可是厲害角色。他可比飛蜓還要厲害，要是加上雨師，可得要五星大神才抵得過。」

「這種時候，大夥兒都在努力，哪一場仗不危險？我們當然也得拚了，抓幾個厲害幫手回去，才對得起夥伴吶……」阿關喃喃自語，猶自打著主意。「若是偷襲呢？我騎石火輪出其不意地偷襲，殺他個措手不及，你們從寶塔出來突襲，只要讓我抓到了他，就放電電他。」

「這……」千里眼仍猶豫著，順風耳又叫了起來：「又有個傢伙在嚷嚷……」

「誰在嚷嚷？」大夥兒不解問著，只見順風耳示意要大家安靜。靜靜聽了一會兒，這才開口說：「聽不出是誰，只聽那傢伙一直叫嚷『好冷、好冷、你們這些壞傢伙……』，附近好像還有其他傢伙，他們似乎起了爭執。」

「是寒單爺！」阿關有些驚喜，想不出除了寒單爺，還有哪個傢伙會一直喊冷了。

「寒單爺怎麼會在這兒呢？」阿關正奇怪著，想起了當時劫囚時，月霜炸開了主營大牢，寒單爺、順德等都是趁當時逃出來的。

「有寒單爺，便有有應公，他們兩個也是好兄弟，身手不在王公之下，要是我們能夠先逮了他倆，驅了他們身上惡念，一同對付風伯，勝算便大上更多啦！」阿關一下子精神許多。

順風耳指了個方向，急促說著：「不好，我還聽見爭鬥聲，寒單不知和誰打了起來……」

「快去看看！」阿關急急跳下了樹，眾神也隨即進了寶塔。阿關騎著石火輪，往順風耳指的方向竄去。

不出一會兒，遠遠便聽見寒單爺的叫嚷。

「又來找我麻煩——」寒單爺狂吼著，全身是血，一條胳臂直直垂著，像是受了傷；另一手握著殘破彎刀，那彎刀上滿是破口，砍得都鈍了，似乎經歷數次惡戰。

三個鬼魅身影圍在寒單爺前後，不時出手攻擊。

「你便降了吧……」一個衣衫藍縷的少年，身上掛滿符籙、鈴鐺等花花綠綠的奇異吊飾；他拿了個竹籃，伸手在裡頭掏著，手一揚便撒出一隻隻蜈蚣、螳螂。

「哇——壞傢伙！」寒單爺怪吼怪叫，鼓著嘴巴猛吹，噴出幾口紅煙，將蜈蚣、螳螂吹散。

又一名瘦小老頭，穿著一身灰袍，拿了支毛筆和一本破簿，抓著筆在簿上畫著。不一會兒，瘦小老頭將畫好的紙撕下，在手裡一捏，冒出了青煙，幻化出一隻三頭狼。

三頭狼朝寒單爺狠狠撲去。

而寒單爺正專心對付著眼前一名美貌婦人。婦人身穿彩衣，粉臉紅眼，紫色嘴唇不時吹出妖異煙雲，笑吟吟地朝寒單爺吹風。

「好臭、好臭！」寒單爺左閃右避，大嚷大叫躲著那些風霧，卻讓後頭撲來的三頭狼咬個正著。

「啊呀——」寒單爺腿上吃痛，那三頭狼咬得緊，任憑寒單爺拿刀亂斬，死也不放。

「哈哈。」瘦小老頭見寒單爺中招，拍手笑著，拿著毛筆亂畫，撕下一揉，又是一隻三頭狼跳出紙團。

那提籃少年張口笑著：「老頭，就只會畫這怪物，畫點別的來瞧瞧！」

瘦小老頭哼了哼：「小鬼，你呢？只會扔蜈蚣、螳螂，籃子裡沒別的了？」

「誰說的？」少年哈哈一聲，抓了一把東西亂撒，撒出一片大蜘蛛，每隻竟都有公雞那樣大。

「壞傢伙好壞吶——」寒單爺哇哇大叫，讓那些大蜘蛛嚇得連連後退。

美艷婦人叫著：「我說寒單兄吶，你便降了吧，免得活受罪！」

「放屁、放屁，有種殺了我！」寒單爺怒罵著，好不容易將咬著他腿的三頭狼斬死，兩隻三頭狼和十幾隻大蜘蛛已經左右撲了上來。

幾道白焰打來，打爆了幾隻蜘蛛。寒單爺往後一跳，一刀將那三頭狼斬落了兩顆頭。

三個鬼魅邪神嚇了一跳，只見阿關騎著石火輪從山郊上坡竄來，左右還跟了兩個凶惡漢子。

「你們是誰？」美艷婦人驚訝問著。

「這是何仙姑！原來是八仙他們！」千里眼和順風耳也從寶塔裡跳了出來，驚訝嚷著：

「哎呀！咱們惹上了太陰娘娘一路啦——」

「八仙？太陰？」阿關沒想太多，隨便應了幾聲，已經拿著鬼哭劍刺向那提籃少年。

少年伸手在籃裡亂抓，抓出一把黑忽忽的東西，往天上一撒，又是一片公雞大小的巨大黑蜘蛛。

「哇！」阿關連忙後退，老六、老七則領著十八，和那瘦小老頭、美艷婦人戰了起來。

「那小乞丐是藍采和、老的是張果老、女的是何仙姑，他們是八仙！」千里眼在旁說明。

「你們打哪來的？為什麼幫我？」寒單爺怪叫怪嚷。

「我是你的朋友吶，來幫你打壞傢伙的！你那有應兄弟呢？」阿關知道寒單爺瘋癲，沒空解釋，便隨口搪塞。同時連連放出白焰，去打那少年撒出來的大蜘蛛。

張果老和何仙姑不擅近戰，讓兩王公連連逼退。張果老左閃右避，總算在簿上畫了一張，連忙撕下，又變出一隻三頭狼。

緊隨老七身後那忠犬十八，此時縱身攔住那三頭狼，一聲大吼，一口咬掉了三頭狼的一顆頭。三頭狼掙扎倒地，又變化回原來那張紙。

阿關寶塔一震，山神大寶也拿著狼牙棒跳出，加入戰局。

「讓我來、讓我來！」寒單爺提著彎刀再度參戰。

何仙姑眼見不敵，大聲喚著另外兩仙：「這些傢伙凶惡得很，打不過啦，快退，去找李大哥他們來助陣！」

藍采和又撒出一把密密麻麻的大蜘蛛，把那大寶和寒單爺都嚇得連連後退。

突然寶塔又一震動，跳出來的卻是阿泰。阿泰雙手各捏了一把符，大聲唸起了咒語。

「阿泰，你出來幹嘛，快回寶塔裡，這兒都是厲害神仙，不是尋常妖兵鬼卒！」阿關見阿泰竟搶到大寶和寒單爺的前頭，去擋那片蜘蛛陣，不由得急切大喊。

「去你的，乖乖看老子表演！」阿泰咒語唸畢，一聲大叫，手上捏著的黃符發出耀眼金光，成了一隻隻黃金大鷹。大鷹展開雙翅，四處飛擊，將那些蜘蛛全啄了個碎。

「什麼！」藍采和傻了眼，不敢置信，又朝著籃中掏摸，撒出一把蜈蚣。

只見阿泰雙手揮舞，指揮著那些大鷹突擊，一群蜈蚣還沒落地，在空中便都讓大鷹給扯得四裂了。

「這……豈有此理！這凡人竟會后土娘娘的法術，正是我的剋星吶！」藍采和驚叫著，縱身躍上空中，頭也不回飛了。

何仙姑也打了個轉，吐出一片妖風，趕緊逃了。

張果老才畫好一張紙，撕在手裡吹了口氣，化出一頭灰驢子。他老兒跳上了驢正要逃跑，忠犬十八已經撲上，咬住驢屁股不放，只聽得驢子亂嚎一陣，老六、老七已經圍了上來。

張果老才要往下跳，讓王公老七一把抓住了腳踝，朝地上狠狠一拽，砸得頭昏眼花。再回神時，大夥兒全擁了上來，七手八腳將他架了起來。

「把他綁了，抓進寶塔。」阿關下了命令，千里眼和順風耳緊張兮兮地四處張望，深怕太陰援兵來到。

「你是誰？爲何和我搶著打壞傢伙？我那有應兄弟呢？我那有應兄弟呢？」寒單爺聽阿關提起了有應公，突然便發了狂，伸手去抓阿關肩膀，卻讓阿關懷中突然伸出的大黑手一把抓住手腕。

阿關隨即握住寒單爺另一隻手，寒單爺正要大叫，幾道黑雷已經捲上了他身子，同時覺得腦袋轟隆隆響著，身上像是四處給鑽了洞，許多東西往外頭洩著。

寒單爺和三仙大戰後，體力本已不濟，突然吃了幾道黑雷，給電得癱軟倒下，連叫嚷也漸漸叫不出聲，只能發出喃喃罵著：「你也是……壞傢伙……說謊騙我……」

「寒單爺，抱歉了，上次沒能替你驅盡惡念，這麼久不見，你又忘了我啦。這次我可要一鼓作氣替你抓出惡念，會有點難受，你可得忍忍！」阿關知道寒單爺邪化之後性情古怪，情緒大起大落，有理也說不清，就算說清了，他也很快又忘了。此時逮著了這大好機會，便也不多廢話，先將他電得無力，驅盡體內惡念再說。

阿關一手還扣著寒單爺手腕，一手按上寒單爺腦袋，深吸了口氣，手一施力，將他身子裡的大量惡念一鼓作氣全抓了出來。讓鬼哭劍吃了一部分，吃不下的，全往遠處扔了。

「小歲星吶，我們快走，他們的幫手來了！」千里眼大嚷著，阿關聽了，更是鼓足全力，又抓了好幾次。直到寒單爺身上再也抓不出東西，這才放了手。

「啊呀！」阿關跳了跳，覺得屁股有刺痛感，回頭一看，竟是幾隻大鷹輪流啄他的屁股。

「阿關，看你還敢不敢瞧不起我！」阿泰鬼吼著，一隻手還不停劃圈，指揮著大鷹往阿關身上亂竄。

「是我不好，我服了你，泰哥現在可是狠角色啦！」阿關亂踢亂踹，驅趕著那些大鷹，和阿泰鬧了一會兒，這才將大夥兒全趕回寶塔。

阿關呼了口氣，看看雙手，覺得自己抓取惡念的技巧也進步不少。此時一口氣驅出寒單爺身上的惡念，卻也不像以往那樣疲累了。

他騎上石火輪，回頭看了幾眼，只見到天際幾個邪神已經吵吵鬧鬧地趕來，趕緊踩下踏板，竄進了樹林裡。

天上幾個影子落下，幾個邪神領著十來名天將。

藍采和大聲喊著：「明明就是這兒、就是這兒！剛剛在天上還見到那傢伙，怎麼一下子就跑不見了？」

何仙姑也說：「張果老不見了，一定給他們抓走了！」

「到底是誰？難道那瘋寒單除了小神有應之外，還有其他夥伴？」一個佇著鐵拐杖的老漢怒罵著，用那拐杖連連敲著地。

□

「發飆罵人的是鐵拐李。」千里眼看著，將見到的情形一五一十講了清楚。

阿關一夥此時在好遠之外的山上，靠著千里眼和順風耳，偷看那趕來救援的八仙急得跳腳的模樣。

由於距離甚遠，阿關只能遠遠看見小黑點，但一旁的千里眼和順風耳輪流說明，也令他彷彿身歷其境。

這頭，鐵拐李恨恨罵著：「王公？寒單爺怎麼會認識王公？何況他已邪化了，王公們不是北部地方神仙嗎？怎又會來這兒找我們麻煩？」

藍采和急忙解釋：「真的，還有隻大狗，不是王公是誰？對了，還有個少年，會發白火！」

何仙姑嚷嚷著：「還有千里眼、順風耳也跟著那少年！」

「千里眼、順風耳？聽說他們被派給了斗姆不是？咱們此時和斗姆，不應當是同一陣線嗎？他們來攪什麼局？」一個身穿錦服的大耳胖子好奇問著，是八仙中的鍾離權。

「不，不是斗姆！」另一個全身純白長衫，腰間掛了長劍，面貌清秀斯文的中年男人，打斷了鍾離權的話。

「騎兩輪車、放白火的少年，是那叛逃太歲。」白衫男子是呂洞賓，說話嗓音高亢尖細，動作像個女人，還恨恨跺了跺腳，嬌斥著：「可惡的叛將，此時來搗亂，氣死我了！哼！」

「呂洞賓是娘娘腔？」阿關狐疑問著，千里眼說得肯定，便連順風耳都點頭附和說：「呂洞賓一直如此，但以前他性情很好，待大家都和和氣氣，大家也都喜歡他，不覺得有什麼奇怪，卻不知道他現在性格變得如何了。」

阿關又問：「他們還說些什麼？」

順風耳答：「嗯……那鐵拐李發怒了，要大夥兒趕緊回據點，他們設下陷阱，說什麼……要捉那鬼王鍾馗。」

「什麼？」阿關聽了十分震驚，連連問著。

順風耳也將聽到的對話，和先前兩將在主營時所知情形，自個兒組織一遍，解釋給阿關聽。

原來這太陰受降之後，便一直暫時駐守中部。主營要大舉進攻魔界，太陰也收到命令，要向四方招募兵馬。中部精怪邪神幾番動盪，最顯著的兵馬莫過於那鬼王鍾馗和義民爺們了。

太陰擒了不少鍾馗手下鬼卒，都綁在一處地方，還設下陷阱，要誘那鍾馗去救，想將之一舉成擒。

「那可不行。」阿關聽了，連連搖頭說：「我們得去幫忙！」

千里眼、順風耳互看一眼，只覺得十分不妥。

千里眼說：「小歲星吶，這太陰可不好惹，手下八仙個個身懷異術，有攻有守、有智有勇。勾陳大敗之後，太陰和鎮星爺仍然對峙了許久，都未顯敗象，直到主營派了多路兵馬圍攻，太陰知道勾陳已死，這才降了。」

順風耳補充：「還有，你不是要先將后土一番話，帶給太歲爺和辰星爺？」

阿關想了想說：「這樣好了，你們先動身南下，找辰星會合，向月霜多要幾張傳話符令，我去找鬼王鍾馗。」

千里眼、順風耳有些驚愕地說：「這樣妥當嗎……？」

阿關點點頭說：「你們放心，我不會和太陰硬碰硬的，我只是要去提醒鍾馗大哥一聲，告訴他太陰抓了他手下，爲的是要設計他，抓他去充軍。他是個好鬼，我不能眼睜睜看他受害。你們兩個看得遠、聽得遠，應該能躲過所有伏兵，也能找著辰星、太歲爺。」

「快去、快去！」在阿關聲聲催促下，千里眼、順風耳只好硬著頭皮動身。

看了看天色，此時還是下午，離入夜還有許久，阿關便找了一處隱密林間，要大寶在外頭守著，自個兒進了寶塔，去看那寒單爺。

寒單爺仍昏睡著，老土豆拿了張毯子蓋在他身上，韭菜、小白菜等則七手八腳地替寒單爺揉捏四肢。

「寒單爺、寒單爺……」阿關搖了半晌都沒反應，急得喃喃自語：「糟糕，一下子操之過急，要是弄傷他就不好了……」

「還有另一個！」阿關想起了張果老，便在老六、老七的陪同下，往牢房走去。見到有間牢房緊閉著，這才想起裡頭關著的是赤三，還沒照老子吩咐將他放到外頭傳遞風聲。

阿關猶豫了半晌，只覺得現在還不是時候，便也不理睬他，而是在老土豆領導下，往張果老那牢房走去。

阿泰本來跟在後頭，見阿關要開牢門，拍了拍他，遞上一疊捆仙咒。

阿關接過捆仙咒，拿在手裡晃了兩下，回想著這不常使用的符咒用法，才在老六、老七的守護下，開門進了牢房。

儘管有鎖鍊鎖著，阿關仍不敢大意，捻了幾張捆仙咒唸咒。由於太久不曾使用這咒術，接連試了好幾次才放出光網，緊緊捆住了張果老。

有了先前經驗，阿關不敢一口氣抓出張果老身上惡念，生怕弄死了他，每抓一次便讓張果老休息一會兒，直到天色暗去，總算也將張果老體內惡念全抓了個乾乾淨淨。

「你們……究竟是誰，有什麼目的？」張果老臉色慘白，半晌說不出話，瞪著眼前滿頭大汗的阿關和王公。

老土豆插口：「八仙老張吶，你可能記不得我，但我卻認得你吶，我是土地神老土豆！」

「你們這些邪神……綁了我……如此折騰……究竟有何目的？」張果老隨著太陰久居

南天門，之後降了主營，只當自己惡念早已除盡，四處招兵是為了配合主營攻打魔界，師出有名，理所當然。此時讓阿關挾持，他反倒認定這必然是邪神作為了，加上此時一身惡念倒當真讓阿關除盡了，當下更是正氣凜然。

「你們這干邪神妖孽……啊呀……我曉得了，我聽說過你，你是那叛逃歲星！」張果老將目光停留在阿關身上，不停罵著：「邪神妖孽，你們有什麼毒辣招數，儘管使出來對付我好了，我是不會屈服的——」

阿關哭笑不得，不知該從何說起，解釋了幾句，那張果老卻只是一味罵著。

「沒辦法，先將他關起來好了……」阿關苦嘆了嘆，知道自己分量不夠，口說無憑。得將張果老帶給老子，老子親口說，他才會相信。

老六、老七將張果老捆上重重鎖鍊，阿關知道張果老身懷異術，怕他像那順德還會開鎖，便在他身上又補上幾道捆仙咒。

出了塔外，阿關看看天色，將大寶召回寶塔，騎上了石火輪，去找鍾馗。

□

阿關憑藉著感應，避開那些有天將把守的據點，循著老路，朝鍾馗和義民以往藏身山地騎去。

「糟糕！」阿關在山路上陡然停下，重重敲了自己腦袋一下：「我忘了我只能感應惡念！」

阿關這些日子憑藉著感應惡念的能力，避開了許多邪神，也能找著身在遠處的邪神惡鬼，卻忘記了鍾馗只是鬼王，身上並無惡念；儘管手下偶有些小鬼卒也染上惡念，但終究太過淡薄，此時四方到處都是染了惡念的山精鬼怪，更不知鍾馗躲在哪邊。

「我怎麼老是這麼笨！」阿關氣得踢起了樹，突然又靜了靜，閉上眼睛。

半晌之後，他睜開眼睛，轉頭看了看另一邊山間，十幾團大大小小的惡念正移動著，這惡念感覺十分熟悉。

「天無絕人之路！」阿關心中大喜，趕緊踩下踏板，急急往那方向竄去。

經過了幾處密林，終於讓他撞上這惡念源頭。

「義民大哥們！」阿關大叫著，眼前兩個義民漢子渾身是血，一拐一拐走著，手上緊握著斷了的刀。

阿關感應出義民的惡念，心想義民爺李強和鬼王鍾馗交情匪淺，找著了義民爺，便能知道鍾馗在哪兒了。阿關高興趕來，卻見到這般景象，嚇了一大跳。

兩個義民邪化挺深，也認不出阿關，一見阿關突然竄出，都面目猙獰了起來，也不管身上傷重，吼叫著撲了上來。

阿關車頭一轉，閃過了一個義民撲擊，又讓另一個義民撲倒，摔落了車，和那義民滾成一團。

義民舉了彎刀當頭就劈，但終究身上受了傷，動作遲緩許多。阿關輕易避開這刀，拳頭已閃現黑雷，打在那義民臉上。

義民中了這拳，摀著嘴巴，全身無力。阿關迅速伸手抓住他手腕，一陣黑雷傳去，將他電得雙膝發軟，跪了下來。

另一個義民，則讓自白石寶塔一擁而出的王公和大寶，逮了個正著。

「好呀、好呀，又抓了兩個！」大寶呵呵笑著，將那義民捆了個緊實，扛上肩，就要往塔裡跳。

四周捲起雄烈大風，老六、老七反應也快，立時守在阿關左右。阿關抬起頭來，只見那大樹上躍下了個紅黑大影。

「鍾馗鬼大哥！」阿關一喜，手上黑雷施力過度，竟將那義民電得暈死，一臂都焦黑了。

「啊呀——」阿關趕緊鬆手，伸手按在那義民身上，連施治傷咒，歉疚地說：「我應該是要收他惡念，不是要電死他！」

這些日子下來，阿關逐漸熟悉黑雷用法。黑雷好用，屢試不爽，所以他總是先電了再說；但總有時得意忘形，將使黑雷的出力方法和吸惡念的出力方法混淆，將對方電得死去活來時，才驚覺不對。

「喲——」那自空中躍下的紅黑大影果然是鍾馗。鍾馗一身紅袍，黑臉大鬍子模樣依舊，一手拍著圓鼓鼓的大肚子，一手對阿關豎了豎大拇指說：「你這小子好一陣子不見，老子倒記得你之前那窩囊樣子。怎麼，現在打起神仙，倒反還要手下留情了？」

阿關摸了摸鼻子，有些不好意思起來，他說：「鍾馗大哥，還好碰上你，我正要找你！」

「沒事、沒事，是之前那小太歲！」鍾馗朝樹上搖了搖手。阿關順著看去，只見到有些樹上掛了些遊魂鬼魅，有些矮樹叢裡也躲了鬼怪。聽鍾馗嚷了幾聲，才又躲了回去。

「我本來有事南下，途中聽見太陰手下說話，說是抓了你的手下，要設計埋伏你，所以特地來和你說一聲，怕你上當。」阿關將抓到張果老一事，簡單說了一遍。

「你當我傻的？」鍾馗哈哈一笑說：「老子豈會上當！傻李強便不像老子這樣精明，就讓那太陰給擒了！唉，說起那太陰……最近可眞搞得天翻地覆，比起那時幾個魔王，是有過之而無不及！」

「義民爺李強大哥讓太陰抓了？」阿關驚訝問著。

「對，抓了！」鍾馗點頭說：「沒辦法，太陰逼得緊，逼得咱們終究得和她一戰。我聽說你叛逃了主營，又是怎麼一回事？」

「這眞是說來話長。」阿關苦笑。

「嘿嘿，話長不要緊，來老子洞裡，講故事給大家聽，講完了一同想辦法去打太陰，哈哈、哈哈！」鍾馗性子直爽，卻也十分精明，不等阿關解釋清楚，口裡便將阿關說成是和自己同一陣線，準備要一同對付太陰了。

鍾馗拉著阿關，便往他自個兒藏身據點前進。阿關本不願和太陰正面交鋒，但聽了李強受擒，心中大爲震驚，鍾馗也將這段日子以來太陰作爲，一五一十講了明白。

太陰降後，鎮星領了主營命令，轉而處理魔界瑣事。太陰接管整個中部，爲了獲得更高的地位，太陰也幹得勤奮，知道玉皇要攻魔界，要四處招兵，便掃遍大小山谷，精怪、山神、鬼魅全不放過。本來一直流竄中部的義民和鍾馗首當其衝，讓這太陰逼得苦不堪言。

鍾馗串連了幾個山神，本要結成一氣，一同對付太陰，但義民爺李強卻早一步上當，讓太陰一舉擒下，這聯盟也一下子缺了個大坑。

十數分鐘後，鍾馗已將阿關帶入一個隱密山洞，裡頭聚著許多鬼怪，也藏了些食物，有些是些死鹿死牛，有些是從凡人市場裡偷來的糧食。

「罷了，李強那傻蛋，給擒了也好！」鍾馗從一個鬼怪手上搶下酒瓶，對著嘴喝了一大口酒，又倒了一杯給阿關。

阿關很少喝酒，碰也沒碰那黑黑髒髒的小酒杯，只是揀了個地方坐下，吃著自己帶在身上的乾糧。

鍾馗說：「我記得你曾經驅過李強身上惡念，但這一陣子，他又變得凶惡許多。他許多義民兄弟也像十足的邪神惡煞，個個比凶比狠，倒仍挺團結。」

「廢話不多說，言歸正傳！」鍾馗向阿關舉杯乾盡。「爲咱們共同對付太陰乾一杯！」

「鍾馗大哥！」阿關苦笑說：「事實上，我只是來提醒你一聲的，我還有要事，沒辦法和你一同對付太陰吶。況且，太陰十分厲害，鎮星都拿他沒輒，光憑我們，怎能對付她？」

鍾馗咦了一聲：「我記得你身邊不是有個紗布包得緊緊、不愛說話，打起架來十分凶狠厲害的小姑娘嗎？她怎麼沒來？我是聽說你們一同叛逃了？」

「翩翩在洞天，精怪們的仙境裡。洞天大戰一觸即發，她無法分身，我也必須盡快趕回去幫忙！」阿關解釋著。

「這樣啊？」鍾馗神情有些苦惱。「可是李強凶歸凶、傻歸傻，終究是條好漢……他必然不會甘願做那太陰走狗。太陰恐怕也會殺他，算是殺雞儆猴，好接管他那一票義民。那笨蛋，死了倒是可惜，我以爲你和他交情不錯。」

阿關苦笑說：「但我和翩翩交情更好、和洞天精怪交情更好，洞天一戰關係到洞天所有精怪的安危，斗姆也很凶惡，其實……」

「臭小子！」鍾馗笑罵一聲：「你講話拐彎抹角，這樣吧，你幫老子去救手下、救義民兄弟。事成之後，老子帶一票鬼怪去援洞天，義民兄弟個個講義氣，你救了他們，他們自然也幫你去援洞天！」

「一言爲定！」阿關這才猛地站了起來，拿起了方才那小酒杯，一口喝盡，神情十分興奮得意。

鍾馗哼了哼說：「得意什麼？你打什麼主意，老子還不知道？我看你這次來，本來便也是想找咱們幫忙的吧！」

阿關不置可否地說：「我們來商量怎麼對付太陰吧，我還有另一票厲害幫手，但是得花點時間和他們聯絡。」

「哼！」鍾馗哼哼地說：「還不就是那辰星，要不就是那太歲爺！」

「比太歲爺、辰星啓垣更大上一點點。」阿關嘿嘿兩聲。

鍾馗仍好奇追問，阿關便也將遇上老子的經過，從頭到尾說了一遍。

75 戰太陰

這晚，阿關在鍾馗的藏身洞窟中過了一夜，白石寶塔裡幾個夥伴，都出了寶塔和鍾馗打過照面。但待了半晌，阿泰、老土豆等覺得這洞穴又髒又黑又臭，哪裡比得上白石寶塔裡廣闊舒服，便又回到寶塔裡窩著。

大寶本是山神，並不在意髒臭，同時喜歡熱鬧，很快和鍾馗那票鬼怪混得熟稔。老六、老七則礙著王公身分，不好意思拒絕鍾馗的招待。反倒是鍾馗待過白石寶塔，知道裡頭舒服，到了下半夜，便嚷著要和阿關等進寶塔討論攻打太陰事宜，留下一干鬼怪在外頭把風。

阿關為了安全起見，也派了大寶在外頭顧著寶塔。

「咦？」鍾馗見了寶塔庭院中一棵小樹下，有個坐著發怔的漢子，正要問是誰，阿關已經連忙向那漢子走去。

「寒單爺。」阿關朝發著怔的寒單爺點了點頭，上前關切說：「你……還記得我嗎？那個，以前曾經碰過幾次面，也曾要精怪拿棉被給你取暖……」

寒單爺朝阿關看了幾眼，似乎沒有什麼印象，愣愣地說：「這兒是天庭大牢？我……我犯了什麼事給關了……你又是誰？」

阿關搔搔頭，心想這可麻煩，猶記翩翩傳符令給他時，曾說順德對自己所作所為都記得一清二楚，但此時這寒單爺卻迷迷糊糊，似乎忘了許多事。

仔細想想，或者和順德邪化時腦袋仍然清晰機智，寒單爺邪化時卻是瘋瘋癲癲有關。

「這可說來話長……」阿關苦笑了笑，說：「我是……我是太歲爺澄瀾的備位，我叫阿關，曾經和你見過許多次，但你忘了。」

寒單爺儘管給驅盡了惡念，但經過長時間瘋癲，口齒有些不清，說起話來結結巴巴：「我倒記得有隻大蝦蟆……狐狸精，一棵怪模樣的樹……這裡是哪兒？還有那……那有應兄弟上哪兒去了？」

寒單爺看了看四周，問：「我犯了什麼事？我在這兒逗留好嗎？還是我回……牢房裡去好了，要是讓熒惑星爺見了，恐怕要不高興了……」

寒單爺記憶模糊，但也有些印象深刻的事，包括和他一同落難凡間、躲避魔王追擊的有應公；時常拿棉被給他、和他鬥嘴的三隻精怪；以及被關在主營大牢時，動輒教訓他的熒惑星。

「寒單爺，你不是罪犯，你是好傢伙！」阿關上前握了握寒單爺的手。一旁老土豆見寒單爺似乎沒有了凶性，便也將他那隨身彎刀雙手奉上。

寒單爺接過那斑斑跡跡、滿布缺口凹坑的彎刀，神情有些激動地說：「我想起來了，有應兄弟讓一干傢伙抓走了……」

「我們讓那票傢伙追了……三天三夜，從山巔打到深谷，他們……窮追不捨，我卻不知他們究竟是誰！」寒單爺眼神空洞，努力組織著腦袋中片段的回憶。「但……我不是讓大神關了嗎？我做錯了……什麼事？」

「追你的那些是壞蛋，關你的那些是蠢蛋！」鍾馗聽得津津有味，也來湊了熱鬧。「說說你打鬥經過，剛好老子也讓同一票傢伙追殺，十分不爽快吶，兄弟！」

「你不是那鬼王？」寒單爺瞅著鍾馗看了半晌，這才冒出這句話；又看了看老六、老七，更是驚訝地說：「你們不是那十八王公？你們也……犯了錯？給關了進來？」

阿關搖頭苦笑，心想不知要從何解釋起，只能隨大夥兒聊著。

隔日，阿關向玄武傳出了符令，簡單敘述大致上的經過，和他所需的幫助。玄武性格穩重，叮囑著阿關切記三思而後行，他也會將情形報給老子，由老子定奪。

接下來數日，阿關便和鍾馗討論商量著如何攻打太陰那中三據點。

有時他們會加上朱雀、玄武的兵力來做沙盤推演，有時便只以鍾馗和阿關僅有的夥伴來規劃，但總想不出較好的進攻法子。

阿關知道敵我實力相差懸殊，鍾馗一干鬼卒無法和太陰手下一票天將正面飛空廝殺，只能潛入那老屋群中游擊巷戰。

但中三據點本便規劃成易守之勢，儘管那些破爛老屋看來不起眼，但老屋群層層疊疊，左彎右拐的巷弄裡，也不知究竟藏了哪些符術陷阱。當初四目王、雪媚娘兩魔王領著大軍來攻，都給打了回去，此時己方兵力居於弱勢，就算加上老子一軍，勝算仍然不高。

平常時間裡，老土豆、王公等也時常和寒單爺說著這紛亂時局起由、大事小事的經過。

到了第三日，阿泰也加入討論。他憑藉著當初在中三據點大戰四目王、雪媚娘時的印象，大致猜測了幾處可能囚禁義民爺的地方，但也都沒太大把握。

□

「嘿！我幫了你們一個大忙呀——」寒單爺粗聲嚷著。

阿關本來正和阿泰佇在鍾馗洞窟的洞口外透氣，鍾馗也交叉著手，站在洞外生著悶氣，惱著不知究竟該如何對付太陰。

大夥兒見寒單爺從洞穴裡跳出，都怔了怔。

「寒單爺？」阿關和阿泰互看一眼，都不知寒單爺這樣說，是什麼意思。

寒單爺咧嘴笑著：「這兩天……老土豆和兩個王公日夜便和我說故事，說著說著我也都懂了……似乎也記起了一些事情，我那有應兄弟也讓太陰娘娘擒著，我可得去救他！」

「剛剛你說幫了咱們大忙？」鍾馗瞪大眼睛問。

「瞧你們……想不出攻打太陰的方法……」寒單爺嘿嘿兩聲，故作神祕，卻又忍不住自己說：「當然是裡應外合！」

「裡應外合？」阿關不解問著：「要怎麼裡應外合？」

寒單爺得意洋洋地說：「說來可複雜啦，就是那個……讓小歲星做人質，給太陰擄去，自然和義民關在一起，這不就……知道義民那藏身所在了？屆時鍾馗領著鬼卒聲東擊西，小歲星再為內應，領著義民爺……找機會逃出！」

「呃……」阿關怔了怔，只覺得這計和當初劫太歲如出一轍，看寒單爺不像智足多謀的樣子，多半是聽了老土豆講述劫囚經過後，有樣學樣起來。

「這是什麼東西！」鍾馗瞪了寒單爺一眼，不屑地說：「老子我覺得這計眞是差勁，太陰豈會這麼容易上當？要是讓這小阿關送上門去，又如何打包票太陰會把他和義民關一起？說不定分開來關，說不定押給大神，說不定給一口吃了！」

寒單爺搔搔頭，嘴裡嘟嘟囔囔，不一會兒又說：「我不知道，我口才差，不會說話，你們去問張果老！」

「張果老？」鍾馗等聽了，都又怔了。

「我說幫了你們大忙，不是幫你們想點子，我……說服了那張果老，讓他加入我們一方，這計謀……其實是他想出來的！」寒單爺哼了口氣，重新得意起來。

「眞的？」阿關又驚又喜，連忙和阿泰要往塔裡走，去看那張果老。

鍾馗有些奇怪，問著寒單爺：「看不出你這麼本事，你如何說服那牛脾氣老道的？」

「我對他曉以大義，講道理給他聽。」寒單爺神祕笑了笑，揚了揚拳頭。

「哦，原來是用拳頭講道理。」鍾馗哼了哼。

「不行嗎？拳頭不能講道理嗎？」寒單爺咯咯笑著說：「有時比嘴巴講還有效啊！」

阿關連忙趕進寶塔，寒單爺也搶了進來，起鬨領著大夥兒往牢房去。

開了牢房門，裡頭的張果老靜靜打著坐，左邊眼圈上還有一個大黑青。

「呃？」阿關不解問著：「是誰打你？」

張果老一副無所謂的樣子。「老頭子想通了，我信了你，也願意助你一臂之力。你若不怕死，我帶你去見太陰，就說我逃了出來，順便也擄了你，我會暗中放你，屆時你要救誰便救誰了。」

「好啊！」阿關握了握拳說：「那現在就出發吧！」

「我說老弟啊——」鍾馗大大搖手說：「他說你就信啊？要是他不放你，卻照實和那太陰說，你可是羊入虎口吶！」

「放肆——」張果老吹了鬍子，眼睛精光閃耀，正氣凜然說：「大鬼王，你敢懷疑我張果老一片赤誠？」

鍾馗也不反駁，只是咧著嘴巴暗罵，這邊阿關已經催促著大夥兒準備動身了。

「快、快，有沒有符？」阿關推著阿泰出了牢房，大聲嚷著要符。兩人邊走邊講著，阿泰也轉進自己房間，取出大疊符咒，兩人互擊了擊掌。

塔頂，老六、老七則替張果老鬆了綁，兩個惡念褪盡的義民也瞪大眼睛，舞弄著手上彎刀，準備一同去救頭頭李強。

洞外一陣騷動，鍾馗鼓著嘴巴下令，將附近偵查站哨的鬼卒全召集回來，自個兒手上則拎著一個通紅妖怪，卻是赤三。

原來這幾日鍾馗一夥都知道了赤三情形，此時大夥兒正準備動身奇襲中三據點，阿關便也決定將赤三放出。預計赤三到達雪山時，己方已經成功救出義民，太陰一方將消息回報主營，屆時赤三同時放話，聽在主營耳裡，分量便也更重。

鍾馗拎了赤三，轟隆給了他肚子一拳，指指遠處的張果老，在赤三耳邊罵著：「你們這些魔界妖魔，膽敢上凡作亂？你以為主營所有神仙都聽信妖魔胡說，都願見妖魔橫行凡間？我告訴你，至少那太陰看來便不願意。」

赤三滿頭大汗，不敢多吭一聲。這些天來他雖和張果老同樣囚於白石寶塔的牢房樓層中，但兩間牢房相隔甚遠，阿關等也刻意不讓赤三知道阿關一方所有消息，以免屆時除了放話之外，還洩漏了一些重要機密。也因此，赤三並不知道張果老受擒一事。

此時赤三遠遠看去，只見到張果老和阿關並肩走著，心中更奇，不知那隸屬太陰麾下、八仙之一的張果老，卻為何會和這叛逃歲星並肩齊行。

「滾吧，你回到主營，就和玉帝說我鍾馗爺爺改天便去賞他幾巴掌，要他當心點，哈哈！」鍾馗大喝一聲，黑風狂捲。魔力盡失的赤三讓這烈風一吹，給吹飛好遠，撞在一棵樹上摔下，這才掙起身來，狼狽地逃了。

張果老騎了頭紙驢出洞，領著大夥兒往那中三據點前進。大夥兒走了許久，在山林裡一處高地停下，正好可以瞧見中三據點那片老屋群。

張果老停下了驢子，轉頭看了看阿關，說：「好了，大夥兒全進去剛才那神妙寶塔吧，據點外頭有天將把守，你們是攻不破的。」

鍾馗手扠了腰，眼睛骨碌碌轉著，不懷好意地瞪著那張果老。

張果老看看阿關，正等他拿寶塔。阿關瞧瞧阿泰，原來寶塔不知何時交到了阿泰手中。

阿泰還吸了口菸，漫不經心地將寶塔放下，自己先跳了進去。

王公、寒單爺、大寶、老土豆兒也一一進了寶塔。

「我不進去，我信不過你！」鍾馗搖了搖手，似乎正猶豫著。

張果老說：「那也好，大鬼王吶，你待在這兒，等我打號令給你，你便領著鬼卒在據點外頭敲鑼打鼓，吸引那些守將的注意，我們在裡頭才好逃出吶。」

「我為何聽你的？」鍾馗哼了哼，只想到這張果老若是真讓寒單爺強逼投降，那如何信得過；但又覺得這大好機會的確得來不易，照尋常打法，也絕難攻破這中三據點。

阿關笑了笑，拍了拍鍾馗肩頭說：「鬼大哥，大家都坦坦蕩蕩，何必這樣懷疑呢？我們救了義民，再去救洞天，絕不讓那些鬼迷了心竅的神仙為所欲為、幹盡壞事吶。」

鍾馗也不答話，阿關將石火輪扔進寶塔，自顧自上了張果老的驢子。

張果老反手在阿關身上下了符咒，一捆金索自手上現出，鎖住阿關全身，跟著接過寶塔。

「有點緊，才逼真！」張果老拍了拍阿關大腿。

阿關點點頭說：「走吧。」

張果老點點頭，呼嘯一聲，紙驢子飛昇上空，往中三據點前進。

「四方混亂，善惡不分，要是得了太歲鼎，那可是大好事一件吶，四方精怪都要聽你的！」張果老回頭看了看阿關。

阿關回答說：「奪了太歲鼎，我要抓光惡念。你在凡間應該也看到了，凡人越來越惡，黃靈、午伊兩個混蛋不但沒有抓惡念，反而仗著自身能力，胡作非為，把好神變壞，讓他們是非不分，好從中得利，可害死大家了。」

張果老靜了靜，又說：「我聽說的倒不是如此，惡念廣闊無際，全落了下來，這一抓下來少說要花上一年半載。至於你說那……胡作非爲，什麼將神仙變壞，可倒新鮮，老頭我可從沒聽說過。」

阿關坐在那紙驢上上下下晃著，隨口將黃靈、午伊的惡狀，挑了幾樣講。

張果老只是靜靜地聽，也不答話。

「太陰四方招兵，要拍玉帝馬屁，不服她便濫殺，這樣還不是邪了？以前神仙們可是如此？」阿關隨口說著。

「是嗎？」張果老猛一拉韁繩，那紙驢前腳揚起，差點將阿關掀下驢來。

「魔界群魔禍害已久，本該征討。太歲鼎新成，要能夠收那魔界惡念，也是大好事一件，要攻魔界，自要兵馬，不從者本便逆天……該……該……」張果老講至此，似乎也說不下去，硬生生將話吞了回去。

「你想說的是『該殺』嗎？」阿關問著。

「端看情由，要是山神、精怪不作惡，怎地該殺？」張果老歪著頭想了想。「頂多……頂多關了他。」

張果老邊說，又拍了拍驢屁股，很快便到了中三據點外頭。

兩個手持大斧的天將落下，攔在前頭。

張果老連忙開口說：「嘿，我逃了回來，還帶了份大禮給大家，快去幫我知會大夥兒！」

天將領命飛天，張果老騎著驢子，將阿關往據點裡頭帶。進了這據點老巷，阿關只覺得有些懷念，但天上那盤旋的天將，卻一個個窮凶惡極、殺氣騰騰。

「你看，天將都不一樣了，以前的天將可沒那麼凶。」阿關仍隨口說著。

「要是心中是惡，看什麼自然都是惡。」張果老哼了哼。

「我看得到一團一團的惡念，還有邪氣跟殺氣，那是魔界的氣息，這些是妖魔吶。」阿關打著哈哈。

張果老吸了幾口氣，悶不作聲。

到了據點裡的大廣場，果然見到其他七仙和一千天將佇在廣場中央。

七仙圍著的是一個黑衣少女，嘴唇紫青，兩個瞳子也是紫青色的。

「哪個是太陰？」阿關看著那一群邪神仙，好奇低聲問著。

「那大鬼王粗鄙莽撞，我不喜歡他。」張果老回頭看了阿關一眼。「但你沒聽他的，是可惜了。」

阿關只唔了一聲，就讓張果老拎下了紙驢，往地上一扔。

張果老口裡唸咒，手泛起三道光形符咒，罩住了白石寶塔。

「太陰娘娘，小的用計將這叛逃小太歲騙來，說是要來救義民吶。」張果老洋洋得意，揮了揮手上白石寶塔說：「這塔裡全是他那叛逃夥伴，王公、土地神全在裡頭。」

阿關順著張果老眼光看去，那黑衣女孩點了點頭，嬌笑起來，果然便是太陰。

阿關只當太陰和西王母一般是個凶狠婦人，卻沒料到是個美麗少女，不由得怔了怔。

「叛逃太歲。」太陰望了阿關幾眼，眼神忽而凶狠，忽而欣喜，不知在打什麼主意。她揚了揚手，說：「將他拿過來！」

張果老領命，一把將阿關拎了起來，往太陰帶去。

阿關十分緊張，一句話也不說，任那張果老抓著。到了太陰跟前，一旁的藍采和伸腳一勾，將他絆倒在地。

「小藍別多事！」張果老瞪了藍采和一眼，向太陰說著：「太陰娘娘，我見這小子本性不壞，倒也說出一番道理，咱們何不聽他說說？」

太陰沉沉地說：「說什麼？」

「他說……」張果老支支吾吾，又覺得阿關方才一番話實在太過聳動。要是以往，直言的張果老必然有話直說，但此時見著太陰眼色深沉尖銳，幾個同伴神色似乎也和以往相差很大，竟真如阿關所言，邪裡邪氣，再也不像從前那樣了。張果老後退幾步，不知該從何說起。

藍采和哼了哼說：「太陰娘娘，這小子是叛逃太歲，咱們送上主營，可是一件天大功勞啊！」

何仙姑也幫腔說：「是啊！我記得這小子應當是斗姆負責捉拿的，此時讓咱們抓了，可要好好挫挫那斗姆的威風啦！」

張果老又說：「還有那藏匿多時的鬼王鍾馗，此時正在五里外的山腰，等著我號令來幫忙，看我將他誘來，一網打盡！」

太陰笑了笑，似乎沒將張果老的話聽進耳裡，而是舐了舐嘴唇，一雙眼睛全在阿關身上轉著。「這叛逃太歲……要是喝了他的血，豈不也能夠操縱太歲鼎了？」

張果老身子猛然一震，不能言語。

「這可好耶！」藍采和拍掌笑著，當先附和說：「要是讓太陰娘娘奪了太歲鼎，咱們還用得著瞧那斗姆臉色嗎？還管他玉帝，咱們自立為王吶！」

八仙中幾仙個個歡呼起來：「好吶！」「張果老，你立下大功啦！」

「這可得從長計議……」太陰微微一笑，掩不住心中歡喜，揮了揮手說：「張果老，將他關了，你們給我好好看牢，可別出了什麼岔子，讓我想想去！」

太陰說完，自個兒往後頭走，似乎認真在考慮要如何處置這前任太歲。

藍采和哈哈笑著，上前又踩了阿關幾腳；阿關不吭一聲，任他踩著。何仙姑也湊了上來，摸了摸阿關臉頰，賊兮兮笑著說：「這備位太歲，我倒也想喝喝他的血吶，我也想摸摸太歲鼎吶。」

呂洞賓捻著鬍子，清咳兩聲說：「妹子，妳這話可別讓太陰娘娘聽了……」

何仙姑讓呂洞賓一提醒，嚇得連忙回頭，看看太陰早已進了屋裡，這才鬆了口氣。

張果老久久才回了神，推開藍采和，將阿關拎了起來，往大牢那兒走去。

走了半晌，阿關看了看四周，只有張果老一個，其他七仙都沒跟來，這才低聲說著：「這下你信了吧？」

張果老含糊回了幾句，陡然大驚說：「你早知我騙你？」

「我本來不敢打包票。」阿關搖搖頭說：「但土地神們都說，你張果老千百年來便是這副拗脾氣、硬骨頭。我驅盡你身上惡念，感受得到你身上那股凜然正氣，知道你不會輕易地向你心中的『邪神』投降……」

「那你還和我來？不怕我殺了你？」張果老身子打著顫。

「你既然不是邪神，又怎麼會無故濫殺？只可惜你沒把白石寶塔當作戰利品拿給太陰，不然……」阿關解釋。

「不然……」張果老不解問著，手上的白石寶塔震了起來，上頭三道符咒登時黯淡，現出了幾道流光，結成一個符印。

「喝！」張果老又是一震說：「這是后土大人的法術！后土大人她……」

「噓——」阿關低聲提醒：「別太激動！」

白石寶塔伸出了一隻手，比了個中指，跟著是阿泰探頭出來說話。「這是我阿泰大人的破符術，是后土大人親傳給我的，你這小老頭的結界法術怎麼夠抵得上？」

阿泰哼了哼，另一隻手也伸了出來，握著的竟是鬼哭劍。他將鬼哭劍一拋，朝阿關拋去：「還你！」

阿關仍給綁著，沒手去接，卻唸咒召回了鬼哭劍，對張果老說：「要是你當時將寶塔獻給太陰，鬼哭劍突然刺出來，她可要死得不明不白了。」

「蒼天吶，我該如何……」張果老閉上了眼，半晌才睜開，怔怔看著天上流雲，沉聲開口說：「我們按照原訂計畫，裡應外合……」

□

到了一間空屋前，張果老將阿關推進去，裡頭紅光閃耀。阿關只覺得全身灼熱難耐，張果老唸咒揮手，將那紅光驅得少去七成。

「這咒有點難受，你可別躲進塔裡，外頭隨時有天將來巡，從窗外見了你不在，可麻煩了。」張果老說著：「到了晚上，太陰和八仙會齊聚在一起吃喝，屆時你再出來，義民便在另一邊門上貼有紅色大符的屋子裡。」

阿關順著張果老指的方向看去，果然見到遠處一間大屋，門前貼了張大紅符，還泛著殷殷紅光。

張果老正要關門，似乎又想起了什麼說：「記住，除了八仙，你可要小心一個拿斧頭的粗壯大漢，那是吳剛，他可蠻橫武勇。屆時我會助你一臂之力，保重了，小太歲。」

「謝謝。」阿關點了點頭。

阿關在屋裡挑了張椅子，才剛坐下半晌，就聽見天上風聲大作，狂風轟然吹下，許多老屋的磚瓦都給吹起。

「雨兒弟！我來救你啦——」尖銳聲音自空而降。

阿關嚇了一大跳，趕緊跑到窗邊，只見那窗外天上，八仙全飛上了半空。

阿關攀在窗上，只見到一個身影迅速竄過，還不停大嚷：「雨兒弟，你被囚在哪兒啊？我來救你啦！」

「難道是風伯？」阿關怔了怔，心想原來雨師也讓太陰擒了，難怪那時見風伯獨自煩惱。阿關正要推門出去，又猶豫了起來，心想張果老吩咐他到了晚上才出來，但又聽到外頭打鬥越見激烈，八仙中紛紛叫嚷起來，似乎都吃了那風伯的苦頭。

「怎麼回事？」大寶探出了頭來問著。阿關心一橫，召出了鬼哭劍，吩咐：「叫大家準備，風伯來攪局，我們趁亂殺出去！」

阿關一邊嚷著，一邊已經放出了符令，通知朱雀、玄武：「玄武大哥，正是現在，風伯也來了，好熱鬧啊！」

□

鍾馗來回踱步，不知該不該照著張果老的吩咐待命，正猶豫著，背後已經響起了說話聲音：「正見著了那大鬼王，我們已經到了，現在就去幫你！」

鍾馗連忙回頭，只見到一個粗壯大漢揹了個大龜殼，領了一票傷疾將士走來；右邊天上也有一個金紅戰甲的大神，領著幾個手下自空中落下。

老子身穿灰袍，騎著青牛緩緩步出林間。

「小歲星說的便是你吧，大黑鬼。」玄武朝鬼王打了個招呼說：「走吧，一同殺下去！」

「你們就是幫手。」鍾馗拍掌笑說：「我都忘了那小子說還有一票厲害幫手，難怪他有恃無恐吶——」

當時阿關嚷著要阿泰拿符時，便通知了早已趕至中部等著阿關符令的玄武和朱雀，兩將隨著老子一路跟在後頭，在山林間等著阿關進一步的知會。

「走吧，小歲星說風伯也來了，挺熱鬧啊！」玄武大聲說著。

老子也呵呵笑著說：「阿風也來啦，好久沒見那頑皮小子了……哈哈……」

朱雀、玄武左右領著星宿殺下山，鍾馗大手一招，帶著鬼卒搶在老子前頭。他倒不知這騎著青牛的老頭，就是三清中的老子，只當是玄武跟班，還取笑著說：「嘿，我看你跟張果老倒有點像，不過他騎的是個瘦驢，你這牛壯多啦，哈哈！」

老子笑了笑，也沒說什麼。鍾馗拍著那青牛屁股，越看越喜歡——他自己原本那頭紫色巨牛，在太陰幾次追擊戰中給打死了。

□

阿關出了門，只感到四周狂風大作。那風伯狂吼著，在天上亂竄，鼓動著雙袖，揮出大片大片的風。

八仙們圍著風伯攻打，全都讓風吹開。鐵拐李挺起鐵杖，硬是打進了風陣，要去抓那風伯，但風伯又一溜煙竄到了遠處。

阿關趁亂邁開大步朝關著義民的老屋奔去，四周幾個天將發現了阿關，全圍了上來。阿關一搖寶塔，老六、老七當先竄出，寒單爺、兩個義民、大寶也紛紛跳出，一下子便將這些天將打退。

忽地一聲長嘯震天，太陰伴著黑霧竄出老屋，一下子便追上那風伯。

風伯狂叫著：「妳將我雨兄弟如何了？」

太陰也不答話，一把掐住了風伯頸子，黑氣瀰漫出手，像數條鎖鍊一般，勒得風伯幾乎要昏。風伯知道太陰厲害，全力鼓動黑風，身子猛竄得更高，總算狼狽脫了身，在天上繞了個圈，又往下飛，還大喊著：「雨兄弟，你在哪兒？」

阿關見太陰親身出戰，知道風伯很快要不敵，趕緊領著大夥兒往關著義民的那間大屋子跑去。到了大門前，阿關一把撕下門上那大紅符紙，推開了門，裡頭像是火燒一般，紅熱光芒迎面竄來，將阿關逼退了好幾步。

仔細一看，二十來個義民們全給綁在地板上，全身貼滿了符咒，身上讓屋裡紅光燒得斑斑跡跡，慘不忍睹。

「義民爺！」阿關和王公們忍著熱闖了進去，幫忙解開義民們身上的鎖鍊和符咒。

李強兩眼渾濁，身子搖搖晃晃站了起來，其他義民們也渾渾噩噩地站起，有的舒展筋骨、有的張開嘴巴發出了低吼聲，像是猛虎發了怒。

寶塔又是一震，老土豆扔出了一捆彎刀，是鍾馗特別替義民們準備的。

阿關抽出一把彎刀，遞給李強。

李強緩緩接下，拿在手上秤了秤，兩隻眼睛發出了凶惡光芒。

「義民爺，我們是來救你的，大家一起殺出去吧！」阿關揮了揮手，拍了拍李強臂膀。

李強狂吼一聲，一刀斬在阿關肩頭上。

「哇！」阿關不敢置信，見到自己右邊肩膀連著手臂，飛離了身子。

「小歲星——」兩個王公驚訝大吼，身邊的義民全紅了眼睛，個個咆哮起來。兩王公讓這突如其來的攻擊殺得措手不及，身上中了好幾刀。

「李大哥，住手啊！」隨阿關同來的兩個義民吼叫起來，攔住了李強。兩個王公將阿關拖出了這房，只見阿關張大了口，身子劇烈抖著，右肩斷處的血像是噴泉一般噴著。

「阿關——」阿泰怪叫著，跳出了寶塔，一把符撒上天，喃喃唸咒，一道道光柱自符陣中突出，攔下那要從屋裡衝出來的義民們。

李強舉刀高吼，一把推開了那攔著他的兩個義民，領著裡頭一票兄弟全往外頭衝。

「那票義民發瘋了，大夥兒快退——」老六吼著，拉著阿關往後退。阿關左手亂抓，他的斷臂還在屋裡。

「他媽的、他媽的！」寒單爺舉刀大戰好幾個義民，一下子身上中了五、六刀，大寶也讓幾個義民圍攻，護著阿關連連後退。

這些義民多日來給關在這紅光屋子裡，飽受折磨，早已瘋狂。此時除了自己兄弟，根本認不清誰是誰，一見是陌生人，便全當成是折騰他們的壞蛋，猶如出閘猛虎，發了狂地打殺。

天際那方，風伯猶自在空中亂飛，又和太陰對上，只見太陰雙目發紅，周身黑霧大起，身子快若閃電，又一爪掐住了風伯右肩，五指深入骨肉。

風伯又振狂風，這次卻無法掙脫，只能和太陰比拚法力。登時兩個大神周邊狂風黑霧猛烈亂捲，太陰的身上出現許多讓狂風割破的裂口；風伯身上，則讓黑霧凝聚成的條紋爬滿全身，啃噬著風伯血肉。

高下立判，風伯高仰了頭，難受得發出巨吼。太陰正要鼓足全力，一舉擊殺風伯，卻又聽見底下某間老屋也傳出撕心裂肺的悲鳴。低頭一看，那老屋頂已炸裂，一個大神全身給鎖了鐵鍊竄出屋頂，要往太陰殺來，那神全身烏黑，是雨師。

儘管雨師盡力猛竄，將數十條鎖鍊拉得緊繃，卻如何也無法掙脫鎖鍊。那些鎖鍊鎖進了他全身骨肉，上頭都帶著凌厲術法，如烈火、如寒冰、如尖刃，日日夜夜折磨著雨師。

太陰瞧了雨師一眼，不以為意，突然左右一青一紅的大影直直竄來，太陰連忙鬆手去迎。那青紅雙影左右圍攻，刀刃術法齊下，太陰讓這突如其來的攻擊殺得亂了陣腳，身上中了好幾記術法，尖叱一聲，黑霧四炸，這才逼退了那兩神。

兩神是玄武和朱雀，左右圍著太陰，底下一票星宿已和那八仙殺成了一片。

老屋陣外殺聲震天，鍾馗的鬼卒軍也分成了好幾隊突入老屋陣。

鍾馗領著鬼卒在老屋裡竄著，和天將激戰，殺過了好幾條巷子，見著了阿關這兒的慘狀，驚得瞪大了眼說：「我的媽呀，怎麼你們自個兒殺成這樣！」

「我的手沒啦！」阿關怪叫著，老土豆等一票土地神都跳了出來，拖著阿關往後頭退，靠在後頭老屋牆上，七手八腳地亂放治傷咒，卻也止不住血。

十八和大寶也出了寶塔，前頭老六和老七早已抵擋不住那票瘋了的義民爺，只能各自引開幾個義民往另一邊逃。

李強只當阿關是凌虐他們的大仇人，死追著不放，寒單爺在一旁掠陣攪局，牽制著李強。要論捉對廝殺，寒單爺並不輸李強，但四周十來個殺紅了眼的義民們，個個像凶猛野獸一樣亂殺亂斬，逼得寒單爺無法全心救援。

上去助陣的大寶給砍了好幾刀，撲倒在地，狼狽在地上爬著逃。

「那些瘋傢伙造反了！」天上藍采和見了地下混戰，指著大叫。

「義民們也要搶小太歲？」鐵拐李只當是義民們趁亂逃出老屋，也要搶阿關，一聲大喝，便領著身旁的呂洞賓、鍾離權等全趕來救援。這頭朱雀、玄武的手下星宿也紛紛來援，卻讓爲數眾多的天將圍著猛攻。

「這些天將挺難纏吶！」星宿們奮力死戰，怎麼也無法逼近阿關那幾條老屋群。

「雨兄弟——」風伯揮風亂竄，飛入了雨師那傾塌老屋，見了雨師身上鎖著鐵鍊，發出了怒吼，抓著便要扯。但這麼一來，只痛得雨師又昏了過去。

太陰冷冷瞪視著地上老子；而朱雀、玄武圍住了太陰，就怕她突然向老子發難。

「小女娃兒，妳在那勾陳身邊，也分得了不少好處，我腿上酸臭老肉，妳也吃了幾口，現在變得這般凶惡，一點也不像以前那可愛的小月亮啦！」老子淡淡地說，他見情勢危急，最難纏的便是太陰，他無法以力勝之，只能拖住一刻是一刻。

太陰冷笑兩句，身子已經竄到了玄武身前，一爪抓去。玄武料想不到太陰說打就打，手上大刀還沒反應過來，太陰爪子已經抓上了他胸膛，還好胸前幾條大蟒替他受了這一記，斷成了好幾截。

玄武背上的大龜殼是讓蟒蛇串在身上的，蟒蛇斷了，大龜殼也鬆動起來。太陰仍欲追擊，朱雀已經殺到她身後，挺著紅通似火的三尖兩刃刀猛刺；玄武卸下了龜殼，當作大盾，前後夾擊太陰。

這頭，李強殺得紅了眼，不再理睬寒單爺纏鬥，直直往阿關衝去。阿關咬著牙，摸出白焰咒，連射幾發，都因爲疼痛而打偏了位置。

阿泰擋在前頭，撒出一片符，符結成了幾個圈圈，大放光亮，倒是將那李強照得睜不開眼。阿泰在后土那兒學了不少符法，此時一股腦全施了出來。

阿關趁李強讓那光給照得停下了動作，在口袋裡掏著，符落了一地。好不容易掏出了捆仙符，幾張光網打去，都讓李強揮刀斬落。

寒單爺讓一群義民圍攻，連連中刀，大吼大叫。

鐵拐李領著八仙落下，吆喝著要來搶阿關。

張果老抓住了鐵拐李胳臂，嚷著：「小李！慢著慢著，一時說不清楚，待會兒手下可留情些，那小太歲是好的、是好的！」

「什麼好的？」鐵拐李猶自奇怪，鍾離權、呂洞賓、韓湘子等，全殺下了義民堆中，有些追擊著王公，有些打殺著義民。

另幾條老巷，鍾馗領著大批鬼卒來救，一個大漢撞開了老屋牆壁，身上捆了緊緊帶刺的藤蔓，嘴巴也給縫了起來，雙手揮動大斧，斬死了跑在前頭的鬼卒。

鍾馗讓這大漢嚇了一跳，忙專心應戰。大漢便是張果老說的吳剛，力大無窮，但邪了也變得傻愣瘋癲，得罪了太陰，受了罰給綁成這樣，卻仍是忠心耿耿。此時聽見了外頭吵鬧，硬是掙脫了繩索，出來助陣。

吳剛一雙大斧勢如劈天滅地，逼得鍾馗連連退著。

這頭，鍾離權身型胖壯，兩隻手掌像是蒲扇一樣，揮出轟隆隆的光芒；韓湘子臉色蒼白枯瘦，兩指挾了滿滿符咒，一張張符咒全舞動起來，化出一條條墨綠藤蔓，往阿關和阿泰，還有李強纏去。

「幹你個老殭屍！」阿泰伸手在大衣裡掏著，他大衣裡符咒多得像用不完似的，又抓出一把符咒，大聲唸動咒語。三句咒語夾雜著兩句髒話，拿在手上一吹，吹出一陣陣火，將打來的藤蔓全燒成了灰。

阿關咬緊牙，發出幾道白焰，打在韓湘子腳上，將他打得翻了個筋斗。

李強像野獸般叫著，扯落了身上藤蔓，還是死追著阿關衝。

「笨義民，俺跟你拚了！」老土豆拿著木杖要去擋，讓阿關一把推開。

李強照著阿關腦袋一刀斬下，這次阿關總算閃過，左手緊握著拳頭往李強身上打去。李強吃了一拳，像是讓雷劈中一般，退開好幾步，摸摸臉頰，又要殺來。

阿關見一拳打不倒他，只得更加凝神，黑雷全往左臂聚去，只盼能阻下李強；但右肩傷口劇痛，他咳了幾聲，臂上的黑雷一下子散去一半。

李強怪吼一聲，往阿關撲去，突然腿上多了個血洞，身子軟倒下去。

「那是誰？」阿泰指著一處老屋頂上大嚷。

鍾離權等八仙聽了阿泰激動叫嚷，和阿關同時往那屋頂看去。只見到一個少女搭弓拉弦，幾道流星光箭打來，又射倒了幾個義民，藍采和差點讓這流星箭射中，氣得從籃裡抓出一把飛蜂毒蛾扔去。

另一頭天際，本來讓大票天將包圍的星宿，此時紛紛發出了呼嘯。

阿關看向星宿那方，驚訝大喊著：「那不是……那不是……」

是一艘巨大王船騰空駛了過來，站在船尖上的是二王爺和五王爺。二王爺手一招，幾挺炮轟隆齊射，打落了好幾個天將。

「關哥——」一聲長嘯暴起，身穿青甲的少年從阿關背後的屋簷落下，揮動長劍打退了一個義民，鼓著嘴巴一吼，又吼倒一個義民。

「百聲！」阿關激動喊著，但失血太多，雙腿一軟，就要往前倒下，讓阿泰一把托住。

「你們是太白星的手下，來搗什麼亂？」何仙姑心虛喊著，只當擒了小太歲的事給洩漏出去，主營出兵來鎮壓了。

鐵拐李大吼著，正要集中八仙之力，去鬥義民與百聲，但幾處屋簷都站了神將，竟是太白星全軍壓境。

長竹、梧桐、含羞、紫萁、螢子一個個自屋簷落下、從小巷鑽出，和八仙鬥成一團。

太陰本來對戰朱雀、玄武，佔了上風，但此時卻拋下了讓她掐緊脖子的玄武，直怔怔盯著王船船尖。

船尖上二王爺身旁站著的，正是太白金星。

「哇幹——」阿泰又驚又喜，一手扶著因失血過多而搖搖欲墜的阿關，一邊又放出一把符。符在空中立出一道道長形光壁，阻下一個義民的最後攻勢。

長竹也從老巷趕來，善於治傷的梧桐將阿關接下，手上捻出了青綠色的葉子。葉子泛著淡淡螢光，黏上了阿關斷臂傷處，血很快停了。

「手在這兒啊！」韭菜和小白菜從那囚著義民的破屋踉蹌跑出，手裡還捧著阿關的斷臂。

八仙見太白星大軍開到，知道情勢生變，早已飛上了天，圍在太陰左右。太陰也停下了動作，和朱雀、玄武對峙著。

「這刀砍得眞是俐落，反而好接！」梧桐接下阿關的手。

阿泰久居福地，知道梧桐治傷醫術比醫官還行，一見他要替阿關接手，趕緊幫忙撕開了阿關袖子。

含羞、紫萁、九芎、螢子全圍了上來，指指點點吱吱喳喳著：「唉呀！」「小歲星只剩下一隻手了！」「沒關係，反正他可以使飛劍，斷手放進他那袋子裡，還可以伸出來抓鬼，豈不是更好！」

含羞推了推阿關說：「你的手是要接回去，還是要放進袋子裡？你的袋子呢？」

「手要接回去……」阿關說得無奈。

「三花妹子別來胡鬧！」梧桐瞪了含羞一眼，唸了咒語，將斷臂湊上阿關肩處，霎時瑩綠光芒閃耀四映。阿關只覺得斷臂的疼痛漸漸退去，手已經接上了，傷處只剩下一條血線。

梧桐又捻出幾片葉子，在手上一揉成漿，在阿關傷處塗了一圈，再拿出一條紗布，將傷處包紮緊實。

「眞神奇！」阿關吸了口氣，接回去的手臂一動也不敢動，深怕又落了下來。

梧桐拍了拍他說：「小心，三、五天內可別太用力，免得留下後遺症。」

紫萁嘻嘻笑著說：「咦，照以前你應該兩眼一翻，痛死昏倒，然後醒來才大叫：『耶！我的手又長出來了！』不是嗎？怎麼這次沒昏呢？」

阿關白了白眼，沒有回話。

阿泰在一旁和那三花姊妹鬥起嘴來說：「妳們廢話怎麼那麼多？」

那頭，吳剛殺得天昏地暗，鍾馗打不過，又不願讓手下白白送死，只能連連退著，退到了老屋牆邊。

吳剛大斧連擊，轟垮了一面磚牆，那正是囚著雨師的屋子。只見到風伯蹲在雨師身旁，手上抓著一條鐵鍊，竟用口咬，咬得滿嘴鮮血，利齒斷裂，卻仍咬不斷鎖鍊。

吳剛也不管三七二十一，見了風伯就打。風伯滿腹怨毒一下子迸發，發出了悲憤狂嘯，幾捲大風狂襲吳剛。吳剛舉起兩柄大斧硬擋，身上皮肉給吹出了片片傷痕，身子像脫線風箏一般，直直飛出老屋，還撞碎了後頭幾間老屋。

風伯更加瘋狂，他無法將鎖鍊自雨師身上卸除，只好將鎖鍊另一端自牆或地上拔出，抱著全身掛滿長長鎖鍊的雨師飛起，四周狂風更甚。

風停下，已不見風伯、雨師，老屋垮得稀爛，只剩下鍾馗。

「殺殺殺——」吳剛滿身鮮血，從另一端的破碎老屋中衝出，眼冒紅光，要找風伯報仇，既不見風伯，便繼續追擊鍾馗，本來四處逃竄的鬼卒見了鍾馗危急，紛紛趕來搶救。

「欺我太甚啦！真當老子是病貓？」鍾馗憤恨竄起，就要和吳剛拚了。這時，一旁落下一個大將，舉著大砍刀擋下吳剛斧劈，大將白鬚銀甲，是茄苳公。

茄苳公吹著鬍子，擋下吳剛好幾記劈擊，回敬一刀，砍斷了吳剛一支大斧的木柄。吳剛正欲反擊，鍾馗已經竄到了他腦後，一拳打在他腦袋上。

「誰要你這鬼王來幫忙！」茄苳公怒眼圓瞪，大喝一聲，一刀將吳剛劈成了兩半。

「去你的，明明是你來搶我對手！」鍾馗見茄苳公厲害，心裡佩服，一張嘴卻死鴨子硬。

□

「太陰，妳爲何私藏叛逃太歲？」太白星佇在船頭上，揚聲問著。

太陰眼色閃爍不定，兩隻手隨著風擺，一語不發。

鍾離權高聲說：「太白星大人，您和咱們主子同爲七曜，無分高低，咱們擒了叛逃太歲，正要押去主營，怎能說咱們私藏？」

太白星拂著鬍子，哈哈笑著說：「我奉玉帝之命，在南部追擊叛將辰星啓垣，收到了斗姆消息，要我支援她，說是太陰陰謀造反，擒了叛逃太歲卻不交出，要我來興師問罪！」

太陰仍不答話，何仙姑怒斥著說：「斗姆含血噴人，你太白星就相信嗎？」

太白星手一招，身後站出來的，卻是千里眼和順風耳。

八仙們個個吃驚，互相交頭接耳著說：「這兩個傢伙不是跟在那叛逃太歲身邊嗎？」

藍采和叫著：「他們那時還一起和我們作對吶！分明是斗姆自己有鬼！」

太陰喚了兩聲，本來和星宿們纏鬥的天將全聚了回來，有二十來個，圍在太陰身邊，個個目露凶光。

太白星笑了笑說：「太陰小娃，老實說，我信妳勝過信斗姆。這斗姆在主營可得寵，處處貶低咱們七曜，彰顯自己威風，我看她不順眼許久了。我想也是那傢伙惡意誣陷妳的，只是玉帝有命，我得將那小歲星擒下，拷問啓垣、澄瀾的下落。妳不和我鬥，我也不和妳鬥，如何？」

太陰眼睛偏了偏，往下看去，只見到太白星部將已經救出阿關，壓制住義民。阿關身邊也圍著王公和寒單爺。

另一頭鍾馗正聚著鬼卒，老子的星宿軍也守住了一方天際。

太白星那大王船上，二王爺也領了一票海精搖旗吶喊。

太陰知道現在和太白星硬拚，絕對佔不了便宜，默然半晌終於開口說：「我去找斗姆談談。」

太陰說完，轉身飛去，身後七仙招著張果老。張果老看了看地下的阿關，又看了看太白星，喃喃自語幾句，只得跟著太陰走了。

太白星見太陰遠去，瞧了瞧前頭朱雀、玄武，隨即轉頭向地上找著，果然見到了老子。

太白星朗聲笑著，飛向老子。

老子騎在牛上，笑吟吟地伸出雙臂，和飛下的太白星雙手搭著手說：「好德標！解了圍、救了人，還不忘補上一招驅虎呑狼、借刀殺人！」

太白星也笑著說：「是老師教得好，您沒事眞是好！」

神將們紛紛落下，阿關等也從另一頭趕來，大聲喊著太白星說：「太白星爺爺，你怎麼也來了？」

百聲搶著回答說：「關哥，你派大眼和大耳南下，卻被我們抓到了！」

阿關看向王船，只見到千里眼和順風耳站在船邊尷尬笑著，向他搖手。

原來太白星儘管得知阿關在北部並未淪爲惡棍，但詳細情由仍然不知。他早已經掌握了太歲和辰星幾處藏身據點，想要找機會詳談，又怕被其他不同路的神仙通風報訊，說自己通敵。一方面也擔心辰星性格高傲莽直，逼得太緊惹惱了他，眞打起來兩敗俱傷，便一直僵持著，將防線慢慢往目標逼近。

南下的千里眼和順風耳不明就裡，在南部找了兩天，遠遠瞧見天上辰星部將行蹤，大剌剌地越飛越近，卻讓埋伏在暗處的太白星部將攔了下來。這才知道阿關已在中部，要和太陰作對。

太白星知道太陰厲害，怕阿關吃了虧，便領著全軍和千里眼、順風耳趕來幫忙。

「局勢大亂，主營惡念薰心，很多神仙都察覺出了，只是不敢明說。本來我還想找著澄瀾，看能否暗中幫著主營神仙驅盡惡念，避免打打殺殺，以後見了面也好過些。這些天來，聽說那玉皇竟信任魔界大王，要請那魔王來補四御之缺，我便下定決心，開始盤算該何時攤牌。」太白星緩緩地說。

「本來我隨著千里眼、順風耳來援小歲星時，我只當已到了攤牌之時，誰知太陰即便降了，仍然心懷鬼胎。八仙們的交談全讓順風耳聽見了，我才抓住了把柄，用來嚇嚇太陰，順便說點斗姆的壞話。」太白星呵呵笑著，將經過娓娓道來。

「老君爺爺、老君爺爺！」寒單爺本來不見影蹤，此時突然捧了個黑忽忽的傢伙，擠進了大夥兒身邊，不停嚷著：「老君爺爺，救救我兄弟吧！」

大夥兒朝寒單爺手上看去，原來寒單爺從一間半傾的老屋中，找著了那和他共患難的兄弟有應公，急急忙忙找老子求救。

有應公身上也穿了許多條鎖鍊，有些鎖鍊猶自放著火焰般的符術，將寒單爺手臂都燒紅了。

「唉呀，這是勾陳教給太陰的殘暴法術，我也給這鎖鍊綁過。」老子搖搖頭，伸手在有應公額上按了按，注入幾道靈光。有應公咳了幾聲醒來，痛得大叫大嚷，又暈了過去。

「這法術可極厲害，這民間小神必定吃足苦頭啦……」老子嘆了口氣，捲起袖子，繼續朝有應公額頭注入靈光。

太白星也伸出手來，抓著一條鎖鍊，手上放著白光，好不容易鎮過鎖鍊上的符術，將鎖鍊扯斷。

梧桐捻了幾片葉子，化成漿汁，灌進有應公口裡，讓他不那麼痛苦。

大夥兒七手八腳，好不容易才將有應公身上的鎖鍊清理完畢。梧桐接手施展醫術，將有應公包紮得像木乃伊一般。

太白星揮了揮手，將手下部將招來吩咐：「事不宜遲，等太陰返回主營一問，我便露餡了。咱們趕緊離開這兒，好好商量下一步棋該如何下。」

大夥兒紛紛飛昇，登上那大王船。王船越駛越高，穿過了雲端。

阿泰攀在船邊，興奮叫嚷：「原來是飛船吶！」

太白星本已從千里眼、順風耳先前說明中，得知了這亂局起由，自知因眾神們錯估情勢，強要那烏幸、千藥以仙體煉備位太歲，造成了黃靈、午伊惡念蝕腦，搞出一連串壞事。他也是當初共同決議的大神之一，此時想來更是感嘆不已。

「黃靈以前倒是乖巧……」太白星嘆了口氣說：「不論如何，不能再任他為惡了，這太歲鼎是一定要搶回來的。我可要去找那辰星說個清楚，三星一同造反劫太歲鼎，倒也有趣。」

阿關連連搖手說：「不能劫！林珊在福地布下陷阱，故意引辰星和太歲爺去劫吶！」

太白星笑了笑說：「現在有老師坐鎮，任那秋草小仙如何足智多謀，咱們幾個千年老頭合力鬥智，難道會輸給一個小丫頭？」

老子也說：「如今情勢，只有兵分二路了。洞天不能不救，太歲鼎也是要劫的，我倒也想會會那秋草小娃娃。」

太白星和老子同看阿關，說：「小歲星吶，洞天便交給你了。」

阿關本就急著想回洞天幫忙，此時連連點頭，但又擔心提醒著說：「但你們還是得小心黃靈和午伊，在太歲鼎上，他們會很難纏……」

太白星哈哈一笑：「還好你這話是對我說，要是對澄瀾說，他聽了可要生氣放雷電你啦，你當澄瀾連兩個毛頭都比不過嗎？」

「我……我不是這個意思！」阿關連連搖手。

「你們才該當心，我得知主營為了在征討魔界前壯大軍威，會大張旗鼓、浩浩蕩蕩地進攻洞天。屆時斗姆、熒惑星，乃至於那魔界魔王都會一同出兵，只憑你們可難以抵禦，我特地將派往各地的夥伴們全召來了，都隨你一同去救洞天。」太白星手一招，身後那票海精騷動起來。

阿關這才注意到，王船上不只是兩位王爺的海精，便連水藍兒、章魚兒、螃蟹精、小海蛙等也身在其中。

水藍兒躍了出來，領了她那票海精走到阿關身前，向阿關點了點頭，進了寶塔。

「葉元爺爺，你們也來啦！」阿關嚷了幾聲，他瞧見遠遠有隻大怪，正是大傻。葉元就坐在大傻肩上，向他打著招呼。

「阿關大人，你忘了還有我啊！」一聲粗聲大喊，阿關朝聲音看去，是那獨臂城隍，身後還跟著甘、柳、范、謝四位家將。

遷鼎一戰之後，四季神盡皆戰死，城隍等傷癒後，被派至鎮星一軍中協助對付太陰；太陰降後，這城隍又被派往協助太白星對付西王母，此時也隨著太白星一同前來相助阿關了。

「大家都到齊了！」阿關高興喊著，城隍和葉元等也紛紛進入寶塔。

這頭太白星已經點起了兵，二王爺吆喝著海精們幫忙，將一個個義民往阿關白石寶塔裡扔。鍾馗也摸著鼻子，他儘管知道洞天一戰難打，但終究是答應了的，也只好招著手下，都往寶塔裡跳。

靠在船邊的精怪突然叫了起來：「有東西追了上來！」

大夥兒看去，一陣黑風狂至，二王爺連忙下令挺起王船巨炮。但那黑風勢子極快，朱雀、玄武縱身去擋，朱雀左手一揚，現出巨大羽翼，將黑風吹散，竟是那風伯。

風伯抱著雨師，不顧朱雀、玄武追捕，竄到了王船甲板老子跟前，跪了下來，一句話也不說，重重磕著響頭。

朱雀、玄武飛竄追上，左右圍了風伯，兵器隨即架上他頸子。太白星也往前挪了幾步，以防風伯突然向老子發難。

二王爺和五王爺齊聲嗥叫，抽出兵刃就要往風伯腦袋上斬，太白星連忙喝止。二王爺停下動作，卻仍怒視著風伯。在福地遷鼎大戰中，他們大哥便是讓這風伯殺了。

風伯的眼睛潺潺流著血淚，仍不停磕著頭，額上濺出了血，將那甲板都磕得裂了。

一旁躺著的雨師不能言語，微微顫抖著，數十條鎖著筋骨的鐵鍊還泛著殷紅微光，灼燒著雨師那慘烈的身子。

老子已知其意，拍了拍太白星手背，下了青牛走到風伯身前。

老子緩緩問著：「你心染惡念，成了惡神，你知道嗎？」

風伯仍磕著頭，喃喃說著：「太上師尊、太白星德標，救救我雨兄弟，我救不了他……」

老子將先前問句，一字不差又問了一遍。

風伯頭磕得更大力，大聲說：「是、是……我邪了、我邪了……」

老子沉沉地說：「太陰心染惡念，手段殘暴，所以你雨兄弟受此大苦；你心染惡念，凶殘暴戾，苦的可是別人。你不想受苦，不想親人好友受苦，卻又爲何使別人受苦？」

「我不知道……我不知道……」風伯不停磕頭，血淚流了滿臉。

老子不再多說，伸手按在那雨師腦門上，像醫治有應公一般，注入了靈光，太白星、梧桐見了，也趕緊上來幫忙。但這雨師身上所捆的鎖鍊，及其鎖鍊上的法術，更是有應公的數倍之多、數倍之重。

老子呼了口氣，伸手拭了拭汗，無奈地說：「小風兒啊，這雨師情形你見著了，不是三天兩頭可治好的。你若有心救他，別向我磕頭，向那小歲星磕頭，乖乖讓他替你驅除心中惡念，隨他去救洞天，回來我還你一個活蹦亂跳的小雨滴兒，帶你倆一同採果子吃。」

風伯四顧半晌，總算找著了阿關，二話不說就要跪下。阿關連忙趕上去接著，想不出有什麼客套話可說，只覺得風伯身上惡念又多，又令人厭惡，直接兩手搭著風伯手臂吸出一股股惡念，都往王船下頭拋。

風伯強忍著難受，讓阿關抓著惡念，直到阿關腿軟無力，總算抓出了三成惡念。風伯也軟倒在甲板上，讓阿關施了印，推入白石寶塔。

又是一陣忙亂，太白星總算點兵完畢，高聲分派著工作：「百聲、九芎護衛小歲星前往救援洞天，其餘將士隨我去找啓垣、澄瀾敘舊。啓垣性子古怪又好強，屆時談不攏打起來，你們也可得當心。」

老子呵呵笑著說：「啓垣性子是好強，但我說的話他豈會不聽，你們忘了，當初便是他上天庭救我的。」

兩位王爺一聲令下，王船已經轉向，朝南方飛去。

阿關也讓百聲和九芎提著肩膀，帶著裝有各路兵馬的白石寶塔落下地，轉往洞天方向。

76 揮軍洞天

「斗姆，這樣可好？」熒惑星雙手交叉，瞪著眼睛問。

斗姆端坐在一張凌空轎子上，由幾個天將抬著轎子。

斗姆輕搖著扇子，臉上皮肉扭曲猙獰，斜眼睨視著熒惑星說：「我說你這傻大哥，你沒瞧見那什麼獄羅神那般得志模樣？我便搞不懂，咱們這些勞苦功高的同僚，哪一點比不上那獄羅神？怎地他來歸順，一下子便在主營呼風喚雨起來，玉帝還要讓他繼那勾陳之位，屆時你、我，那太白星、太陰，都得看他臉色、聽他號令，你便忍得？」

熒惑星哼了哼說：「忍不得又如何，人家魔界大王，手下大將抵過三星。我空有一身武力，加上小有智謀，功勞也不過擒了那太歲澄瀾、拖住了十殿閻王、完成遷鼎大計……」

斗姆咳了兩聲說：「你也不必把功勞全往身上攬，你說你服是不服？你看你比起那獄羅神是高是低？」

「我當然不服！」熒惑星總算說了心裡話。「論打，我看那怪物不能打，成天躲在烏漆抹黑的大盔裡，連臉都瞧不見；論智謀，我想是高不過我。」

「是啊，我也這麼想。但他偏偏便是魔界大王，玉帝要一統魔界，就得要那魔界大王相助，你看他多紅，哼！」斗姆氣呼呼地說：「說要調兵攻洞天，我看是拿喬。咱們將兵馬全帶來了，在這兒等了三天，就等那魔界大王威風駕臨，再派咱們去打先鋒。你這個五星熒惑曾幾何時成了先鋒斥候？」

「閉口！」熒惑星大吼一聲，紅髮紅鬍倒豎成烈火，一手按在那火龍大刀上，手背筋脈都是一片通紅。

「好啦、好啦，就你氣，我不氣？」斗姆不停搧著扇子說：「你這顆火星熱死我啦，我剛剛的提議，你是敢不敢吶？」

「我爲什麼不敢？」熒惑星大喝一聲，將身邊的兩個部將都震退好幾步。

「熒惑星爺……」熒惑星部將之一的綠言青著臉上前建言說：「不論如何，咱們等到明天，等太子那五營軍、雷祖大人那雷部軍、二郎一支禁衛軍來了，再一齊行動好嗎……」

「什麼五營軍！」斗姆插口尖笑：「太子的五營軍全死光啦，那些還不都是魔界大王領上來的魔軍，濫竽充數，做做樣子罷啦，給我我還不要呢！」

斗姆大力搖著扇子說：「洞天不過就是一批傻笨精怪，咱們怕他什麼？搶個先機，一舉殺進去，擒下樹神，收了洞天，屆時玉帝問起，咱們便推說是洞天趁夜先對咱們發動攻擊，讓咱們擊潰，追著一路打進洞天罷了。咱們搶下頭功，以後論功行賞，也是咱倆功勞最大，至少面子上好看，免得讓那獄羅神瞧不起我們。一想到我們這等大神，竟被那魔界妖魔當成了先鋒斥候差使，我就渾身不舒服吶！」

熒惑星這會兒倒認眞考慮起來，盤算斗姆這一番話，身邊幾個部將個個面有難色，卻都不敢建言。

「大火球，你到底有沒有種吶？」斗姆自轎中站起，揮動扇子喊著：「你甘心做那獄羅神小弟，我可不甘；你要等那獄羅神來了替他探路，我可不幹！七星，領手下出擊——」

不待斗姆下完命令，熒惑星已暴吼起來，朝著洞天山壁竄去，抽出火龍大刀，高聲怒吼著：「熒惑星麾下將士，隨我殺進洞天——」

□

洞天平原的黃板台上，搭著一個個大小不一的帳篷，紅耳領著一支衛隊駐守在此，其中有個最大的帳篷，有其他帳篷的五、六倍大。

這大帳篷布置得十分漂亮，頂上蓋著黃金絲綢，周圍也鋪滿了鮮花。

外頭還有幾個強壯精怪拿著石矛鎮守。

帳篷裡頭傳來一陣陣咆哮聲，是飛蜓正發怒著。

「這什麼醜東西！」飛蜓裸著上身，憤怒咆哮著，手上不停搖晃著一件青色戰甲。

「什麼味道，好臭呀！」飛蜓皺著眉頭，將那青色戰甲扔到地下說：「給我扔了！這什麼玩意兒？」

若雨咕嚕吞了口口水，耐著性子撿起那青色戰袍，拍了拍身邊玉姨的肩頭。

鯉魚精玉姨神情黯然，仍微笑解釋：「蜓兒吶，這草戰袍是我特別幫你縫的，用了好幾種洞天最堅韌的翠草織成的戰袍，輕巧而堅實；上頭味道是藥草的味道，能讓你清心凝神，同時又有治傷護體的效用吶。玉姨我知道你性子強悍，爭鬥時也最凶狠，花了好多時間縫了這戰袍給你，要是你嫌難看，便將它穿在裡頭，外頭套上漂亮鎧甲，又何妨呢？」

「囉唆、囉唆！」飛蜓揮了揮手說：「我乃洞天大王，一人穿兩件戰甲豈不是顯得貪生怕死？讓其他神仙笑話！這醜陋東西要來幹嘛？扔了扔了！」

若雨在一旁聽著，俏臉漲了個紅，咬著下唇不發一語，一肚子火無處發作。這些天來為了顧全大局，大夥兒對著飛蜓百依百順，一來是為著和飛蜓的同袍手足之情，二來飛蜓驍勇，大戰在即，拉著飛蜓當夥伴，總比當他敵人好得多。

玉姨喃喃了幾句，還欲說些什麼，飛蜓已經暴躁罵著：「我的鎧甲呢？還不給我拿來？」

幾個精怪這才怯怯懦懦進了帳篷，七手八腳地將飛蜓那套銀亮鎧甲捧了進來。鎧甲本已十分華麗，這些天來飛蜓令精怪們每日擦拭，又換上一襲嶄新的艷紅披風，穿在身上，更顯得飛蜓英姿豪氣。

「哼！只可惜我的紅槍沒了——」飛蜓咬著牙，又恨起了紅耳，憤怒罵著。

紅耳憨厚忠實，這些日子不但不覺得生氣，反倒因為飛蜓又和洞天精怪成了夥伴而顯得十分高興，處處讓著飛蜓，倒真成了飛蜓手下將領一般。

那紅色長槍是飛蜓的心愛寶貝，讓紅耳給擰彎了。紅耳試著將它擰直，但自然無法和原先一般順直，顯得有些扭曲醜陋。

大夥兒想盡了辦法，在洞天裡蒐集著合適木材，替飛蜓打造十來柄槍矛戈戟等長兵器，形狀各有不同，有些長槍彈性如鞭、有些長槍堅硬如鐵。飛蜓好武，倒也喜歡這些特地為他打造的兵器，但仍記恨自己使得最慣手的大紅槍變得扭曲醜陋，時常出言辱罵紅耳，紅耳也沒放在心上。

飛蜓在帳篷裡一排長兵器中挑著，挑出了一柄雙頭戟。那雙頭戟一端有只尖銳槍頭，還橫出一支戈狀銳刃，和戟一般；另一端則是一只銳長矛頭，兩頭都能攻擊。

「今天誰來陪我打？」飛蜓掄了掄拳頭，大步走出了帳篷。

青蜂兒滿臉瘀青，右手還裹著厚厚的藥布。飛蜓每日要找人練拳頭、練刀練槍，洞天精怪能做他對手的寥寥無幾，青蜂兒時常硬著頭皮下場，和飛蜓過招。

此時紅耳還領著衛隊操演，他身上也有許多傷痕，也是和飛蜓「練拳頭」練出來的。

青蜂兒本來掛在黃板台邊緣古木碉堡的枯枝上，一聽見飛蜓嚷嚷，一張臉登時垮了下來，揉了揉瘀青的臉。

飛蜓點了五個衛隊精怪，要他們齊上，精怪們不敢不從，只好拿著石斧和飛蜓過招。飛蜓兩三下便撂倒了三隻精怪，一腳又踢翻了一個精怪，總算他還記得這些精怪都是他的手下，等同是他的資產，便也手下留情，只將他們打出了些皮肉傷。

「垃圾、廢物、窩囊廢！」飛蜓一腳一個，將這些精怪都踢了老遠。其他負責後援的精怪連忙上來，將這幾個倒楣的精怪抬了下去，包紮療傷。

「小蜂兒——」飛蜓一聲大吼，青蜂兒嚇得抖了一下，連忙飛了過去，落在飛蜓眼前。

飛蜓上下打量了青蜂兒，埋怨著：「怎麼你傷還沒好？是那些治傷團偷懶嗎？」

青蜂兒連連搖手說：「這些傷是昨天才讓大王你打出來的……」

飛蜓哼了一聲說：「你一手傷了，好，我便一手讓你，來吧……你可別怠慢，否則我打得更凶！」

「是……」青蜂兒暗暗叫苦，左手召出了長刀，向前兩步。

「今天讓我來吧。」翩翩自空而下，攔在飛蜓和青蜂兒之間，將青蜂兒向後推開。

「大王，小蜂兒不是你的對手，我陪你練吧。」翩翩手一翻，翻出了雙月。她將千羽巾結在雙肩上，羽巾飄逸飛揚，便好似以往那蝴蝶翅膀一般。

「翩翩姊，妳是凡人身體，和飛蜓哥打，會被他打死的！」青蜂兒遲疑著不肯後退。若雨也趕了過來，拉了拉翩翩袖子說：「翩翩姊，飛蜓哥可會生氣……」

翩翩轉頭向若雨苦笑說：「這可不行，這樣下去主營還沒來攻，我們夥伴可要讓飛蜓給打慘了，士氣都給打沒了。」

「滾！」飛蜓哼了一聲說：「我不跟娘們打！」

「大王，你怕輸嗎？」翩翩撥了撥頭髮。

「啥？」飛蜓瞪大了眼睛說：「翩翩，妳說什麼？」

「我們洞天上下最尊敬飛蜓大王，要是大王怕輸，我一手讓你……」翩翩這麼說。

「翩翩姊——」青蜂兒和若雨聽了翩翩說的話，正要攔阻，飛蜓已暴怒竄起，挺著雙頭戟那戟頭猛烈朝翩翩刺來。

翩翩身子一晃，已經飛起老高，手一揮，只打下一個光圈，立時讓飛蜓使風術打散。

「翩翩姊動作好快！」「和以前一樣快！」青蜂兒和若雨張大了嘴，不敢置信。

原來這些天翩翩也每日苦練千羽巾，且時常找著若雨陪練，但和若雨總是手下留情，練來更無滋味，隨著大戰逼近，翩翩更覺得心煩懊惱。

此時一番挑釁，除了護著青蜂兒之外，翩翩也想找個能夠全力一搏的對手，來好好對打一番。

飛蜓接連三戟都讓翩翩閃過，橫戟掃腰也讓翩翩一腳踢開，更是鼓足了勁，但怒氣卻減了三分，反倒顯得興奮。

「好！」飛蜓呼喝著，將那雙頭戟揮得更快。「看不出妳這麼厲害。」

翩翩逮著了空隙，幾道光圈打去；光圈越打越密，飛蜓用戟撥著。他的戟終究是臨時造出來的兵器，不能和原先的神兵相比，只擋了幾下，戟頭便給打斷了，只得以風術硬吹，總算將光圈全給吹散。

「紅雪姊，我怎麼覺得翩翩姊倒佔了上風？」青蜂兒低聲問著。

若雨也十分驚訝，沒想到翩翩這些日子，仗著千羽巾飛天，身手漸漸回復，竟接近以往程度。

「快給我拿其他兵器來——」飛蜓揮著缺了一頭的長柄大吼著，底下一干精怪連忙上帳篷裡挑著，又扛出了幾支大槍、大矛出來。

「不好了、不好了！」幾隻精怪從狹長窄道竄進了黃板台，大聲叫嚷著：「神仙攻進來了、神仙攻進來了！」

「什麼？」若雨和青蜂兒聽了，連忙飛昇上天，往狹長窄道竄去查探。

飛蜓接著一柄大槍，另一手持著原本的雙頭戟，將之倒轉，使用另一端的大矛，也不理會四周騷動，連連朝翩翩攻擊。

翩翩卻已無心戀戰，她記得阿關最後一次傳來符令時，曾說神仙會於十日之後發動攻勢，此時尚不到十日，神仙便已經展開攻擊，使她慌了手腳。

「飛蜓大王，敵人來襲了，要搶你的洞天寶座！」翩翩連連閃躲，一面喊著。

飛蜓哼了哼，手上攻勢未停歇，大聲吼著：「好啊，讓他們來搶，來一個我殺一個——」

幾隻負責大鐘的精怪連連敲著鐘，發出了陣陣鐘聲，一傳千里。猶在平原上嬉戲的精怪們，全叫嚷了起來，紛紛舉起已備好的石斧長矛，吆喝著往古木碉堡聚來。

紅耳領著衛隊，往狹長窄道聚去，才一靠近，就見到青蜂兒的身子如脫線風箏般飛了出來，是給打出來的。

窄道裡若雨正和幾個神仙纏鬥，以少敵眾，連連敗退，只得仗著飛空速度，退回黃板台。

「好痛，是七海來了——」青蜂兒讓紅耳扶起，揉著他的臉，臉上又多了兩塊瘀青。

「唔？」飛蜓正殺得性起，隱約聽見了青蜂兒說話，這才停下了動作，有些愕然地問：「是誰來了？」

青蜂兒轉頭大嚷著：「飛蜓大哥，是七海來了——」

「他在哪兒？」飛蜓一聲大吼，直直往青蜂兒竄去。

七海是他幼時夥伴，時常在那水潭大石上爭奪洞天第一勇士的頭銜，當時飛蜓和花螂、七海、鉞鎔幾個少年，競爭得最是激烈。

一聽見舊日對手要來搶洞天大王位置，飛蜓總算沉穩了些，落在青蜂兒身邊。青蜂兒指著狹長窄道，飛蜓望去，只見到斗姆威風凜凜地坐在花轎子上，前頭七星開路，斗姆身後還跟著其他神仙、天將。

七海果然穿著靛藍色戰甲，佇在七星陣中，和七星一同前進。

「怎麼七海去跟斗姆了？」若雨和青蜂兒面面相覷。

原來黃靈、午伊見己方直屬大將一個個跑了，便在牢裡操弄惡念，試圖收化那些能夠聽他們號令的神仙，作爲臨時大將驅使。

七海便是其中之一，黃靈用收買飛蜓的法子，令天工打造華麗鎧甲和一柄散發著銀藍色光芒的三尖兩刃刀，將七海自階下囚升格成了歲星大將，在玉皇的命令下，隨著斗姆進軍到最前線，等著大夥兒會合再一同出陣。

黃靈、午伊此時猶在大牢裡挑選合適神仙，卻料不到新收伏的頭號大將，已隨著爲了搶功的斗姆一同殺進了洞天。

飛蜓一見七海，便要衝上去殺，卻讓紅耳一把揪住，往後扔了老遠。他們的戰術是在黃板台上打狹長窄道，自然不能衝進去硬碰硬。

七海一見飛蜓，也是新仇舊恨一併升起，舊恨自是那幼時打架恩怨，隨著惡念而成了強烈鬥爭恨意；新仇則是那午伊日日夜夜和七海說著這干叛逃部將壞話，說是只要能夠殺了這一干叛徒，玉帝準會大大賞賜。

「看我立下頭功——」七海大聲吼叫，勢子快如飛電。他是洞天飛魚精，背上一副飛魚鰭翅，飛空速度可也不下歲星那批蟲精部將，一跳一躍已經到了窄道入口。

紅耳當先攔在前頭，揮動那柄大木棒，阻下了七海。

斗姆手一招，七星都停了下來。斗姆向身後天將使了眼色，天將們立時群聚往紅耳攻去。後頭跟上的熒惑星瞪著眼睛問：「妳做什麼？怎不一口氣殺去？」

斗姆嘿嘿笑著說：「那精怪凶悍，苦差事讓那獄羅神的爪牙去做，本部將士當然留著。你想想，要是本部將士戰得零零落落，而那獄羅神又存有私心，從魔界手下裡分派些酒囊飯袋給咱們，那咱們可不是吃虧了？讓他的手下去拚，咱們領著自個兒的手下坐收漁利，不是挺好？」

「就只會想這些賊點子！」熒惑星哼了哼，卻沒有動靜，似乎也覺得斗姆說得挺有道理，轉頭看了看己方部將，綠言和三辣也是洞天精怪，綠言是洞天蛙精，三辣是洞天蛇精。

熒惑星問：「你倆也住過洞天，怎麼攻最妥當？」

綠言支支吾吾，比手劃腳卻說不上來。

三辣只好說：「洞天精怪沒有征戰經驗，更無心機，除了紅耳，再也沒有對手，此時只是多了歲星叛將，咱們緩緩進攻，等著主營兵馬支援，穩操勝券。」

三辣說得含糊，有說等於沒說。熒惑星拿不定主意，看著紅耳揮動大棒，又打飛了兩個天將，只看得手癢起來，也想上去打打。

斗姆這方的天將有數十位，個個手持大斧，全往窄道出口擠。有些飛得較高，想掠過地上紅耳守勢，硬殺進黃板台。

幾聲尖啼，一團團金紅烈焰撒了下來，是洞天鳳凰聽了鐘聲，紛紛趕來支援，朝著狹長道裡吐火。

兩邊都是山壁，前後左右都是火，靠近出口處的窄道，一下子金金亮亮，不少天將給燒得進退不得，想要飛昇去打鳳凰，卻又讓守在高處的翩翩等打落下地。

七海速度飛快，閃過紅耳，竄入黃板台，看不到遼闊的洞天平原，只見到黑森森的古木碉堡，著實嚇了一跳，不知洞天何時多了這玩意兒。

「七海！」飛蜓兩隻手上拿著一槍一矛，方才久戰翩翩不下、讓紅耳揪著拋了老遠的怒氣一下子迸發出來；背上現出一雙黑紋翅膀，鼓動極快，掀起一道道龍捲風柱，乘著風殺向七海。

七海不甘示弱，使著三尖兩刃刀撥開一道道風柱，和飛蜓在黃板台上展開大戰。

這頭，紅耳又打飛了一個天將，只見到前方炸出大火，一片艷紅火海壓下了金黃焰光，鋪天蓋地般掩來。

「紅耳大哥，快退，是熒惑星來了！」若雨在天上大叫，吹著口哨要鳳凰撤退。

幾隻鳳凰紛紛掉頭，窄道裡爆出幾條火龍，張大了口咬住兩隻退得較慢的鳳凰。鳳凰身上發出金黃火焰，卻遠不及那火紅大龍，一下子就給捲進了下頭火海。

「這些畜牲的火，哪比得上爺爺我呢！」熒惑星哈哈笑著，腰間火龍大刀已經出鞘，那幾條火龍便是熒惑星的火術——紅龍焰。

「退！往碉堡裡退——」翩翩和若雨在空中下令，後頭手足無措的精怪衛隊這才紛紛退進碉堡。

紅耳揮動大棒掩護，隨著大夥兒往裡頭退。

青蜂兒朝飛蜓喊著：「飛蜓大哥，將笨神仙引進碉堡，殺得他們潰不成軍！」

飛蜓哼了哼，卻不理會，自顧自地酣戰。

青蜂兒只得在飛蜓身邊亂竄勸說，不時向七海放針。原來這些天他們便擔心飛蜓戰時不受控制，隨意打殺，無法配合大夥兒戰術。

空中翩翩見了，呼喚著若雨趕來助陣，將七海團團圍了。

飛蜓氣得怒罵，翩翩也不理會，一刀一刀朝七海劈，同時嚷著：「飛蜓大王，咱們剛剛比鬥不分上下，現在再比比誰先打敗這傢伙，你敢不敢比？」

「怎麼不敢比？」飛蜓揮動手臂，捲起幾道風朝七海吹去。

七海勉強閃過，後頭若雨和青蜂兒左右夾攻，前頭翩翩和飛蜓爭相要打他，手上那三尖兩刃刀很快便給飛蜓的木槍打飛。

但飛蜓一雙木槍木矛也打得損壞了，索性一把接了七海被打飛脫手的三尖兩刃刀，在手上秤了秤，哼哼地說：「爛傢伙的兵器倒挺閃亮，現在歸洞天大王所有了——」

七海見兵器讓仇人奪了，氣得大吼。青蜂兒長刀已經架到了他脖子上，若雨揮動大鐮刀刀柄狠狠砸在七海腦袋上，將七海敲得七葷八素。

「把他綁起來，帶回去大刑伺候！」飛蜓一巴掌打在七海臉上，正要再揍他兩拳，若雨趕緊開口說：「大王，您的絕妙戰術，是要在碉堡裡和斗姆一決死戰，咱們先進去，引那笨蛋進來！」

「是我的戰術嗎？」飛蜓有些遲疑，不記得自己下達過這樣的「絕妙戰術」，但又隱約記得「開戰時便退入碉堡」這種戰術方針。這是因爲這些日子來，翩翩和若雨一而再、再而三，千方百計地誘騙、叮囑他，就是怕他戰時一意孤行，壞了大局。

青蜂兒在一旁幫腔說：「洞天大王智勇雙全，剛剛你憑著一身武勇，打落了七海手上兵器，擒下七海，現在得展現您的過人智謀，來戲耍斗姆這笨蛋啦。咱們退回碉堡，看那笨蛋斗姆如何在飛蜓大哥的戰術之下，敗得屁滾尿流！」

「好——」飛蜓此時雖早將戰術忘了七成，也殺得興致昂然，但經若雨和青蜂兒一番遊說，倒也想向敵我雙方展現洞天大王智勇雙全的一面，加上七海已經受擒，便也跟著大夥兒退進了碉堡。

這頭，熒惑星的火燒得又烈又旺，反倒使得後頭的天將一時之間也無法殺進黃板台，只能枯等著。

斗姆見著了，氣得大罵：「就只知道放火，快將火收了，好讓手下殺進去吶——」

「斗姆！妳才只會貧嘴，出點力好不好！」熒惑星憤恨吼著，指了指，前頭的火海登時分開，在兩邊山壁上燒著，漸漸熄了。

斗姆見熒惑星發怒，斜眼瞪了他兩眼，手一招，高聲說：「上吧！」

七星這才往黃板台飛去，天將們圍在四周，斗姆和熒惑星跟進了黃板台，綠言和三辣見了前頭的古木碉堡，也大感奇怪。

黃板台上空蕩蕩的，一隻精怪也沒有，連七海也不見了。

熒惑星哼著說：「大家都說洞天美麗，我瞧也不怎麼美麗，長著這麼奇怪的樹。」

斗姆看著四周，指著前頭古木碉堡上的一個樹洞，說：「那有個洞，從那兒進去！」

七星你看看我、我看看你。貪狼向兩名天將下令：「還不殺進去！」

兩名天將受了令，硬著頭皮往那樹洞靠近，剛鑽進洞便發出了哀號，裡頭可想而知有陷阱。天將好不容易退出了樹洞，身上插了許多木箭，倒了下去。

「原來有陷阱！」斗姆氣得大吼：「給我攻進去！」

天將們四處循著碉堡，見著有些明顯樹洞，又不敢進去。碉堡上有些小口，不時發出箭來，幾個天將中了箭，紛紛落下。

碉堡裡，紅耳已經帶著大夥兒往主要的大穴去了，一路上精怪們都準備萬全，個個拿著弓箭，守在各自的崗位上，已不像先前那樣驚慌無措了。

斗姆和熒惑星都不是智將，在碉堡外頭僵了好一會兒，都找不出攻打的辦法。天將們飛得靠近碉堡枯樹去探視，也不時會有冷箭飛出。

「混帳，洞天畜牲，瞧不起我熒惑星是吧！」熒惑星大吼一聲，抽出長刀大吼，幾道火龍紅焰朝古木碉堡打去。火焰燒上了碉堡，紅殷殷的火光迅速燃開，將這黑森森的黃板台映得紅亮一片。

「熒惑星的火那麼厲害——」碉堡裡，若雨吃驚叫著。他們不是沒有想過熒惑星會放火燒樹，這數十棵在黃板台邊緣結成碉堡的大樹，都是千年神木，堅實無比，且都塗上了防火漆料，但在熒惑星的火術之下，卻和尋常樹木無異，一下子便燒得又烈又旺。

碉堡裡有些埋伏在樹洞裡的精怪身上著了火，很快給燒成了灰。神木碉堡中的千百條甬道歪曲彎拐，翩翩即便有歲月燭，一時之間也無法即時滅去所有火，只能眼睜睜看著整座神木碉堡逐漸燃起大火，一條條火紅大龍在甬道裡四處亂竄，許多機關陷阱尚未發揮作用便被燒了。

「退出去，退到外頭——」碉堡裡騷動起來，精怪們一個個往碉堡另一端的滑梯上跳，退向洞天平原。

□

「熱死我啦——」斗姆怪叫著，熒惑星的火越燒越大。

轟隆轟隆的聲音此起彼落，古木碉堡漸漸垮下，總算見著了洞天平原。

「那些精怪呢？那叛逃部將呢？」斗姆領著七星和天將，鑽過了碉堡廢墟，四顧望著廣闊平原。

熒惑星得意說著：「都讓我給燒死了吧。」

斗姆也任由熒惑星自吹自擂，她只當洞天已無對手，手一招說：「他們的防禦已破，看我們大開殺戒！」

七星如出閘猛虎，領著天將往洞天平原急竄。斗姆也呵呵笑著，乘著花轎親自殺下。

熒惑星見斗姆搶先下令，正怕功勞給她搶了，手一招，也要領著部將要攻。綠言卻急急大喊：「不對、不對，平原沒那麼高的草！」

熒惑星遲疑了些，果然見著大平原上的草長得高得嚇人，足足有兩、三個人那麼高。

三辣也說：「那些草會捲腳，是神木林裡的頑皮草，怎地長到平原來了？斗姆大人……」

熒惑星手一攔，阻了三辣發言，賊兮兮地笑著，看著斗姆驅著天將和七星，殺進了似海一般的大草堆裡。

斗姆不可一世，華麗大袍子在空中飛揚飄蕩，領著七星和數十名天將浩浩蕩蕩殺進草海裡。只見四周的草像有生命一般，扭曲擺動著。貪狼的小腿給草纏上，低頭一看，底下幾隻精怪各自舉著長矛，領頭的是老樹精。老樹精一聲令下，精怪們一齊刺去，將貪狼身上刺出了好幾個窟窿。

「殺——」紅耳的吼聲震天，一票洞天衛隊陡然躍起，和七星、天將亂鬥成一團。

只見草海捲起陣陣波浪、忽高忽低，精怪們全躲在草中，許多是白石寶塔裡的精怪義勇軍。牙仔、鐵頭、小狂在裡頭四處亂竄，一見天將衝進草裡，便用牙咬、用頭撞，攻擊著天將的腿和腳。

那草海只纏敵人，七星、天將們陷入苦戰，巨門打飛了幾個持著長矛逼近的精怪，忽然前頭花影閃動，幾個光圈打來，他讓草纏得無法脫身，硬生生吃下這幾記攻擊，臉上皮開肉綻。還沒回神，翩翩已經閃在眼前，一刀斬下了他腦袋。

斗姆在草海讓那些頑皮草捲住全身，還迷了路，怒得全身鼓起黑風，四處亂吹，吹碎了纏著她的草。一躍而起，低頭左顧右盼，身邊只有幾個天將，和七星中的祿存、文曲，知道中了埋伏，卻又不願意退回讓熒惑星恥笑，便急忙忙地往前頭飛，只想高高飛出草海，便不會再受到伏擊。

前頭幾條河流一片螢亮，是綠水。斗姆正遲疑著，一個天將踏進了水裡，綠水立刻掀動波浪，魚精張開嘴巴咬那天將的腳，癩蝦蟆呱呱兩聲，跳出綠水，一口黏球往斗姆臉上吐。

斗姆閃身避過，勃然大怒，要去殺癩蝦蟆。文曲急忙喚著：「斗姆大人，咱們的人馬全受困在草裡，那畜牲在誘敵，咱們回去救自己人，別和他瞎耗！」

「用不著你教我！」斗姆憤恨吼著，千里眼、順風耳逃了之後，身邊再沒有能讓她出氣的傢伙，此時一股怒氣無處發洩。癩蝦蟆呱呱叫了兩聲，又跳回了綠水裡，往上游游去。

「熒惑星維淳，還不來幫忙——」斗姆大吼著撲下了花轎，十指大張要去抓癩蝦蟆。水中的魚精推著癩蝦蟆游，游得又急又快，一下子游到了上游的燭台水。

一棵棵火焰樹豎立水中，追來的斗姆見癩蝦蟆在一棵樹上呱呱叫著，氣得大吼竄去。綠眼狐狸在一棵火焰樹上下令，幾隻鳥精在空中受令飛來，嘴上啣著網子往下蓋。

斗姆正要飛天，腳下的水草已經捲住了她的腳，再抬頭時已來不及，大網蓋住了她全身。鳥精們紛紛飛散，埋伏在此的精怪這才一個個從水裡鑽起，大都是魚、鰻等等水精。

一根根長矛自水中豎起，紛紛刺進斗姆身子裡。

後頭跟上的祿存、文曲見了，急忙來救，趕到了燭台水潭，只見那本來要到晚上才會冒火的火焰樹，一棵棵都發出了五顏六色的火。

水畔平靜無風，火焰樹的葉子卻一片片落下，本來溫和柔軟的火葉子，此時落在祿存、文曲身上卻是烈燙灼身。

祿存憤怒大吼著，揮動長劍一劍斬倒一棵火焰樹，想去救斗姆，這才發現腳又給水草纏了，動彈不得。

天邊一陣陣尖銳鳥啼，閃耀著銀光的鳥精結成了陣，漫天鋪蓋下來。祿存首當其衝，讓那陣鳥精衝過身子，身上多出了百來道傷痕，不支倒下。

這鳥精陣在遷鼎大戰時，曾隨鳳凰去救福地，翅膀像刀刃一般銳利。

文曲吃驚地看著四周，樹上精怪一個個搭起了弓，對準了他。正驚慌失措想要飛天，卻又讓那陣鳥精逼回水裡，接著他雙腳也讓水草纏了，噗通一聲摔進水裡，只覺得池水又冰又凍，凍得他全身都僵了。

「惡神仙們——」綠眼狐狸自樹上跳下，大聲嚷著：「你們仗著兵強將悍，可別忘了洞天草木皆兵；你們各懷鬼胎、一盤散沙，洞天全體卻是上下齊心——」

綠眼狐狸還沒喊完，精怪們紛紛射出了箭，將好不容易掙起的文曲射成了刺蝟。

□

「好！換咱們上——」熒惑星哈哈大笑，見陷入草海陣裡的斗姆手下天將一個個倒下，七星們也死得差不多了，這才揮了揮手，招呼著己方部將和天將緩緩開動。

綠言和三辣面面相覷，不知該說什麼，只得隨著熒惑星上前。

草海下一陣騷動，精怪們收到號令，知道熒惑星必定要放火燒草，趕緊從後方開始撤退。

翩翩、若雨左右竄出了草海，飛到半空中。

若雨大聲嚷著：「熒惑星，你以爲自己火厲害，讓我們來會會你！」

綠言聽了，立時進言說：「熒惑星爺，她們倒機靈，知道咱們要放火燒草，使緩兵之計吶！」

熒惑星哼了哼，手一揮就是一片火海，像大浪一般地往草海滾去。火牆竄出一條火紅大龍，張大了嘴直竄草海，許多精怪尖叫著，急著要逃。

翩翩自空中急急掠下，手裡翻出了歲月燭，幾柱千年不滅火游蛇似地捲上那猛烈火龍，只一瞬間，火龍便讓千年不滅捲成了好幾段，在空中消散。

「咦？」熒惑星大奇，想起了遷鼎戰後，也曾見過翩翩施展千年不滅。只是當時的翩翩全身裹了紗布，現在的翩翩卻是個凡人少女。

「她是太歲澄瀾手下的蝶兒仙，手上的異寶是洞天鯉精給她的，能滅所有火！」三辣出聲提醒。

「滅所有火？」熒惑星大吼著，揮動火龍大刀，嘴上鬍子都要燒成了火，拔聲大喊：「我看是吹牛——」

「翩翩姊，別和熒惑星硬碰硬！」若雨高喊著，一邊揮出了一道火牆打向熒惑星，卻讓熒惑星一刀劈散。

熒惑星呼喝一聲，身後部將全竄上了半空，去圍那翩翩和若雨。

翩翩儘管已經熟練千羽巾的飛空技巧，但仍不敢大意，高高飛起，以光圈掩護，且戰且走。

熒惑星大喝著，三條火龍竄進草海，登時烈焰沖天，草海瞬間成了火海。此時精怪大都撤出，往安全的地方逃。

翩翩和若雨自然是負責斷後，在空中仗著速度飛快，打著游擊，拖延時間讓精怪們撤退。

幾個斗姆領去的天將此時逃回這兒，見了一片火海，只當是熒惑星也戰得激烈，四處尋著。好不容易找著了熒惑星，急忙求救：「熒惑星大人，斗姆大人有難，快去救她！」

熒惑星正惱著自己三條火龍中，又有一條讓翩翩的千年不滅火給滅了，也不理睬那兩個天將求救，一個天將求得急了，熒惑星大喝一聲，竟一刀將他斬了。

另一個天將見了，當下愕然，話也說不出，只能悄悄往後退著；只退兩步，一股紫色火鞭捲上他的腳，一下子將他燒成了大火球。

「你殺他做什麼?」熒惑星怔了怔，不明白身邊的三辣為何要攻那斗姆殘兵。

三辣苦笑說：「熒惑星爺，這兩天將都是斗姆手下，您先殺了另一個天將，這天將便不能留，免得逃了……去向其他神仙搬弄是非……」

熒惑星點點頭，手一招，自己這方的天將卻有些猶豫，彼此看了看，緩緩動身飛往洞天平原，去追擊那四竄的精怪們。

另一邊的綠言不禁暗暗叫苦，他知道不論是斗姆還是熒惑星手下天將，都是獄羅神帶上來的妖魔，穿上盔甲分發到各大神帳下，骨子裡實則都是同一窟的。即便三辣殺了另一名斗姆天將想要封口，但早讓己方天將瞧在眼裡，這又會造成什麼效應，便難以想像了。

綠言和三辣對看了一眼，都搖搖頭，不明白爲何熒惑星本來只是暴躁易怒，卻沒想到這次竟會見死不救，且如此濫殺，威武大神的氣勢一下子減滅許多，似乎還多了幾分奸巧無賴。

「他們逃得好快，咱們追——」熒惑星看著前頭翩翩等神將掩護精怪四處流竄，有些往深處林間躲藏，有些往大湖方向逃竄，便問了那同是洞天出身的綠言和三辣。

綠言指著青蜂兒和紅耳退去的方向說：「他們要往神木林退，深入那幾座小山，會經過一片片交錯崎嶇的山壁，更裡頭就是神木林。神木林有數不清的高聳大樹，看剛才那黃板台前後的陣仗，神木林必然也布下了陷阱機關。」

熒惑星大笑說：「這些小花小蟲眞盡力，我倒想見識他們還能變出什麼把戲！」

三辣則指著翩翩逃竄的方向說：「那片林子進去，聽說是蝶兒仙的舊居，有潭銀水池、有個寒彩洞，從那兒還有捷徑可以直接進神木林。這蝶兒仙以前是太歲頭號大將，有智有勇，洞天這些機關大概都是她一手策劃的，擒下了她，洞天就只剩一批傻愣精怪動物了。」

「好，我們就去捉蝶兒仙，奪了她那燭台！」熒惑星手一招，發出了號令，將先前四散追捕精怪的天將又招了回來。

大軍掉頭，熒惑星一馬當先，領著十來名部將和二十餘名天將，浩浩蕩蕩往寒彩洞追去。

77 寒彩洞伏擊戰

「這個死了！」「這也死了！」燭台水畔的精怪吱吱嘎嘎叫著。天上那隊鳥精已經飛遠，去支援神木林的防守。

綠眼狐狸、癩蝦蟆指揮著精怪，團團圍在斗姆、祿存、文曲的身邊。

「這位大媽好像還活著？」精怪們嚷嚷著。斗姆直挺挺地站在水中，頭低低的，身子讓十數柄長矛刺穿，一雙眼睛仍大大睜著，口鼻都淌著黑血，一條分了岔的舌頭溜出口外。

「把她綁了，抓回去！」精怪們起鬨著，大都無心機，見斗姆這般模樣，只當是打勝了仗，並沒想到要補下殺手。

「她是斗姆，大家有箭的便射，別讓她回過氣來！」綠眼狐狸經歷許多次惡戰，見識過斗姆乖劣性情，也知道洞天精怪們太過單純，趕緊下令要殺。

「你這狐狸在凡間待得久了，和凡人學壞了是吧？」「這大媽已經吐血，咱們將她綁了便得了，何必虐殺她？」

一條洞天鰻精游了過去，化出幾條大鬚，就要去綁斗姆。綠眼狐狸急忙大嚷：「小心，別靠近——」

鰻精也不理會，長鬚剛伸了去，就讓陡然抬頭的斗姆一把揪著。斗姆口鼻冒出黑氣，眼睛通紅淌血，猶如冤死厲鬼，一把將那鰻精扯得四裂。

「躲進林子、躲進林子——」綠眼狐狸放出紫霧掩護著大家逃，四周的精怪急忙退著，有些精怪混亂中放著箭，還射中了己方精怪。

斗姆吐著黑煙，似乎明白了什麼，幾爪抓死了十數隻精怪，縱身一飛，卻不是追擊那些往林子裡逃的精怪，而是往回頭飛，暴吼著：「熒惑星維淳——」

□

翩翩和若雨回頭看，精怪們都散得差不多了，熒惑星大軍緊緊追在後頭，卻不追趕其他精怪，而是一味地追著她們，一路追到了林間深處那銀白色大潭。

大潭裡還漂蕩著片片形狀有如睡蓮的大葉，翩翩一腳剛點在那大葉上，背後一團火就已經打了過來。

翩翩再度縱身，避開了這火球，轉頭一看，熒惑星部將已經殺上了這大潭。

「我們進去！」翩翩和若雨互相使了個眼色，若雨揮出大片火牆，攔阻那些熒惑星部將。

「班門弄斧，在咱們面前玩火！」熒惑星部將們個個施法放火，若雨的火牆立時給打得四散。

火勢消去，但翩翩和若雨卻不見蹤跡。

「熒惑星爺——」三辣指著那雪花絲綢般的瀑布說：「她們遁入了瀑布，瀑布後頭有條小道，通往寒彩洞。」

熒惑星揮手吆喝著，領著眾將穿過瀑布，殺進洞裡。洞裡一塊大冰阻住去路，冰像是剛結出的一般，冰裡還隱約可見流動的水。

「燒融了這冰！」熒惑星只覺得寒彩洞裡冷冽異常，有種說不出的厭惡。

幾個部將放了火，那大冰似乎十分耐熱，讓一陣大火燒了許久，才出現幾道裂縫。冰中的水宣洩而出，沖過一干熒惑星部將的腳和腿，眾部將都不由得打了個顫，腳都讓那水凍得僵了，都暗暗施展火術驅寒。

「該往哪兒走？」熒惑星領著部將在四通八達的洞裡繞著，忍不住開口問了。

綠言尷尬抓著頭，三辣也支支吾吾地說：「這地方是那蝶兒仙的舊居，咱們以前很少來這兒，只知道有條暗道通往神木林。」

「什麼……」熒惑星露出了不悅神情，身後的部將通報上來說：「熒惑星爺，後頭的路又結了凍！」

原來寒彩洞裡各處通道，不知怎地都滲著水，在各個通道間結出了一面面冰牆，有些十分薄，有些竟厚達數尺。

熒惑星領著部將一路融冰前進，早已不耐煩了。

「兩個小娃兒在這寒彩洞中潛逃，必然也要經過通道。冰牆薄，表示她們剛剛通過，冰剛結凍不久，咱們順著那些較薄的冰牆前進，必然能逮著她們。」一個熒惑星部將建議。

「未必……」三辣搖搖頭說：「寒彩洞裡本來便四通八達，條條通道交錯相連，若不時生著新冰牆，晚生的冰牆自然便薄了。她們熟悉這地方，或者另有法術能操縱這些冰牆也不一定。」

「全是飯桶——」熒惑星哼了一聲，火龍大刀一拔出鞘，猛力劈在前頭一道冰牆上。冰牆轟然炸裂，四碎的冰塊有些砸在靠得較近的部將身上，他們也都不敢作聲，只能暗暗喊疼。

「隨我來——」熒惑星怒瞪著眼，雙手通紅發出大火，烈火沿著通道四竄，將整個寒彩洞燒得紅通一片。

火浪轟隆襲上通道壁面，快速往四周擴散，一條條通道全是大火，紅艷艷的火龍四處竄打。

「哇——」熒惑星的部將叫聲此起彼落，那些火龍在壁面上游著爬著，卻破不了堅實壁面，狹長的窄道裡滿是火焰。熒惑星的部將也讓這火海淹了，個個燒得跳腳，只能施展法術護著身子，勉力跟著熒惑星往前衝。

「混帳！混帳！混帳——」熒惑星暴怒吼著，一刀又劈裂一片冰牆。見到前頭又有一面冰牆，氣得大吼，更往兩邊壁面劈砍，寒彩洞的通道壁比臨時結出的冰牆更為堅實，熒惑星砍了幾記，只砍出幾個小碎口。

「有種出來打，別像老鼠似地躲躲藏藏！」熒惑星暴吼一聲，又是三條火龍游出大刀，在通道裡游竄捲動。

三辣和綠言拉了拉熒惑星衣角說：「熒惑星爺，您息息怒，夥伴們可撐不住了！」

「嗯？」熒惑星看了看身後，十來個部將個個灰頭土臉，都讓熒惑星大火燒得手腳發紅，有些連鎧甲都燒壞了，若非這些部將本都是使火高手，早給燒死了。

「窩囊！我手下也會怕火？」熒惑星瞪著眼吹鬍子，深深吸了口氣。

「尋常的火當然不怕，但熒惑星爺您的火誰能不怕呢？」三辣急忙解釋。

熒惑星這才點點頭說：「這倒是……」

「綠言你說，往哪邊走？」熒惑星指著前頭岔路問，寒彩洞冰壁不怕火燒，且異常堅實，熒惑星不願像個傻子搥牆鑽洞，只好想辦法找出口。

綠言搔著腦袋，絞盡腦汁想著，比手劃腳算計著，隨便指了條路。熒惑星便下令手下放火燒那通道裡的冰牆，繼續前進。

每多碰上一面冰牆，熒惑星的臉色便難看三分，綠言和三辣的神情也更加尷尬害怕，部將們個個惶恐不安，他們破冰走著，不知走了多久。

「我記得了……似乎就是這兒！」三辣指著右側那面巨大冰牆嚷嚷：「這兒通到一處奇妙小室，裡頭有潭水池，有一座座冒著水的小泉，還有一面能映下身影的水牆，往裡頭走去，就是通往神木林的捷徑山道。我很小的時候來過，只來過一次，那時蝶兒仙她們根本還沒出世呢！」

三辣興奮喊著，他和綠言要比翩翩、飛蜓等更早在洞天煉出了十來年，寒彩洞只是他幼時玩耍的記憶。許多年沒回到洞天，一回來便是殺戮放火，此時重遊舊地，兒時記憶清晰浮現腦海，竟莫名地激動起來。「那叫什麼來著？流……流什麼？」

「流水牆！」三辣拍了拍手，哈哈叫著。

「毛躁什麼?」熒惑星反手一耳光甩在三辣臉上，將他打得撞上了牆。

熒惑星暴怒吼著：「明明來過，現在才記起，讓爺爺我在洞裡繞圈!」

「愣什麼?還不破牆!」熒惑星見部下一個個傻愣模樣，更是氣得紅鬍掀火，此時他倒沒想到部下的無措是讓自己嚇出來的。

大夥兒見熒惑星發怒，急忙搶著放火燒那冰牆。冰牆很快融化，啪擦一聲，出現一道裂口，接著是兩道裂口、三道裂口。

熒惑星部將察覺不妙時，冰牆轟然爆裂，那後頭的確有間大室。

裡頭全是水。

水轟然炸出，霎時淹滿整條通道。

「這水好冰!」「凍死我了!」熒惑星部將吼叫著，奈何被困在通道裡；有些想往後頭退，但剛游了不久，便發現手腳划水困難，四周的水已經開始結凍。

綠言召出了大鐵牌，鐵牌上幾隻火獸蹦了出來，圍繞在他身邊。火獸淹在這冰水裡，四隻一下子滅了三隻，綠言鼓足了全力施咒，總算讓最後一隻火獸不致熄滅。

幾條流光繞來，纏上了火獸，一下子便將火獸捲滅了。

「熒惑星，你不是想跟我鬥鬥火?」翩翩和若雨坐在一隻大龜背上，好整以暇地游出那大室。翩翩一手端著歲月燭，那千年不滅火在寒水裡竟不熄滅，游蛇一般地四面鞭打，打滅了熒惑星部將施法放出的火術。

「妳們怎不會結凍?怎不怕冷?」綠言接連召出的火獸都讓千年不滅打滅，氣得大吼，手腳已經凍得不聽使喚。

翩翩手上捏著一個鼓脹的葉子包，往臉上一湊，吸裡頭的空氣。她已是凡人，需要換氣。

「你忘了這裡是哪裡？洞天的水當然保護自家人！你們來放火燒殺，當然凍你們！」若雨大喊著，揮動鐮刀擋下了熒惑星部將朝大龜放出的法術。

翩翩扔下那癟去的葉子包，手一翻現出靛月，五彩光圈閃電四射，那些讓寒水凍得手腳發軟的熒惑星部將，紛紛狼狽躲著。靛月光圈不受寒水影響，仍快如閃電，霎時熒惑星部將哀號聲此起彼落，一個個摀了手或腳，血染紅了整個通道。

「混帳——」熒惑星怒極，全身燃起火焰，身子周邊的寒水一下子沸騰起來。

熒惑星揮動火龍大刀，一條火龍自刀上翻起，爪子大張，正要騰出刀身，千年不滅火已飛快竄來，纏繞上那大刀，火龍立時滅了。

「喝——」熒惑星張牙舞爪，提著刀撲向翩翩。翩翩和若雨自知不是對手，趕緊驅著大龜往後，退進了流水牆大室。

「抖什麼？還不追！」熒惑星憤怒吼著，催促著部將追趕，手上的火轟隆隆發出，射向四面結凍的水，漸漸結凍的水道一下子又快速流動起來。熒惑星部將強忍著讓光圈砍出來的傷痕和熒惑星的火灼痛苦，彼此攙扶著，隨著熒惑星追進那大室。

大室裡也滿滿是水，且同樣冰冷。裡面有處凹陷的小坑中，透出了好多光柱。那小坑本來是潭水，水上會噴發著五顏六色的小水泉，像一柱柱水柱——淹滿整間大室的水，便都是從這小水潭湧出來的。

「神仙們來了！殺——」大室裡殺聲四起，熒惑星部將們左顧右盼，原來四周埋伏了許多水精，個個拿著長矛或挺著身上的利鰭，從岩縫裡、石柱後頭殺了出來。

「吃我的火！」一個熒惑星部將憤恨吼著，揮手一團火就要朝一隻鯉魚精打去。鯉魚鼓嘴巴一吹，那火立時熄了，彷彿真將火吃了下去，同時，幾根長矛已經刺進那部將的身子。

「熒惑星，有種來鬥鬥火！」翩翩大叫著，又從大龜背上小袋裡拿出了個葉子包，湊上口鼻換氣。

「小畜生別逃！」熒惑星怒得紅了眼睛，眼裡只見到翩翩手上的幾道游蛇五彩火焰耀武揚威，四面鞭打他手下部將的火術。

熒惑星鼓動大火，朝翩翩殺了上去。翩翩和若雨立刻拍著大龜龜殼，轉向游往後方通道。翩翩在水道裡一手揮動千年不滅、一手放著光圈，牽制著熒惑星追擊，轉了幾個彎，進入一條直直長道。長道盡頭便是通往神木林的捷徑出口，也結著一面厚厚的冰牆，阻住了本來應當向外流的寒水。

熒惑星追進這通道，正鼓動著鬍子要揮火，只聽見兩邊喀啦喀啦的聲響，那直道裡的水結凍極快，一下子手和腳全結出厚冰。而靠近載著翩翩和若雨的大龜身邊的水卻一點也沒結凍，快速流動著。

熒惑星暴喝一聲，就要放火，翩翩已經轉動著歲月燭，千年不滅火一下子暴長竄起，十數道五色流光捲上了熒惑星全身。

熒惑星幾次想要施火，卻反而讓捲住全身的千年不滅火滲入身子，終於感到寒冷，手一鬆，連那火龍大刀都落了下去。

身後一陣騷動，水精們紛紛撤著，進了這通道，往翩翩那頭退；幾隻精怪還搶了熒惑星的大刀，抬著走了。

「趁他結冰時要他性命！」一隻精怪經過了翩翩身邊，這麼說著。

翩翩連連搖頭，捏著葉子包換了口氣，吩咐著：「熒惑星從沒讓千年不滅打過，這只能暫時凍住他，將他逼急了，大夥兒都逃不了。他那些部將怎麼了？」

「那些部將儘管受了冰凍水的影響，火術施展不開，但終究是五星部將，我們只殺死了他們兩個部將，夥伴倒死了不少。少了妳的冰火，咱們根本不是神仙的對手，只好撤退！」那精怪鼓著嘴巴埋怨。

若雨扠腰罵著：「要不是我們引走熒惑星，這些小圈套根本困不住他，別說了，快退吧！」

「熒惑星爺——」熒惑星的部將吼叫著，狼狽地趕進這最冷的長道裡，也都凍得受不了。一見熒惑星凍成了個大冰塊，都驚訝得說不出話來。

「她們在那兒，別逃！」一名熒惑星部將指著翩翩吼著。翩翩和若雨已經掩護魚精們出了洞，驅著大龜也出了洞。

寒彩洞外滿是流水，出口處結了厚厚的冰牆，只有一人大小的破口，水從這兒源源不絕地流出。翩翩和若雨將大龜推出洞，自個兒也出了洞外，那冰牆破口很快便結凍封死。

點了點兵，這票魚精只剩二十來隻。翩翩深深吸了口氣，總算不需再用葉子包換氣，看看天色，已經是黃昏，紅澄澄的天色將寒彩洞外的流水映得閃耀一片，美麗絕倫，一點也不像是經過慘烈大戰的樣子。

翩翩揮手一招說：「神木林那兒應當準備好了，平原一戰，四處逃竄的夥伴也應當都逃往神木林了，我們帶著熒惑星的大刀回去助陣！」

寒彩洞裡，熒惑星結成了一塊大冰漂浮著，幾個部將手牽著手齊心放火，艱難地融著身邊快速結凍的水，往那洞口靠近，只想著破了那洞口，水便能洩光了。

突然一陣刺眼紅光，熒惑星那大冰陡然炸裂。

熒惑星雙眼通紅，憤怒至極，身上噴發出艷紅大火，周邊的水很快沸騰，靠他近的兩、三個部將讓這陣巨焰震得吐出了血，身子都燒得黑了。

熒惑星舉著大火，在長道裡亂竄，也不理會部將們的叫喚，一味地亂撞亂搥。

「轟隆——」一聲天驚地動，寒彩洞長道出口炸裂，三辣軟綿綿的身子飛彈出洞外，在地上打了好幾個滾才倒下，奄奄一息。

沸騰的水爆了出來，熒惑星竄上天際，全身紅通一片。他暴吼著，指甲陡然暴長，牙齒也尖了好幾吋，兩隻眼睛放著艷紅光芒。

「總算找到你這奸賊，維淳——」尖銳嗥叫自遠方天際竄來。

熒惑星回頭一看，一片黑雲狂掩而至，一個伴著黑紫色風霧的大神，身上插了好幾根長矛，兩隻眼睛紫得嚇人，口鼻全是黑煙，黑血流了滿身，正是斗姆。

「你按兵不援，想坐收漁利——」斗姆嗥叫著，張開大爪朝熒惑星撲來。

熒惑星齜牙咧嘴，口裡也噴出了火，像是一頭火龍，一點也不畏懼斗姆捲起的漫天黑霧；他雙臂一鼓，鼓出了烈火紅雲，艷紅色的紅雲和黑霧在天空相撞，炸出了巨大風暴。

「哇，熒惑星和斗姆打起來了！」若雨和翩翩正在趕往神木林的途中，見著了天空那團大雲激撞，仔細一看，竟是熒惑星大戰斗姆，也吃驚不已。

通往神木林的山道那頭，也傳來了吵雜聲音。綠眼狐狸、癩蝦蟆、老樹精正領著一票精怪趕路，他們從燭台水順著綠水一路往神木林撤退，正好撞上了從寒彩洞出來的翩翩一行。

「翩翩仙子啊！咱們在燭台水暗算了斗姆，誰知道她還沒死吶。呱呱，真是嚇死大家了！」癩蝦蟆蹦著跳著，誇張述說著方才大戰。

一票魚精指著天空說：「我們知道啊，那不就是斗姆嗎？」

只見天上兩個大神更像是地獄爬出的大魔一般，凶烈可怖。

癩蝦蟆等個個驚訝嚷著：「瘋了，大神們一個個都瘋了！」

「我看到了勝機，我們一定能贏！」翩翩看著天際那激烈交撞的紅黑雲團，握緊了拳頭，眼睛閃耀著希望的光芒。

底下的綠言攙扶著三辣，一票熒惑星部將都負了傷，身上一些較重的傷反倒都是讓熒惑星暴怒下噴發出的火給燒傷的。

一行部將顛顛倒倒、彼此攙扶，茫然看著天上，見了天上戰況，都驚慌喊著：「那不是斗姆大人嗎？怎麼和熒惑星爺打起來了？」

斗姆和熒惑星身上發出的紅火和黑霧都漸漸消去，法術拚鬥變成了貼身肉搏。

「你這大火星好不要臉，假漢子、真小人！」斗姆口中還淌著黑血，一條舌頭游蛇亂捲，揮動一雙黑紫色的大爪子朝熒惑星或抓或甩。

「賤婆娘，妳瞧瞧妳這副厲鬼模樣，分明邪化了，我便先斬後奏，提著妳的腦袋去見玉帝！」熒惑星也不甘示弱，儘管少了火龍大刀，但一拳一腳仍強過斗姆。幾招過去，熒惑星一拳伴著烈火打在斗姆肚子上，深深沒入斗姆腹中，烈火炸開，斗姆腹部多出了個大洞，周邊焦黑一片。

斗姆嗥叫一聲，用盡最後的力氣要和熒惑星拚命，卻讓熒惑星揪住了頭髮，一手掐住脖子，又是火光四射，硬生生將斗姆脖子給燒灼得焦黑斷裂。

斗姆終於死去，屍身緩緩飄落，在空中溢出黑氣，腦袋還讓熒惑星提著，斷頸處閃著紅火。

一干熒惑星部將可都讓天上這場惡鬥嚇得白了臉，不知該如何是好。

□

天漸漸地暗了，閃亮的星星眨了起來，布滿洞天夜空，一陣陣如極光般的光流，在平原的水邊搖動閃耀著。

神木林裡靜悄悄的，一棵棵參天神木上、交錯纏結的枝幹間，架著許多平台。平台或大或小，小的能藏兩、三隻精怪，大的能納數十隻精怪，平台上頭大都立著一根根木樁，有如壁壘一般，有些小口還露著箭頭。

「都過了這麼久，不知道翩翩仙子他們如何了?」一隻精怪出聲問著，領隊的青蜂兒不發一語，自顧自地在樹上平台角落揉著麵糰，似乎是在做食物。

「蜂兒大哥，你肚子餓了嗎?樹上滿是甜美果子你不吃?」精怪們覺得好奇。

青蜂兒搖了搖頭，繼續揉著麵糰，跟著將麵糰揉成長條，切成一段段，桿成一張張圓餅皮;從一旁小袋裡摸出像是內餡般的泥狀物，用那些圓餅皮包成一個個包子。

「翩翩姊和紅雪姊應當在寒彩洞禦敵才是，反倒是飛蜓大哥，不知將七海抓去哪兒了?」青蜂兒拭了拭汗，看著遠處平原，平原上的大火不但沒熄，且越燒越烈，那些草燒了都會再長，大火始終未停。

在撤退時，大夥兒各自照著事先規劃好的崗位撤退。翩翩和若雨退往寒彩洞，青蜂兒領著精怪退到神木林上的箭台，紅耳領著一批衛隊退往神木林右前方的矮林間埋伏。

飛蜓抓著七海，卻不知飛上哪兒了。

青蜂兒呼著氣，在平台上生了個小火堆，又一手操縱著法術光芒覆住那些包子，再用火烤包子。在神妙法術的包覆下，包子不但沒焦，且冒出陣陣香味。

神木林右前方的矮林響起了歡呼聲，青蜂兒順著聲音看去，只見到翩翩和若雨領著一票精怪們進了神木林;其中兩隻精怪扛著熒惑星的火龍大刀，高舉過頭，四周的拍掌喝采吶喊歡呼聲此起彼落。

「那是五星熒惑的兵器吶！」「斗姆也敗了！」「我們打敗了熒惑星和斗姆啦！」「他們在自相殘殺！」精怪們興奮嚷著，一傳千里。

翩翩和若雨上了樹，和青蜂兒詢問了情勢，知道飛蜓失蹤，都隱隱覺得不妙，不知他們兩個會幹出什麼事來。

又是一陣騷動，柔和的光芒覆了過來。青蜂兒回頭一看，樹神領了一干長老落在這大平台上。

青蜂兒趕緊起身相迎，說：「樹神婆婆，妳的身子還沒好吶，應當待在樹宮休養才是，爲什麼過來？」

翩翩和若雨飛上青蜂兒鎮守的這平台，見樹神來了，也覺得驚訝。

樹神苦笑說：「直到剛剛，我才知道維淳和斗姆已經來了，你們一票小精奮力禦敵，我這棵老樹又怎能躲在大樹宮裡納涼？」

大夥兒攙扶著樹神在平台上坐下，翩翩等則輪流述說白日至今的戰情。

□

一望無際的大湖，湖面廣闊平靜，水色不時變化著青翠瑩綠或是靛藍色、淡紫色、粉紅色的光芒。

在接近湖岸邊的林子裡，有條蜿蜒的小河流，河流和湖並不連接，相隔了數十公尺之遠。

精怪們勤奮地挖著通道，挖著連接小河流和大湖泊的通道。

玉姨領著一票小精，遞著柔軟的布和漿果，慰勞那些工作的大精怪們。

大湖中央卻不平靜，相隔了數公尺、漂浮在水面上的大葉，分別站著飛蜓、倒臥著七海。

「現在你還敢說，我這勇士位子是騙來的？」飛蜓搗著肩頭創口，揮著那閃亮三尖刀，得意洋洋瞪視著水面大葉上的七海。

七海拭了拭嘴角的血，在大葉上站了起來，恨恨地說：「要不是小女娃幫你，你怎搶得下我的武器，你有武器而我沒有，讓我打傷了還敢囂張？」

「理由眞不少！」飛蜓喝了一聲，將那大刀使力一拋，拋上了水岸，斜斜插在地上。

「嘴硬！看我打到你心服口服，還不跪下來叫我一聲『洞天大王』！」飛蜓掄著拳頭，在水面點了兩下，已竄到了七海那片大葉上。七海翻了個筋斗，閃過這拳，和飛蜓扭打起來。

原來大夥兒撤退時，熒惑星的火燒得旺盛，飛蜓拎著七海隨大夥兒逃，和精怪們狼狽推擠，一點大王威風也無，心中已經滿肚子氣。七海不時出言相激，一會兒罵他要靠翩翩和若雨的幫忙；一會兒說他這「洞天大王」的名號一定是自吹自擂，要不就是騙來的。

飛蜓當了好幾天大王，威風凜凜，哪裡受得了這種激，拎著七海飛離隊伍，往大湖飛來，要打得七海心服口服。

這大湖叫作「夢湖」，是飛魚精七海的生長之處。

一片片大葉在湖面漂，附近有些水精瞪大了眼睛，都躲在水裡觀戰。飛蜓不許他們插手，和七海在大葉上打著，在水面上奔騰追逐。

七海手一捲就是一片大濤烈浪，飛蜓也揮出龍捲風相迎，風和浪捲上了天，化成大雨落下，兩人在水波中不停揮拳踢腳。

一條千年大魚精浮出了水面，老得連話都說不清了：「怎麼又是你們吶？小蜻蜓和小魚兒，好多年沒有見你們了，怎麼又在打架了呢？」

一隊持著尖叉的魚精，將那老魚摀住了嘴巴，往後頭拖，不時叮嚀著：「老魚呀，他們已都是大神仙，不是那小孩子啦。前線似乎已經打起來了，咱們趕緊趕工挖道吶，遲了就來不及了，別理睬他們了，何況那蜻蜓也不願讓咱們幫忙！」

老魚精咿咿哦哦，也不知道聽懂了沒，一會兒替飛蜓加油、一會兒替七海打氣。時間彷彿倒流，回到了過去。

一顆顆斗大的流星落了下來，七海一拳打在飛蜓小腹上，那拳還帶著波濤大浪，捲覆上了飛蜓全身，水灌進了他的口鼻，飛蜓再也支撐不住，在一片大葉上倒下；隱隱約約見到七海也跌在同一片大葉上，原來是自己中拳瞬間，也回敬一拳在七海腦門上，將他也打暈了。

《太歲　卷六》完

地底深淵的魔宮

糾纏錯結的墨黑色山脈，山上光禿禿的，只長了一些黑色樹木，樹木枝幹彎曲糾纏，沒有一片葉子。在那些尖銳的樹枝上，還插了許多奇形怪狀的屍體，染著大片乾涸血跡。

天上的雲也是褐紅色的，閃動著嚇人電光。望向遠處，有些地方下著狂烈的暴雨，有些地方捲動著雄渾烈風，更遠處則因爲暗紅色大霧遮住了視線而看不清楚。

自山腰往下望去，整片山壁上布滿了密密麻麻的洞穴，洞穴外頭有許多長著翅膀的妖魔飛翔巡邏著，這兒是魔界——魔王獄羅神的勢力範圍。

洞穴裡的甬道漫長蜿蜒，離洞口一段距離之後的甬道模樣漸漸有些不同，開始出現華麗的瓷壁裝飾，黑亮的壁面鑲滿了鮮紅亮眼的寶石，壁面也變得平滑方整。這無數條華麗甬道連結到各處大廳，每個大廳當中都有許許多多的妖魔，他們有些正開著宴會，飲著鮮紅色的血漿，或是用血漿釀出來的血酒——那些血全都是敵人的血。

有些大廳中卻是開著征戰會議，那些位階較高的魔將，各自領著隸屬自己的小跟班，凶惡地商討著下一個要征討的對象。

在一處最廣闊華麗的大廳中央，擺了條長長桌子，桌子一角坐著幾個部將——鎮星部將。

黃江輕搖著酒杯，自酒杯中的鮮紅血酒，望著自己的倒影。

黃江身旁坐著的是洞陽和鄱庭，更一旁還有好幾個鎮星大將。

洞陽不發一語，憂心忡忡地在黃江耳邊輕語，鄱庭則歪了嘴巴，一拳頭敲另一旁一個開心飲用血酒的部將同僚腦袋上。那同僚大聲埋怨著：「爲什麼不能喝？挺好喝的不是嗎？鎮星爺也喝得挺開心，鄱庭你裝什麼清高？」

鄱庭瞪大了眼睛，正要發作。

黃江輕輕拍了他大腿，淡淡地說：「別亂，這兒不是我們的地盤。」

鄱庭深吸口氣，用只有洞陽和黃江兩人聽得見的聲音嘆著：「想不透，我眞想不透……」

「這其實也沒什麼……我大概猜著是怎麼一回事了……」黃江微微苦笑。

幾個妖魔端上一道道熱騰騰的菜餚，鎮星部將和其餘魔將們紛紛動起刀叉，大口嚼咬著盤中的鮮嫩肉塊。

在大廳遠處一角還有扇金黃色的門，黃金門通往另一個小房間，房間裡一張金色小桌、兩把椅子，四面牆不停地變化景象。

鎮星和獄羅神面對面坐著。

「你這魔界大王可不簡單，要是尋常妖魔，想造出這輝煌天障宮殿，大概要耗盡一生的魔力。」鎮星舉起了黃金酒杯，將杯中殷紅血酒一飲而盡。

獄羅神戴著大盔，看不清面目如何。他淡淡地說：「大多數妖魔儘管耗盡一生魔力，也造不出這大宮十分之一。」

鎮星嘿嘿一笑，將酒杯放在桌上，雙掌按上桌子，手背黃光泛起，小房四面牆上突然現出了裂痕，裂痕越加擴大。

「哈哈，藏睦，你拆我房子來著？」獄羅神笑聲尖銳難聽。

「我看你這天障完美得一點破綻也無，我便忍不住想試試破它。」鎮星哈哈一聲，停下施術，舔了舔嘴角上的血酒殘渣。

「恐怕你破不了。」獄羅神接過鎮星那空杯，拿起桌上的酒瓶，又倒入了血酒。

鎮星搖搖頭，信心滿滿地說：「如果在大山外頭，我奈何不了你；但我在這大宮裡，由內部施法突破，我便有把握。」

「如果我不在，你從裡頭、外頭或許都能破我大宮；但有我親身坐鎮，那又不一樣了。」獄羅神倒滿一杯血酒，輕輕哼兩聲，房中四面牆上的裂痕瞬間沒了，且還多了幾座塑像。

「這大宮如此遼闊，如果你藏匿其中，或許能以法力和我拚鬥，阻我破你大宮。」鎮星接過酒杯，又是一飲而盡，冷冷盯著獄羅神。「但我倆面對面，你天障獨步魔界，近身打鬥卻差我一截，在我鎮星面前想藉天障逃跑，也不可能。這樣說來，我還是有辦法破你大宮。」

獄羅神哈哈一笑，再替鎮星倒酒，問：「我倒好奇，五星之中，誰打架最行？你和那歲星、辰星、熒惑星、太白星比起來，哪個厲害些？」

鎮星攤了攤手說：「別提那些蠻牛，一個比一個凶悍。太白星差些，他脾氣好，不常打架。」

獄羅神點點頭，說：「我雖打不過你，但可不至於一交手便敗，若我能撐上半刻，槍鬼便能殺了你。」

「好！好！」鎮星大力拍掌，乾了第三杯血酒。「槍鬼那傢伙的確行，聽說他有如魔界中的二郎。」

「二郎？」獄羅神搖了搖頭說：「據我所知，天界二郎、太子、太歲澄瀾、辰星啓垣、熒惑星維淳……這些神仙雖然武勇，卻比不上槍鬼智勇雙全。許久之後，那天界第一強將或許只能被稱作『槍鬼第二』。」

鎮星有些驚奇地說：「你牛皮吹得真大，槍鬼若有如此厲害，他豈會服你？」

獄羅神大盔中的眼閃爍著紅光：「如何不服？魔界之中，其他魔王可沒這閒情逸致，也沒這本事以天障打造輝煌大宮，供所有妖魔夥伴居住，他們只能藏匿黑暗髒臭的山中洞穴。」

「便因此，數不盡的妖魔都服我，願意跟著我，而不是跟隨尋常魔王。槍鬼儘管厲害，在這一點上也和尋常魔王無異。在我勢力中，他的地位只在我之下，在魔界中，算來何其崇高，他有什麼理由不輕鬆坐這魔界第二高位，要辛辛苦苦自己當大王、搶天下？就算要篡我位子，也得等我收盡天下後再篡，在這之前搞事，只是吃力不討好。就因爲槍鬼聰明，他必然明白這些道理。且他不像你專破天障，在我天障之中，他要害我，也未必那樣容易。」獄羅神也飲了一杯酒，淡淡說著。

「哼，都讓你算盡了。」鎮星哼了哼，雙手一攤，表示折服。「別說廢話了，你要我向神仙們薦你，我已和幾個大神們說了。紫微、斗姆、熒惑星等還有些疑慮，但玉帝對你這大批兵馬倒似乎有些興趣。太歲鼎剛遷鼎完畢，那小歲星竟然跑了，幾處反叛邪神還沒降伏，主營兵力匱乏，許多神仙還眞想借你的大軍用用。」

「老友藏睦，那照你看，我若上凡助玉帝，神仙之中，有誰服我、肯替我說話的？」獄羅神問。

「誰和你是老友？不過，若你眞肯舉兵助玉帝平定四方邪神，我也願意助你掃平其他魔王，一統魔界。你造天障給群魔住，管得他們安分些，或許便不再有些無聊妖魔上來搗亂，人間還落得清靜，我也省事。斗姆性情古怪，熒惑星是牛脾氣，並非當眞反你。至於我，必然幫你說話，太白星也好說話，新任歲星黃靈、午伊沒啥太大發言權。不論如何，大神們都聽玉帝的，若玉帝屬意要你大軍，便別擔心誰不服你啦。」鎮星哼了哼。

獄羅神尖聲笑了起來，和鎮星互相乾了一杯說：「這倒也好，不過我有個更好的主意。」

鎮星好奇地問：「什麼更好的主意？」

獄羅神笑了笑答：「現在說了必然不順你意，其實也沒什麼。走吧，咱們出去陪陪大夥兒，你那一干部將手下可等得急了，和我手下都要打起來了啦。」

「什麼？」鎮星有些驚訝，回頭一看，黃金門已經敞開，外頭騷動著。長桌盡頭兩個鎮星部將壓著一個魔將作勢要打，更多的妖魔們鼓譟起來，其他魔將也擁上去助陣，眼見就要發生群架。

鄱庭一把抓住一個魔將手腕，將他翻了個筋斗摔在地上，正要揮拳打去，只見到後頭一個大魔將推開妖魔走來，接下鄱庭這拳，以相同手法將鄱庭也摔在地上。

「妖魔好大膽子！敢打鎮星部將！」鎮星部將怒罵起來。洞陽搶先上去，揮動羽扇朝那魔將掃去。

那魔將面無表情，全身墨黑鎧甲，臉部和獄羅神一樣，黑色大盔覆住了臉，看不見長相。這魔將舉手擋下了羽扇，反手一抓，捏著了羽扇，指上烈火燃起，燒上羽扇。

「地獄炎！」洞陽大驚，抽回羽扇，施了幾道咒術卻吹不熄扇上的地獄炎。一旁的黃江木劍突然斬來，將羽扇斬去大半邊，留在洞陽手上的半邊羽扇尚未著火，另外半邊在空中下落時便已燒成灰燼。

洞陽後退兩步，又驚又惱，唸了唸咒，揮了揮羽扇，半邊羽扇這才又長出新的羽毛。

「這麼厲害，你是槍鬼！」鎮星部將之中一個年輕小將驚訝問著眼前的大魔將。

那大黑盔魔將身後，擠來了一個蒼白面孔的魔將，笑嘻嘻地說：「他不是槍鬼，他是『武王』，是使地獄炎的高手，我叫作『貉』，你叫什麼？」

那小將還沒回答，就讓鄱庭一把揪開，大聲喝斥著：「你們這些魔界妖魔，膽敢不將我鎮星部將放在眼裡！」

鄱庭巨吼著，手上變化出雙鐵戟，就要衝上去和武王拚命。一旁又冒出了個大魔將，一身黑甲，比起武王更高大些，一把抓住鄱庭的鐵戟，鄱庭只覺得那魔將力大無窮，看清了他面貌，趕緊棄了鐵戟，往後一躍，低聲喃喃：「槍鬼……」

槍鬼揮了揮手，武王和貉全都往後退去，一干妖魔也登時四散。槍鬼微微一笑，將雙鐵戟遞還給鄱庭。

鄱庭氣惱窘迫，正不知該不該接回武器，遠處便已傳來鎮星喝斥聲：「鄱庭，你做什麼？無端生什麼事？」

鄱庭才要開口辯解，黃江已經拉住了他，悄聲叮嚀說：「沉住氣。」

鄱庭不再多言，黯然低下頭，接回槍鬼遞來的鐵戟。

鎮星雙手一招，領著眾部將隨著那領路妖魔離開，飛出這黑山巨宮，往上飛著，穿透了褐紅雲端，往凡間飛去。

黑山巨宮中，槍鬼和獄羅神並肩站著。槍鬼問著：「大哥，你將全盤計畫都跟那鎮星說了？」

獄羅神大盔中閃耀著紅光，冷笑著說：「只說了一半，他還不夠壞，現在聽了我們計畫，大概要拍桌怒罵；再過一段時間，聽了多半要笑。」

槍鬼哈哈一笑，高高舉起酒杯，裡頭的殷紅血酒激烈迴盪，都濺了出來。

槍鬼高喊一聲，大口飲下，黑山巨宮中，傳出一陣一陣群魔們的巨大激昂的鼓舞聲、叫喊聲和狂歡聲。

「大家，再過不久，不僅僅是重臨人間的時候到了，就連天界也是我們的了！」

〈番外　地底深淵的魔宮〉完

番外 染血的南天門

一座不起眼的小宮殿外，門前兩座石像崩裂坍塌，半掩的大門微微晃動，一隻大眼睛湊在門縫後頭，悄悄地往外瞧。小宮中不時傳出苦痛的呻吟聲。

「大眼兒，你見到了什麼？」一個裝扮素淨、婦人模樣的神仙，蹲在一個年老婆婆神仙身旁，替她包紮治傷。

大眼就是千里眼。千里眼急忙稟告說：「默娘奶奶，外頭殺得好慘，雲都染成了紅色……」

那婦人模樣的神仙，便是民間信仰中的媽祖娘娘，又被稱作默娘。

默娘嘆了口氣，身旁的年老神仙是碧霞奶奶。碧霞奶奶不停咳著，看著默娘，神情恍惚。

「碧霞奶奶，妳說龍王領兵追殺妳，他爲何要追殺妳？」默娘問著。

「龍王奪了神心殿，老身我死守煉仙宮。兩宮距離近，我本想和他商量如何平息眾神大亂，他卻對老身突施偷襲，這……這龍王現在和勾陳連成一氣，四處作亂！」碧霞奶奶氣憤說著。

腳邊地板上或躺或坐著不少神仙，大都負了傷。不久前，默娘得知天庭大亂，便領著一批直屬小仙鎮守宮中，謹慎躲藏，接著陸續派了些許小仙出宮，將那些落單的負傷神仙救回宮中藏匿。

神仙們大都不明所以，只知道本來平靜無事的天庭突然起了騷動，然後便一發不可收拾。大夥兒都說是那太歲鼎崩了，各路神仙都要搶奪新鼎。

「默娘奶奶！外頭有其他神仙來啦，啊呀！好多吶——」順風耳驚慌喊著，趕來回報。

「默娘！妳宮中情形如何？」后土推開了門，領著一票神仙急急入宮。

「你們想做什麼？」「退出去！」默娘手下的小仙們神情慌張，紛紛舉起兵器搶上攔阻。

「那是后土大人，小仙們退下！」默娘大聲喝斥著，心中卻暗暗驚懼，不知向來交好的后土，此時闖入她宮中所爲何事。

幾個小仙緊張得失了分寸，見后土身後一批將士全身染血，只以爲他們要來打殺，不聽默娘喝斥，便要動手。其中兩個小仙舉起兵刃，往后土砍去。

一聲低微嬌叱，幾個七彩光圈旋來，打飛了兩個小仙的兵器。輕盈身影落下，翩翩一腳一個，將那兩個小仙全給踢飛。

若雨自另一端破窗殺入，連連喊著：「怎樣，情形如何？默娘奶奶情形如何？」

默娘手下一批小仙見了素來以驍勇聞名的歲星部將殺入宮中，全都驚慌失措，有些四處亂逃，有些張嘴吼著，上前亂拚亂鬥。

「默娘妹子，妳究竟如何？說個話吧！」后土朗聲喊，雙袖一揮，幾道黃光滾動，將那些四處亂竄的小仙全掀翻摔在地上。

「你們全退下！」默娘驚慌奔來，斥退了一票小仙，和后土低聲攀談，這才明白后土沒有敵意。

「同僚們守著玉帝和新太歲鼎退下了凡間，紫微大人殿後，正在南天門擋住勾陳。我向澄瀾借了手下大將，特地來找妳。」后土急急說著。

默娘欣慰苦笑，也將宮中情形簡單說明，隨即召集小仙，扶著負傷神仙們，準備撤退。

千里眼、順風耳兩邊探路，翩翩、若雨作為先鋒，一行神仙往南天門前進，途中碰上了落單神仙，也順手救起。

一行神仙很快地來到了南天門，巨大牌樓下積著滿滿的屍堆。紫微領著一干天將，和雷祖等雷部將士一同死守南天門下，勾陳大軍將紫微一方等團團包圍，向裡頭攻打。

「后土回來了，咱們準備退吧——」紫微見了后土，大聲下令吩咐著。

雷祖當先領頭，殺出重圍，掩護神仙們往南天門外雲端下飛翔。

勾陳臉色蒼白，神情卻十分興奮，來回飛竄，指揮著手下追擊。

后土一行眼看就要與紫微會合，突然聽見一聲巨吼，龍王領著一票天將自後方襲來，后土手下的天將立時轉身接戰。只見龍王紅眼紅鬚，殺氣騰騰，一把揪著幾個天將，都撕了個碎。

「龍王，你是怎麼了？大夥兒都怎麼了？為什麼不能好好說呢？」默娘哀戚喊著。

她本守在宮中，只知道外頭動亂，此時來到了南天門，才知道情況慘烈超出她的想像，她手下幾個小仙也紛紛迎戰，和龍王一票蝦兵蟹將殺成一團。

龍王鼻孔噴著氣，見了默娘，怪吼問著：「是妳呀，默娘小妹子，妳是隨那造反玉皇，還是隨咱勾陳大人？」

「跟上咱們，后土！」紫微身邊的將士紛紛戰死，有些竟還互相殘殺起來，只得飛昇上天，往外頭逃。雷祖領著雷部將士簇擁著紫微往凡間降下。

勾陳大軍部將盡出，趁勢掩殺。勾陳見后土來到，大聲問著：「后土妹子，紫微都已逃了，妳降是不降？」

后土也不答話，指揮著天將往前頭衝，只盼能逃出南天門，跟上玉帝、紫微。

默娘喃喃祝禱，身上白光大現，一陣一陣有如柔紗，往龍王襲去。龍王正和碧霞奶奶戰得不可開交，只覺得默娘打出這術法光亮正潔，使他心中煩悶。

碧霞奶奶本已負傷，和龍王鬥了一會兒，漸漸不支，默娘的白紗光芒來得正是時候，掩護著她後退，卻聽見勾陳遠遠大喊著：「默娘！碧霞！妳倆聽好，太歲鼎崩壞，玉皇那票全邪了，天庭大亂，妳等快隨我鎮壓造反邪神。太陽、龍王已追隨我，我加封新四御，便給你們四個！」

「無恥勾陳！」后土憤怒斥罵：「四御豈能讓你隨便封，新四御隨你，你自己又成什麼？至高無上的天庭大王？太歲鼎只崩壞一夜，這惡念太可怕了！神仙們快退！飛出去尋玉皇！」

「留下，大家留下跟隨我，平亂之後，必居高位！」勾陳高聲喊著，仍持續向默娘和碧霞奶奶喊話。

默娘怔怔看著四方，每一座宮殿都燃起大火，天上的雲都成了紅色，神仙們的屍體堆疊如山，不由得難過地落下淚。她身上白光更盛，照得龍王連連大吼，便連碧霞奶奶也讓這白光映得睜不開眼睛。

一個個負傷神仙藉著白光掩護，紛紛逃出南天門，自雲端往下跳。

「大眼、大耳，你們也退，大家都退吧！」默娘柔聲吩咐。

千里眼拉著默娘的大袍一角，大聲喊著：「默娘奶奶，妳和我們一起去吧！」

那頭后土指揮著天將撤退，眼見默娘還留在戰圈中，趕緊回身去救。天上異光閃耀，勾陳踩踏著鮮紅血雲飛下攔阻，一爪抓住了后土肩頭，毒術咒法瞬間籠罩住后土全身。

「便只一晚，向來正氣凜然的勾陳，一身法術竟變成如此凶惡……惡念！全都是惡念吶！」后土鼓動金光，怒瞪著勾陳，鼓出全力對抗勾陳放來的凶惡毒術。

「快退、大家快退！」默娘高聲喊著，她閉上了眼睛，白袍飄揚，一揮手將千里眼、順風耳拋出老遠，拋出了南天門外。

「妳沒聽見勾陳大人說話嗎？妳默娘不識好歹，別瞎纏，天庭已是咱們的了。碧霞，勾陳大人封妳爲新四御，妳快去擒了默娘，讓她別放光啦，刺得我眼睛好疼吶！」龍王朝著碧霞奶奶大吼。

「四御！封我爲四御？」碧霞奶奶伸手擋著眼簾遮光，身子搖搖晃晃，似乎心中正交戰著。

「碧霞奶奶、龍王，別自相惡鬥，快去救援后土，你們難道沒見到勾陳神情變得如此貪婪？」默娘喊著，又一鼓袖，白光大盛，將殺上來的天將逼得不住後退。

碧霞怔了一怔，腳底生煙，飛竄過去救后土，突然卻在默娘身邊定住了身子，雙眼和默娘交會。

默娘突地一驚，只覺得碧霞奶奶眼神中包含了許多意念，矛盾、無助、貪婪與邪惡糾結，映出殷紅的血色。

碧霞奶奶細瘦的手鑽入了默娘心窩。

「好！」龍王哈哈一笑，一手遮著眼睛，一手大揮，吶喊：「眾將士們，上去將那臭娘們斬成肉泥，追隨勾陳大人，成就大業——」

天將們瘋狂地向前，默娘身邊兩、三個還沒來得及退的小仙哭叫著，拉著默娘的大袍，想要拉著她後退。

「默娘妹子！」后土吐出了血，勾陳的毒術侵入她全身，盡力抵禦已是極限，再也無法抽身去救默娘。

默娘眼睛微微閉起，口中喃喃祝禱，身上白光不但不滅，且更為閃耀，一陣一陣光華大現。她微微伸手，將幾個小仙也拋出了南天門，身子飄浮，向后土緩緩飄去，竟像是要去救援后土。

「好刺眼呀，妳竟還不死——」碧霞奶奶緊閉著眼睛，張口吼叫，嘴裡一隻隻獠牙長出，一手還插在默娘胸口，卻阻不住她。

「神仙……你們忘卻了你們是神仙嗎？凡人百畜、萬物生靈難逃惡念侵襲，便連神仙也是如此？」默娘喃喃唸著，突然身子一震，身上發出了強烈的白光，震撼著整個南天門，腳下石板掀起、牌樓傾搖。

「翩翩姊，趁現在——」若雨和翩翩本來被勾陳一票部將圍著猛攻，進退不得。此時那票勾陳部將讓這陣耀眼白光映得摀著眼睛退開，若雨和翩翩也正好逮著機會快速飛出戰圈，左右竄下去救后土。

若雨揮動大火鐮刀朝著勾陳掐住后土肩頭那手斬去，勾陳連忙縮手，吐出暗紫煙霧。翩翩和若雨挾著后土飛天，卻讓這陣煙霧熏得一陣暈眩，動彈不得。

「妳們先退，我去救默娘妹子。」后土和默娘一向友好，掙脫了勾陳毒術，轉身要往默娘那兒飛去。

「后土大人，我們隨妳去救！」翩翩和若雨緊隨左右，大聲喊著。默娘性情和善溫柔，天庭神仙大都喜歡她。

后土伸手一揮，幾道黃光捲起翩翩、若雨，將她倆向外拋去，大聲吩咐說：「蝶兒仙，妳別忘了自己身懷重任，去吧，完成妳的任務！」

翩翩和若雨吸入了勾陳的邪術毒煙，一時間法術施展不出，讓后土黃光一捲，瞬間給捲出了南天門外，向下急急墜著。

「妳還不死、妳還不死——」碧霞怒吼著，只覺得插在默娘胸中的手如火燒般疼痛。

默娘閉上了眼，不再言語，身子燃出了亮白色的火焰。后土飛身來救，揮動陣陣黃光，和碧霞奶奶、龍王展開惡鬥。

這頭勾陳正鼓動起黑風大霧，要下來收拾后土，突然眼睛大睜，雙手亂揮，急急喊著：

「大夥兒穩住，西王母來了！」

「默娘妹子——」后土以一敵二，氣力放盡，接連中了龍王和碧霞奶奶的重擊。默娘身上的白亮火焰更爲閃耀，向四面放射，一時間南天門下閃耀著極亮的光。后土昏沉之間只感到默娘的聲音迴盪在耳際，像是說了些話，似乎是一些過往趣事，白光將她身子包覆，向南天門外推去。

「后土姊姊，妳睿智慈藹，當勝四御中三位大哥，神仙們還有得救。妳下了凡間，仔細盤算，別讓蒼生百姓陷入浩劫……」

默娘最後的聲音在后土耳邊縈繞，漸漸地靜下。

后土微微睜開眼，任由身子下墜，遠遠朝天庭望去，只見到南天門那頭，閃耀著一陣一陣的銀亮白光，久久不散。

〈番外　染血的南天門〉完

夏日午後的陳舊老廟

天上那日頭毒辣，曬得那群大媽大嬸個個汗流浹背，氣喘吁吁。

一票中年婦女嘰嘰喳喳往前走著，有的舉著掃把，有的拿著相機。

一個四十出頭的婦女年紀稍輕，哭哭啼啼地拿了張小手帕抹著鼻涕眼淚；身旁另一個中年婦人穿著素色短衫，背上還揹了個小包袱，輕輕拍著那哭泣婦人肩膀，不停安慰著她。

大夥兒魚貫成行，從大街走進小巷，轉了好幾個彎，在一棟公寓前停下。

「就在上面？」帶頭大嬸問了聲，哭泣婦人一個勁地抽搐，搗蒜似地點頭。

「上啊！」帶頭大嬸吼了一聲，大夥兒全往樓梯上擠。

大嬸們剛進樓梯，都不由得打起了哆嗦。外頭烈炎熱天氣，公寓裡卻意外冰冷，氣溫像是降了不只十度。

「阿梅啊……」帶頭大嬸有些猶豫，回頭看了看那哭泣婦人身旁的消瘦婦人。

「不要緊。」消瘦婦人點了點頭。

大夥兒繼續上前，在一間門前停下，隔著鐵門就聽見裡頭男女的調情打罵聲。那哭泣婦人哭得更厲害了，鼻涕都滴到了下巴，手抖個不停，從皮包裡掏出了鑰匙給那帶頭婦人。

帶頭婦人取出鑰匙開了門，大夥兒喊殺喊打地衝了進去，一路殺到了臥室。

「你好沒良心！」「你這臭男人吶！」「你……」

大媽大嬸們戰意十足，全都高舉著掃把，轟進了主臥室，瞬間全都傻了眼。房裡頭哪有調情男女，只有一個全身赤裸、頭上還打了條領帶的男人，傻怔怔地躺在床上，房間凌亂不堪，男人則滿身大汗。

男人一見這群大嬸殺了進來，嚇得滾下了床，大叫：「妳們幹什麼？啊呀！阿喜！妳……妳不要誤會，我跟她……沒什麼！」

大嬸們全緊靠在牆邊，一句話也說不上來。那男人也四十來歲，還稱得上英俊，有幾個大嬸儘管害羞，卻還從遮著臉的手指縫中，偷瞧著男人身體。

哭泣婦人就是男人口中的阿喜，一個月來，她發現老公不時和陌生女子互通電話，爲了那陌生女子，男人甚至時常不去上班，和對方偷偷幽會。

不但幽會，男人竟還趁著阿喜上班之際，將這女子帶回自家。這是阿喜某天提早下班，在家門前聽到調情聲音而發現的。

阿喜在一票朋友起鬨下，決心要抓姦。

「老……老公你……」阿喜讓眾大嬸推到最前頭，全身發著抖看著自己丈夫。「你在做什麼……？」

「妳們全都滾出去！我們什麼都沒做！」男人怪叫著，拉著被子遮住自己身體，還不時朝床上張望。「快……快起來，走吧……唔……哼！可惡！一群三八！我跟我愛人在一起，關妳們什麼事？」

男人莫名其妙地發起怒來，指著阿喜和一群婦人破口大罵，什麼下流髒話全衝出了口。被罵的婦人本來個個潑辣，此時卻不敢吭聲，發著抖往後退。

「阿……阿梅大姊……妳說的沒錯……妳說的沒錯……」阿喜嚇得往後退著，就要倒下。那消瘦婦人跨步上來，扶住了阿喜，將她往後推去。

「妳！臭八婆，妳是誰？妳滾……」男人伸手，指著消瘦婦人鼻子，髒話連珠炮似地狂轟濫炸。

消瘦婦人一把抓住了男人的食指，抬腳一拐，將那男人拐了個筋斗，摔倒在地，手上抓著的被單也飛上了天，惹得一群大嬸「哇——」了好大一聲。也不知是在「哇」這消瘦婦人這記掃腿厲害，還是在「哇」那男人的飛空甩鳥厲害。

「你給我記住！我叫六梅！」婦人朗聲說著。

婦人名字是李六梅，有人叫她「阿梅」，也有人叫她「六梅」。

許多年之後，大家都叫她「六婆」。

三天前，當阿喜向幾個大嬸訴苦時，大嬸們個個義憤填膺，嚷著要殺了那負心男人。唯獨六梅有異議，六梅瞧見阿喜印堂發黑，腳步虛浮，一副撞邪模樣，立時就猜了男人外遇那「女人」有問題。

這天阿喜請假，打了通電話回家，男人果然又沒上班，且家中還有那「女人」說話聲。一群大嬸浩浩蕩蕩地殺來，卻沒想到果真如六梅所說，男人的外遇對象有問題。

大大有問題。

此時的六梅五十出頭，身型消瘦，一雙細長小眼睛卻炯炯有神，伸手從包袱裡掏出了張黃符，迅速在男人那脫臼的食指上打了個結。

男人哇哇叫著，突然又不叫了。

六梅的眼神突然轉向，轉到那群大嬸上方的牆壁上，又掏出了兩張符，大喝：「想跑？」大嬸們全雞飛狗跳逃出了房間，房裡六梅喝哈兩聲，手上幾張符往上一撒，符籙上的字紅亮閃耀，房門上牆角一個女人陡然現形，赤裸著身子、長髮及腰，滿臉憎恨瞪著六梅。

「妳……這……婆娘……」女鬼蜘蛛般地攀在門上，凶惡瞪著六梅說：「多管……閒事……」

「這種鬼，見得多啦！」六梅哈哈一笑，正氣凜然。「妳乖乖滾，永遠別來纏人家，我六梅就放妳一條生路。妳冥頑不靈，那我就讓妳永不超生！」

女鬼嚎叫一聲，張了大爪，十指伸得極長，惡狠狠撲向六梅。

「孽障——」六梅喝斥一聲，揚手一張符貼上女鬼額頭，符籙發出光芒，漫出了一條條金亮絲線，纏住女鬼全身。女鬼哀號著，漸漸沒了身影。

地上那男人摀著手指，傻怔怔地靠在床邊喃喃自語。

「沒事啦！進來吧……」六梅伸手拭了拭汗，扯著喉嚨喊著。一群大媽大嬸這才又擠了進來。

阿喜拿了被子，替男人蓋上，轉頭著急問著：「我眞沒想到是這樣，眞是謝謝妳啊，阿梅！但是……我老公他……」

「沒啦，他讓鬼迷啦，這些符妳貼在房間裡，讓他好好休息兩天就沒事啦！」六梅掏出了幾張符交給阿喜。

大夥兒簇擁著六梅下樓，都稱讚她是鎭上第一法師。

六梅也得意地哈哈大笑，說著：「我六梅除了我家那個猴孫之外，什麼也不怕啦！」

艷陽仍曬得人發昏，六梅別了一票大嬸，買了蔬果青菜要回廟裡做飯。才進了三合院那廣場，就見到阿泰蹲在門邊，斜眼睨視身旁的年輕女人。

阿泰此時只有八歲，皮膚黝黑，膝蓋上一個個傷痕破口，都是四處貪玩跌倒摔出來的，右腳踝上還裹著厚厚的紗布。六梅則有些訝異。

年輕女人是阿泰的班導師，六梅一見這情景，就知道阿泰又在學校闖了禍，三步併作兩步跑了上去，連連向老師賠不是說：「歹勢啦！老師，這猴囝仔又給妳惹麻煩啦！」

年輕女老師嘆了口氣，指著阿泰說：「學校要打預防針，孫國泰不想打針，咬了護士小姐一口，跑出保健室的時候摔了一跤，腳扭到了。那時候正好下課，我到你們家順路，就帶他去國術館包了腳，順便送他回家。」

「猴死囝仔還會怕打針，你不是不怕痛嗎？」六梅哭笑不得，伸手在阿泰耳朵上擰了一把，阿泰哇哇喊疼。

六梅連連向老師道歉，掏著口袋小皮包說：「老師啊，醫藥費多少？我還妳啊！」

女老師苦笑，搖著頭說：「不用啦，但孫國泰明天還是要打針，那是預防針，打了才不會生病吶。」

六梅連連鞠著躬，送走了還趕著要去和男友約會的年輕老師。轉頭看了一眼，阿泰已經跑回廟裡，蹲在神桌下掀著布簾，朝裡頭喊著：「小阿火、小阿火！快來保護我，阿嬤要打我了！小阿火！」

布簾動了動，一隻紅通通的小虎爺探出頭來，圓圓的大眼不停打轉，身子只有幼犬大小，鼻頭不停蹭著阿泰的小手。

「你這死囝仔，打針都怕，還咬護士小姐，來來來，讓阿嬤來訓練一下，讓你不怕打針！」六梅哼哼說著，放下了水果青菜，從門邊抄起了一根藤條，往阿泰走去。

阿泰翻了個滾，抱著小阿火滾到了一旁，忽而跳上椅子、忽而鑽入桌子，最後躲進神桌底下，稀里呼嚕地和小阿火說故事。

六梅倚在桌邊喘氣，忽然想到了什麼，朝神桌下罵著：「猴孫吶！你不是扭了腳嗎？怎麼還像是猴兒一樣亂跳？」

阿泰還是躲在神桌底下不出來，卻伸出那裹了紗布的腳在布簾外頭晃說：「我騙老師的啦，她談戀愛啦，笨得要死！」

「猴死囝仔你說什麼？」六梅又氣急敗壞地拿著藤條追去，狠狠抽了阿泰小腿一下說：「你這死囝仔爲什麼這麼壞，你騙老師幹嘛？」

阿泰縮回了腿，哇哇大叫：「我就不要打針啊！那個護士小姐那麼兇，奶又那麼小，我才不要給她打針！老師揹我去看醫生，還買冰給我吃，老師胸部比較大，我還偷抓了一下。可是她談戀愛啦，哼！我要教小阿火咬死她男朋友！」

「猴死囝仔，是誰教你說這種夭壽話的喔——」六梅聽得火冒三丈，用藤條往神桌下亂捅。突然聽到阿泰一聲哭叫，陡然停下手，急急問著：「猴孫吶，刺到你哪裡啦？」

「我的眼睛！我的眼睛！」阿泰哭叫著。

六梅大驚失色，連忙揭開布簾，朝裡頭看，只見到阿泰兩隻手扯著嘴巴對她大做鬼臉。

「被我騙啦——」

「我要被你給氣死！」六梅無計可施，扔下了藤條，拎著青菜水果，氣呼呼進了廚房。

阿泰的父母死得早，六梅的老伴也在三年前過世，只留下一間破廟。六梅沒讀什麼書，平日便靠著替人畫符收驚這些瑣事，掙點錢餬口。

六梅的確天不怕地不怕，但就怕這潑猴孫子作怪不聽話。她也不懂什麼教育理論，只知道阿泰古靈精怪到了極點，打他就哭著喊「阿嬤我再也不敢了」，打完了繼續調皮，一點也拿他沒輒。

「好猴孫吶，你就繼續躲，躲在裡面一輩子最好，你今天別想吃飯啦！」六梅哼著，端了一鍋雞湯上桌，又端了幾盤菜上桌，自顧自地吃起了飯。

阿泰仍在神桌底下和小阿火講話，但肚子早已餓得受不了了，終於探出頭來，說：「阿嬤，阿火他快餓死了，妳可不可以讓他吃雞腿？」

六梅哼了一聲說：「是你自己要吃的吧！」

「是阿火說要吃的。」阿泰搖搖頭，吸著鼻子。

「你又說謊！明明是你要吃的！」六梅拍著桌子。

阿泰抱著一動也不動的阿火出了神桌，哭喪著臉說：「明明就是阿火要吃的，妳看，他快要餓死了！」

六梅大口喝著雞湯，冷冷看著阿泰手上的阿火。阿火雖然一動也不動讓阿泰抱著，但眼睛不時偷偷睜開，見六梅看他，又趕緊閉上。

六梅咳了兩聲，說：「好吧，其實是你想吃吧，你承認你肚子餓想吃飯，阿嬤就讓你吃飯。這邊有雞湯……有炒空心菜……有滷蛋……」

「嘿嘿，對啦！其實是我想吃啦！」阿泰嘿嘿笑了起來，隨手將阿火一拋，扔在一旁也不管了，抹著鼻子就走上來要拿筷子。

「我就知道你說謊！」六梅陡然站起，抄起桌邊的藤條大罵。

阿泰從桌上搶了隻雞腿逃著，裝哭喊著：「阿嬤妳說話不算話！妳不是說我可以吃嗎？」

「可以吃啊！阿嬤打完就讓你吃！」六梅揚著藤條追在後頭。

炎陽夏日，鎮上平靜安寧，街坊鄰居都聽得到老廟傳來祖孫的追逐叫罵聲。

「猴死囝仔，咬護士、咬護士……我看你以後就娶個護士當老婆！」六梅氣喘吁吁地罵。

「屁！我才不要娶護士，兇婆娘、母老虎！」阿泰嘴裡還含著雞腿，說話含糊不清，倒也是十分堅決。

他大口吃著雞腿，還將吃了一半的雞腿高高一拋。

那個正追在祖孫倆身後的小小阿火，高高躍了起來，將雞腿接了個正著，開開心心地滾到桌下，喀喀地啃起了雞腿。

〈番外　夏日午後的陳舊老廟〉完

國家圖書館出版品預行編目資料

太歲 卷六 / 星子 著.——二版.——
台北市：蓋亞文化，2021.01
冊；公分.——（星子故事書房；TS025）
ISBN 978-986-319-514-6(卷6：平裝)

863.57 109015639

星子故事書房 TS025

太歲 卷六（新裝版）

作　　者 星子（teensy）
封面插畫 葉明軒
封面裝幀 莊謹銘
責任編輯 盧琬萱
主　　編 黃致雲
總 編 輯 沈育如
發 行 人 陳常智
出 版 社 蓋亞文化有限公司
地址：台北市103大同區承德路二段75巷35號
電話：02-2558-5438　傳真：02-2558-5439
電子信箱：gaea@gaeabooks.com.tw
投稿信箱：editor@gaeabooks.com.tw
郵撥帳號 19769541 戶名：蓋亞文化有限公司
法律顧問 宇達經貿法律事務所
總 經 銷 聯合發行股份有限公司
地址：新北市新店區寶橋路二三五巷六弄六號二樓
電話：02-2917-8022　傳真：02-2915-6275
港澳地區 一代匯集
地址：九龍旺角塘尾道64號龍駒企業大廈10樓B&D室
電話：+852-2783-8102　傳真：+852-2396-0050
二版一刷 2021年1月
定　　價 新台幣299元
Published and printed in Taiwan

ISBN / 978-986-319-514-6

GAEA

GAEA